ANNALS OF THE WESTERN SHORE

西岸三部曲 II

沉默之聲

Voices

娥蘇拉・勒瑰恩 著
蔡美玲 譯

URSULA K. LE GUIN

克思頌歌〈自由謠〉

如同置身冬夜黑暗中
吾等眼目尋求黎明，
如同置身苦寒枷鎖裡
心靈渴望陽光，
何其盲目又何其受縛，靈魂
恆向爾呼求：
做吾等之光、吾等之火、吾等之生命，
自由！

第一章

我清楚記得的頭一件事情是進入那間祕室的寫畫方法。

我的身量恆是那麼矮小，因此，想在走廊牆壁的正確位置比畫那些記號，我得盡力向上伸出胳臂才行。厚厚塗布灰泥的牆壁有好幾個地方龜裂了，灰泥碎落，露出裡面的石頭。整條走廊幾乎全黑，而且靜極了，恆常散發塵土與歲月的氣味。可是我不害怕，我從沒怕過那個地方。我舉臂，在正確的位置移動手指，幾乎沒碰到灰泥表面，只是在空中比畫。牆壁那扇門開啟，我走了進去。

房間內的光線明亮沉靜，那是從挑高天花板上眾多小塊厚玻璃透進來的天光。這房間很狹長，好多書架沿牆而立，滿滿都是書。這是我的房間，我一直都知道有這個房間。依思塔、莎絲塔和顧迪都不知道，他們甚至不曉得這個房間存在。他們不曾走到宅邸後面這麼深遠的走廊。來這裡得經過「商路長」的房門。而商路長本人由於罹病加上跛腳，大多待在他自己的套房。這間祕室是我的祕密，是我能夠獨處、不被責罵、不受打攪，又不用害怕的地方。

我記得我進入祕室不只一次，而是很多次。在當年的我眼中，裡頭的閱讀桌好大、書架好高。那時候，我喜歡躲在閱讀桌底下，把書疊起來充當牆壁或屏障。我就假扮成巢穴中的小熊。窩在那個巢穴裡面，我覺得安全。出巢穴後，我總是把書放回它們各自所屬的架子。放得準確是很要緊的。我總逗留在房間比較明亮的這一頭，靠近那扇不是房門的房門。我不喜歡房間另外那頭，那邊太暗，而且天花板漸低。我私下幫那一頭取了個名字，叫「暗影端」。我總是遠離暗影端。對暗影端的畏懼是我私人祕密的一部分，是我「孤獨王國」的一部分。它一直單屬於我個人，直到九歲那年的某一天。

莎絲塔老是為一些無關緊要的事罵我，那些事又不是我的錯。假如我粗魯回應，她就喊我「羊毛髮」，這讓我氣極了。可是我沒辦法打她，因為她兩隻胳膊比我的長，可以一把將我拎起，我只好咬她的手。結果，她母親依思塔（也就是我的「遞補母親」）就罵我，還賞我巴掌。我一氣，便跑到宅邸後面黑漆漆的走廊，打開那扇門，走進這間祕室。我準備待到依思塔與莎絲塔以為我離家出走，而且被抓去當奴隸，永遠不再回來。到時候，她們將後悔曾經冤枉我、罵我、摑我、喊我難聽的綽號。

我怒火中燒，涕淚縱橫地衝進那間祕室。想不到，商路長居然在裡面！他手拿一本書，站在那兒的清奇光線中。

商路長也嚇了一跳。他一臉峻厲地向我走來，高舉一隻手臂，好像要打人。我呆若木雞，無法呼吸。

但他突然停下腳步。「玫茉！妳怎麼進來的？」

他凝望那扇門開啟時應該在的位置，而當然，那時除了牆壁什麼都沒有。

我依然無法呼吸或說話。

「是我剛才沒關門——」他說出口，又不大相信自己的話。

我搖頭。

最後，我終於嚅囁坦白：「我曉得怎麼進來。」

他看起來大為震驚，也大惑不解。但隔一會兒，他神色改變了，他說：「狄可蘿。」

我點頭。

狄可蘿．高華是母親的名字。

我雖然有意談她，卻想不起她來。或者說，我雖然記得她，但那記憶不肯變成字詞。記憶裡我被人緊緊抱著、緊緊貼著，床鋪的黑暗中有一股好聞的氣味，一塊粗糙的紅布，一個無論怎樣就是聽不清楚的嗓音。過去我總認為，假如我能夠安靜不動、仔細去聽，就會聽見她的嗓音。

不管是血統或門第，母親都是高華家的人。當年的安甦爾城由甦爾特．高華擔任商路長，母親是安甦爾商路長的總管家。總管家是個體面的重要職位。那個時代的安甦爾沒有農奴，也沒有奴隸，我們全都是市民、屋主、自由民。母親負責管理那些在高華世系內工作的所有人。我的遞補母親，依思塔，也就是廚娘，她一向喜歡對我們追憶往昔。她總說，高華世系從前是何等的大戶世家，而當時狄可蘿又照料了何其龐大的人口。單是依思塔自己就有兩個日常廚房助手，如果晚餐有貴客到訪，需要擴大準備，會有額外三個助手。我們共有四個清潔工、一個雜工、一個馬夫兼馬廄童負責照料馬匹。馬廄內共飼養八匹馬，有的給人騎、有的供載貨。各房親戚一同住在宅邸內，其中有不少長者。依思塔的母親住在廚房樓上，商路長的母親住在主房樓上。商路長本人經常旅行到安甦爾海岸各城鎮，會晤其他商路長。他有時自己騎馬，有時搭乘四輪馬車，一名隨扈陪同。那時候，西院落還設有一個鍛鐵場，車夫兼信差住在馬車棚的頂樓，隨時準備陪同商路長外出視事。「噢，那時候大家忙裡忙外的。」依思塔說：「昔日美好時光啊！」

每次我跑著經過那些寂靜的走廊，越過那些只剩斷垣殘壁的房間，總是努力想像那段昔日美好時光。每次我打掃宅邸的幾個出入口，時常假裝我是在為錦衣華服、美緞革履的賓客到訪而準備。我經常去主房，想像各個房間是何等乾淨溫馨、配備齊全。

我也曾跪在窗邊的座位裡，透過小塊玻璃嵌鑲的明窗往外望，越過城裡一片片的屋頂，極目眺望遠山。

我居住的城市加上城北整片海岸，統稱為「安甦爾」，意思是「凝望甦爾」。海峽對面的那塊土地叫做萌華，而「甦爾」是萌華五峰當中位置最末、最高聳的那座山。整個濱海地區以及安甦爾城的西向窗戶，都可以望見白皚皚的甦爾山巍立在海水上方，雲朵聚在山頭四周，彷彿是那座高山的許多許多夢境。

我曉得這城市曾經被人稱為「慧麗安甦爾」。慧麗是又智慧又美麗的意思，因為這城市有大學、有大學圖書館，有高塔，有拱廊庭院，有運河和拱橋，有千百座大理石建造的街神廟。然而，我童年時代的安甦爾，是一座到處斷垣殘壁、充斥飢餓與恐懼的破敗城市。

以前，安甦爾是受桑卓門保護的領地。但是，桑卓門那個大國忙於和邊境的洛門作戰，無暇派兵保護我們。安甦爾物產豐饒，不興爭戰已經很久了。我們的商船艦隊都配備精良的武器，能防止南方海盜登陸騷擾沿岸。而且桑卓門很久以前即堅持與我們結盟，所以我們根本沒有半個陸上敵人。也因此，阿蘇達的沙漠民族，也就是阿茲人，派軍侵略我們時，簡直有如野火橫掃安甦爾境內各山丘。他們的軍隊破城而入，穿行各街道，劫掠燒殺，姦虐婦女。母親狄可蘿那時剛好從市場回來，當街被幾個軍人逮著，橫遭強暴。事後，那些軍人被市民群攻，雙方拚鬥之際，母親趁隙逃離，回到高華世系家中。

我們城市的居民沿街掃蕩入侵者，最後把他們趕出城了。但敵軍在城牆外紮營，安甦爾因此被圍城一整年。我就是在圍城那年降生。後來，東邊的沙漠又出現一支更強大的軍隊前來攻打，並征服了我們的城市。

幾個祭司帶領軍人來到這個宅邸。祭司們稱這座宅邸是「惡魔屋」。軍人把我們的商路長當成囚犯帶走，宅裡的老人以及試圖反抗的任何人都被軍人殺了。依思塔與她母親和女兒逃到鄰人家中躲起來，但商路長的母親被殺，屍體扔進運河中。比較年輕的婦女被擄去給軍人當奴隸。母親帶我藏匿在祕室，逃過一劫。

而今，我正在這間祕室寫這個故事。

不曉得母親當時在這祕室藏匿了多久。她必定帶了一些食糧進來，而這祕室裡也有水。阿茲人洗劫全宅，能搶的搶走，能燒的燒掉。軍人和祭司日復一日回來，破壞廳房、搜尋書籍、劫掠搶奪。最後，母親不得不離開祕室，她利用夜晚時間爬出來，找到了在咖曼地下室避難的其他婦女。我不曉得她是在什麼地方、又如何使自己和我活下去。後來，阿茲人停止燒殺擄掠，在城裡安頓，當起了城主。直到那時母親才重返她的家——高華世系。

宅邸所有木造的外層建物都已燒毀，家具擺飾遭破壞或被偷走，木質地板也破了好幾處。但宅邸的主體是石造的，屋頂是瓦片，這些並沒有受到太大損傷。高華世系雖然是城內最大的家族，但阿茲人沒敢住這裡，因為這屋子一向被認為充滿惡魔和惡靈。狄可蘿盡她所能，讓家裡一點一點恢復秩序。依思塔帶著她女兒莎絲塔從躲藏處回來，駝背的老雜工顧迪也現身。這屋子就是他們的家，他們對它忠誠，也對彼此忠誠。他們的眾多神明在這裡，過去給與他們許多夢想的歷代祖先在這裡，他們領受的各種祝福也在這裡。

一年過去，被關在統領監獄的商路長獲釋，阿茲人將他赤裸著棄置街頭。由於在獄內受了苦刑，商路長的兩腿已無法行走，只能從市議會經過高華街，一路爬向高華世系。居民紛紛幫忙，揹他回來這兒。只要回家，家裡自然有人照顧他。

那時大家都窮困。安甦爾每個居民都窮，因為被阿茲人掠奪乾淨，但是大家仍設法活下來。商路長在母親照護下開始恢復元氣，可是母親自己卻在圍城後的第三年冬天，又冷又餓之餘，染患熱病，無藥可醫，從此與世長辭。

依思塔自己宣布充當我的遞補母親，負責照料我日常所需。雖然她重手重腳，性子又烈，但她愛母親，因而肯為我盡力付出。我從幼年就開始協助家務，十分甘心樂意。商路長有病在身那幾年總手腳疼痛又瘸腿，我以能夠隨侍在他身旁而自豪。甚至，在我還很小的時候，商路長也是寧可要我服侍，不要莎絲塔，因為莎絲塔討厭任何種類的工作，而且老是打翻東西。

我從小就明白，我是拜祕室之故才活下來，因為它讓我和母親躲過敵人。母親必定曾經對我講過這一點，而且必定曾經教我開門方法，不然就是我見過她開門，而且把那方法記住了。我依稀認為是這樣：雖然我沒辦法看見寫下字母的手，但看到了那幾個被寫在空中的字母形狀。我舉手照著比畫，門便打開，我進來了。我以為這裡只有我會進來。

直到那天迎面看見商路長，我們面對面站著，呆望彼此，他舉起拳頭準備打人。

但又放下手臂。

「妳以前進來過？」他問。

我實在嚇死了。好不容易才能點個頭。

他沒有發怒。先前舉起手臂要攻擊的對象是侵入者、是敵人，不是我。他從沒對我生氣或不耐煩，即使在病痛期間，在我還笨手笨腳、拙於服侍時也一樣。我完完全全信任他，以前也從來不曾懼怕他，但是，我的確對他懷抱敬畏。而這時，他看起來好凶，兩眼冒火，與他平日談到《摧毀者山帕讚詠》時一樣。他眼睛是黑的，但那把火一旦進入那雙眼睛，就有如貓眼石在黑岩塊中悶燒。他瞪著我。

「有任何人知道妳進來這裡嗎？」

搖頭。

「妳曾向人談起這房間嗎？」

搖頭。

「妳絕對不可以對任何人提起這房間，妳知道這一點嗎？」

點頭。

他等候著。

我曉得我必須大聲說出來，所以我先吸口氣，然後說：「我永遠不會提到這個房間。願本宅全體神明、本城全體神明，以及母親的靈魂，還有已入住『神諭宅邸』的所有靈魂，一同見證我的誓言。」

商路長聽我講出這一段，再度震驚。過一會兒，他走上前用手指輕觸我的嘴唇。「我見證這段誓言是發自真心。」他說完，再轉身用手指碰觸書架間那個小神龕的端點，我也如法炮製。然後，他一隻手輕輕擱在我肩上，垂眼看我。「妳從哪兒學到這樣的誓詞？」

「我自己編的。」我說：「每次我發誓將永遠痛恨阿茲人，並發誓要把他們逐出安甦爾──如果能夠，還要殺光他們──每逢這樣發誓時，我就用這個誓詞。」

這是我最私密的誓詞，也是我內心的願望和諾言。向商路長傾訴完之後，我突然哭起來。那不是憤怒的眼淚，而是猝然、巨大、嚇人的啜泣，我像是被一把提起，並搖個粉碎。而商路長竟然能夠彎曲他那副壞掉的膝蓋，伸展雙臂擁抱我，我貼著他的胸膛哭泣。他不發一語，只緊緊摟著我，直到我終於能夠停下。

我感到疲乏又難為情，轉向一旁坐在地上，臉孔藏進兩膝間。

我聽見他拖著腳跛行至房間的暗影端。回來時手帕已用暗影端的泉水濡溼。他把溼手帕放在我手中，我用手帕貼覆哭得發熱的臉。好舒服，好涼爽。我也用它貼著雙眼一會兒，再揩揩臉。

「商路長，我非常抱歉。」我說。對於自己先是出現在祕室，接著又哭了起來、打擾到他，自覺丟臉。我全心愛他、敬他，想藉由協助及服侍他來表達我的愛，不希望讓他擔心、困擾。

「人生有很多可哀泣的事，玫茉。」他語氣平靜。注視他時，我赫然發現他剛才也哭了。眼淚會改變人的眼和嘴。我竟害他也哭了，雖然心中不安，可是，無形中也緩和了我的羞愧。

過了一會兒，他說：「這是個哭泣的好地方。」

「來這裡時，我大多時候不哭。」我說。

「妳大多時候是個不哭的孩子。」他說。

他有注意到這一點，真教我自豪。

「妳在這房間時都做些什麼？」他問。

這很難回答。「碰到無法忍受的事情時，我就來這裡。」我說：「而且我喜歡看那些書。我看著它們沒有關係吧？還有，假如我看書的裡面呢？」

躊躇一下，他鄭重地回答：「沒關係。妳在書裡發現了什麼？」

「我在找尋那個能使房門打開的東西。」

我那時還不曉得「字母」這個稱呼。

「指給我看。」他說。

本來我可以用手指在空中比畫就好，像我每次開門那樣，但我沒有。我反而起身，從下層書架取出一本皮革裝訂的暗褐色書本，我一向叫那本書「熊」。我打開第一頁有字的地方（現在我認為，當時我已經曉得那就是字。不過也可能還不曉得），指出和能打開門的符號一樣的形狀。

「這一個，還有這一個。」我囁嚅道。說完，我小心翼翼地把書本放在桌上，如同之前每次看那本書的裡面時一樣慎重。商路長站在我旁邊，看我指著那些我認得的字母——雖然我不知道它們的名稱，也不知道怎麼發音。

「它們是什麼，玫茉？」

「書寫。」

「那麼，開啟那扇門的是書寫嗎？」

「我認為是。但只限於那種在空中因特定比畫而開啟的門。」

「妳知道它們是什麼嗎？」

我當時不太了解他在問什麼。即使到了現在，我也不認為當年的我知道書寫的字與說話的字是相同的；還有，當年的我也不知道，書寫與說話是做同一件事的兩種不同方式。我搖頭。

「書本是拿來做什麼用的？」他問。

我沒搭腔。我不知道。

「拿來閱讀。」這次說話時，他面帶微笑。我很少看到他的臉像這樣子亮起來。依思塔經常告訴我，在過去的日子裡商路長是何等快樂、好客、親切。來賓們在大膳廳用餐，賓主同樂，何等歡喜，商路長當時又是如何取笑莎絲塔的稚齡惡作劇。可是如今，我的商路長是個雙膝曾遭鐵棒打壞的男人，他的兩隻臂膀都脫臼，他的家人被謀害，族人被打敗，他成了陷入貧窮痛苦和羞辱的男人。

「我不會閱讀。」才講完，我便見到他臉上的笑容快速消褪，回歸原有的暗沉，於是趕緊說：「我可以學嗎？」

這句話稍稍挽回那笑容，接著他望向別處。

「閱讀是危險的，玫茉。」他說，並非把我當成小孩在對話。

「因為阿茲人害怕閱讀。」我說。

他重新注視我。「他們是害怕沒錯；他們必定害怕。」

「閱讀不是惡魔或妖術。」我說：「根本就沒有什麼惡魔或妖怪。」

他沒有直接回應，只望進我的眼睛。並非四十歲的男人注視九歲的小孩，而是一個靈魂衡量著另一個靈魂。

「如果妳喜歡，我會教妳。」他說。

第二章

於是，商路長開始教我讀書。我學習閱讀異常神速，宛如早就在等候這一天，而且迫不及待，如同飢餓的人終於得以進食。

一旦明瞭什麼是字母，我就先學習字母，並且逐步能夠認字。我不記得自己曾覺得茫然，或花很長時間還認不出字的情況。只有一次，我拿下那本封面有金色設計的大開本紅皮書——還沒學習閱讀之前，它一直是我鍾愛的一本書，我都叫它「亮紅」。我只是想知道它的內容，想好好品味感受。然而，我試著閱讀時卻完全摸不著頭腦。書裡有字母，也湊成了單字，但對我而言，卻只是一些無意義的單字，一個字也看不懂，完全是胡言亂語、不知所云。商路長進來時，我剛好在對那本書、也對我自己生氣。「這本蠢書是怎麼回事！」我說。

他瞥了一眼。「沒有怎麼回事，它是一本很美的書。」說著，他把那些胡言亂語大聲朗讀出來。聽起來的確很美，而且彷彿有其意義。我皺起眉頭。「這本書是用『雅力坦語』寫成的。」他說：「很久以前，這個世界的人都使用這種語言。我們的語言就是從它衍生出來，有一些字並沒有改變太多。看到了嗎？這裡、還有這裡？」他指的那些字我可以認出一部分。

「我可以學這種語言嗎？」我問。

他以他常用的那種方式打量我：緩慢的、耐心的、評估的、贊同的。「可以。」他說。

於是，我開始學習那種古語。同時也開始閱讀以我們自己語言寫成的《先邯集》。

當然，我們不可以把書本拿出祕室外。書本要是拿出去，我們與高華世系所有人都會有危險。阿茲人的紅帽祭司要是發現哪戶人家有書，就會帶士兵去那間屋子。他們自己不碰書，因為書本附有惡魔。不過，他們會派奴隸把書拿到運河或海邊，綁著石頭增加重量，扔進水裡讓它們沉下去。對於擁有書本的人，他們的做法如出一轍。

他們從不燒毀書本或讀書的人，因為阿茲人的神是焚燒之神「阿熹」，所以阿茲人認為「燃燒致死」乃崇高偉大的事，要處罰書和人就改採水淹，或是把人帶到海邊的爛泥坑，用鐵鍬和杆子把人推進去，再用腳踩到他們窒息，沉入深深泥沼中。

居民常常暗地裡將書本趁夜帶到高華世系。沒人知道這間隱藏的書房，住在宅邸的人也終生不知。可是現在，連城外的居民也曉得，既然擁有書本變成了危險事，就把書本拿去交給商路長甦爾特．高華；他們也知道，那棟「神諭宅邸」是保存書本的安全處所。

我們這一家子，想進商路長所使用的那幾個房間都會先敲門，等到有了回應之後才進去。由於商路長的病況已經好轉了一些，所以要是敲門卻沒聽見他回答，我們就不再打擾。他如何打發時間，在哪裡打發，依思塔和莎絲塔從未過問。我猜，她們和我過去一樣，都認為他總是待在他的套房或內院。高華世系整棟宅子實在太大，很容易找不到人。如今由於商路長雙腳跛得厲害，連一個街口的路程都很難走完，所以他從不離開屋子，但居民會來這裡看他，而且人數還真不少。他們大多在後棟那邊長談，假如是夏天，就改在某一個院落談話。無論白天或夜晚都有人來，每個人安安靜靜來去，出入借道現已無人居住的宅邸後棟空屋廢墟，不會引起外人注意。

商路長有白天訪客時，我負責服侍茶水——假如家裡當時剛好有茶。有時候，我會留下聽他們交談。那些訪客有些我從小就認識，像是桑卓門世系的迪薩克、「四屋」家族的人、咖曼世系的卡蒙，以及佩爾．亞克。阿茲人征服安甦爾城那年，佩爾只是個十或十二歲的男孩。亞克世系的人艱苦迎戰，軍隊奪其宅邸時殺了所有男人，女人則帶回去充當奴隸。佩爾在一處院落的乾井裡躲了三天。如今，他和我們一樣還活著，平日與少數幾個族人住在一個破落的屋宅中。他為人和善，比商路長的其他訪客年輕，會跟我講講笑話。每次佩爾來我總是很高興。所有訪客中，只有迪薩克明白地表示不歡迎我在場聆聽他們交談。

至於我不認識的那些，多半是城裡來的貿易商之輩，他們有的還能維持衣著的品質。很多男人來的時候看起來風塵僕僕，似乎在外奔波已久。有的訪客或信使來自安甦爾的其他小鎮，說不定是別的商路長派來的。冬季期間，天黑之後，有時會有婦女前來，雖然婦女在城裡單獨行動很危險。其中有一位一度常來的婦女留著灰色長髮，我覺得她有點瘋瘋癲癲，商路長卻以尊敬的態度接待她。她來總是帶書，我一直不知道她的名字。從其他小鎮來的那些人往往也帶書，大家或把書藏在衣服裡，或混在裝食物的包包內。商路長曉得我有辦法自己進入祕室之後，便把那些書交給我帶進祕室。

商路長多半只在夜晚才進祕室，就因為這緣故，先前我們才一直沒碰到彼此。我本來就不是很常去那兒，夜裡進去更是不曾有的事。平常，我與依思塔和莎絲塔共用宅邸前棟的一間臥房，所以沒辦法在夜晚從容開溜。而白天我總是很忙，有分內的家務事、祭祀，還有大部分的採買。因為我喜歡採買，而且總能比莎絲塔殺到更便宜的價格。

依思塔常擔心莎絲塔，她認為假如讓莎絲塔獨自外出，會在街上碰到士兵，然後會被抓走或強暴。她就不擔心我。她說，阿茲人不會瞧我一眼的。依思塔的意思是，他們不會喜歡外貌長得與他們相似的我：蒼白骨感的瘦臉，外加羊毛似的頭髮。阿茲人喜歡找安甦爾女孩，棕色圓臉以及與莎絲塔一樣的柔軟黑髮。「妳很幸運長成這個樣子。」她老是這樣告訴我。而且，有好長一段時間我都又瘦又小，這真的非常幸運。根據阿茲統領下達的命令，婦女須有男人陪同才能上街或去市場。單獨待在街頭的就是妓女，是惡魔的誘惑，任何一名士兵都可以隨意強暴、奪為奴隸或殺了她。但阿茲人顯然沒把年長婦人當成女人，至於小孩，雖然並非總是視而不見，但多半的確就是忽略了。所以呢，負責去市場採買和殺價的總是老祖母和小孩，而很多小孩其實是女孩穿扮成男孩，或是如同我這種一半一半混血的「圍城兒」。

我們現今使用的錢都是很久以前海盜艦隊逼臨安甦爾城時，某個祖先設法藏匿起來的。後來海盜遭到驅離，家人卻沒動用那個「幸運寶藏」——商路長都是那樣稱呼它的。照舊讓它埋藏在屋後樹林某處，這就是我們今天賴以維生的全部。因此，我必須盡可能殺價，這往往得花上很多時間，而祭祀和家務也一樣。依思塔每天很早就起床製作麵包，所以，我能固定去祕室，不讓人發現我不見，也不至於引起太多好奇和疑問的時段，就是夜晚大家都就寢之後。所以我告訴依思塔，我想把床鋪搬到母親房間，就在我們共用的臥房隔壁。依思塔說沒問題。通常，晚餐後洗浴完不久，她和莎絲塔就上床打起鼾來，要是我不在房間睡覺，她們也不大會注意到。於是，每個夜晚，我便輕手輕腳摸黑穿過大宅邸的幾個走廊和甬道，抵達祕室，進去，與我親愛的老師一同閱讀和學習。

若碰到他有夜間訪客，不能來教我雅力坦語、協助我閱讀時，我自己一個人也沒問題。常常，我會一直讀下去，忘情在故事或歷史中，總會留得比老師平常遣我上床的時間還晚得多。

後來我開始長高，也開始轉變為女人，偶爾我會愛睏——不是晚上，而是早晨。

我沒辦法叫自己起床，就算起床，也會一整天像蛃蛾般沉重又迷糊。儘管我要商路長別跟依思塔講，他還是告訴了依思塔，並且要依思塔僱用那個名叫波米的流浪女孩，改由她負責我原本的掃地和清潔工作。我對商路長說：「掃地和清潔工作不成問題！最花時間的是整理那些祭壇，如果請別的女孩做那工作，我就會有很多時間了。」

這是個失誤。這一回，他悠悠地看著我，雖然依舊帶著耐心與評估的神色，卻毫無贊同。「妳母親的亡靈，連同我們列祖列宗的亡靈，一同住在這裡。」他說：「這宅邸的眾神就是她的眾神，她在世時每天向眾神祈祀。我堂堂一個男子，對祂們也是尊崇不誤。」這倒是真的，商路長從沒錯失過一天的祭祀，也不曾忘記該做的獻祭。「妳身為我們歷代祖母的女兒，也應崇拜祂們，並接受祂們的祝福。」事情就是這樣。

我覺得自己相當丟臉，而且生氣。我滿腦子想著擺脫祭祀的相關工作，因為有時我得花掉整整一個鐘頭才能完成那些工作：為好幾個神龕擦拭灰塵；替迎泥神更換新鮮綠葉，為幾位壁爐守護神點香，向歷代亡魂亡靈獻上祝福並祈求庇佑，感謝恩努神，並留意祂的紀念日，以便將水和食物放在祂的祭壇上，在每個門檻持頌「出入守護神」讚文，另外，還要記得什麼時候該點亮帝瑞神的那幾盞油燈，以及諸多不一而足的祭祀相關任務。

我想，我們安甦爾的神明一定比任何地方、任何人所拜的神明來得多。我們的神明不但多，而且與我們比較親近。我們有土地眾神、有紀念日眾神，還有我們的血與骨之眾神。當然，我是受庇佑的，只要我明白這宅邸充滿眾神，明白我有按照母親的規矩，回報眾神所賜的庇佑，明白我個人的「房靈」就住在門邊牆壁那個空空如也的小神龕，隨時等我回房，並看顧我睡眠，只要這樣就夠了。年紀小的時候，做祭祀的工作讓我很自豪，但我已經持續做很多年了，對那些眾神已經感到乏味。祂們需要的照顧實在是不少啊。

但是，只要記起阿茲人稱我們的眾神為惡靈、惡魔，也記起阿茲人害怕我們的眾神，就足以讓我高高興興、全心全意進行祭祀工作。還有另外一件好事：商路長也讓我重新記起，母親曾在這宅邸善盡婦女的祭祀任務。商路長深知母親和他脈出同源，所以一向信任母親必定能做好祭祀的責任，如同他信任母親不至於洩露祕室的事存在。一想到這些，我頭一回清楚地明白了，商路長與我，是我們世系血統僅存的兩個人。目前，家裡為數不多的人口裡，其餘那些人之所以成為高華世系，全是出於選擇，而不是因為血緣。在那天之前，我沒怎麼花時間去思考這兩者的不同。

「我母親會閱讀嗎？」有個夜晚，上完雅力坦語課之後，我問他。

「當然啦。」講完，他又追憶說：「那時候，閱讀並沒有被禁止。」他往後靠向椅背，揉揉眼睛。酷刑損傷了他的手指，因此十隻都彎曲結節，不過，我已經看慣他那兩隻手的樣子。我也看得出來，那兩隻手曾經是美麗的。

「母親生前有來這裡閱讀嗎？」我問，並環顧四周，因自己能置身這間祕室很是開心。

我漸漸喜愛它夜晚的感覺，溫暖的暗影從油燈的黃色光暈向外、向上伸展拉長，書背的鍍金字有如星星眨眼——藉由屋頂的天窗，有時可以瞥見星星。

「她沒有很多時間可以閱讀。」商路長說：「宅邸裡樣樣事情全靠她打點，實在是龐大的職務。當一個商路長需要花費大把金錢：比如娛樂賓客及其他各種事項。所以，妳母親的書本大多是記帳本。」他注視著我，那神情宛如腦海裡回顧、比較我與母親。「我們一聽說阿茲人派了一支軍隊進入伊斯馬山，我就讓她知道怎麼開門進這間祕室了。我母親敦促我：狄可蘿具有我們的血統，她有權知道這個祕密。假如事況惡化，她可以設法保存，而這祕室也可以當她的避難所。」

「這裡的確曾經是我們的避難所。」

他引述〈那座塔〉的一行詩句：眾神的憐憫不容懷疑。〈那座塔〉是一首雅力坦語詩篇，我們正在合作翻譯。

我引用那首詩篇比較後面的一行做為對應：真實的犧牲寓於真心的讚頌。他很高興我能引用詩句回應他。

「我還是嬰孩時，母親帶著我一起藏在這裡，說不定那時候她讀了一些書。」我說。這一點我以前就曾經想過。每次我讀到能為我靈魂帶來喜悅和力量的東西時便常常遐想，母親在這祕室時是否也曾讀到相同的東西。我曉得商路長有讀到相同的東西。

祕室裡的書他全讀過了。

「或許吧。」雖然如此，他卻面帶悲傷。

他注視我，彷彿正為腦海裡某個疑問研究我。最後有了決定，他說：「玫茉，告訴我，妳自己頭一次進來時——就是在妳能閱讀之前。那時候，書籍對妳有什麼意義呢？」這問題花了我一些時間才想出答案。「唔，我替幾本書取名字。」我指著那本皮革裝的大書《桑卓門第四十代領事史實錄》。「我都叫它『熊』。《若思坦》是『亮紅』。我喜歡它封面上的鍍金。有時候，我會拿一些書來蓋房子。但我每次都能把它們放回原位，一點差錯都沒有。」

他點頭。

「可是那時候，有些書——」我原本無意說這些，但話語自己跑了出來。「我怕它們。」

「怕？為什麼？」

我原本不想回答，卻再一次說了出來：「因為它們會發出怪聲音。」

他則對著自己發出了一個怪聲音：啊。

「都是哪些書？」他問。

「在……在另外那一頭，其中有一本書，它會嘎嘎叫。」

為什麼我會提起那本書？我從不想它的，我才不想去想它呢，更別說提起了。

儘管我很愛到祕室來，儘管我很愛與商路長一同讀書，儘管我在故事和詩篇和歷史的寶庫中發現了我個人最大的快樂，我依然不曾費事走到另一端去。那邊的地面漸漸變成比較粗礪、灰暗的石頭，天花板也比較低矮，又沒有天光透下來，所以越走過去，光線就越暗，直到完全沒入漆黑。我曉得那邊有泉水或噴泉，因為可以聽見微弱的水聲，但我從沒走到那麼遠去瞧它一瞧。有時，我以為這祕室的暗影端比較大；有時，我以為祕室越往暗影端就變得越小，有如洞穴或隧道。我不曾走到比那本會發怪聲的書更遠的地方。

「妳可以指給我看是哪本書嗎？」

我在閱讀桌旁坐了足足有一分鐘之久，動也沒動，最後才說：「那時候我還小，那類事情都是自己亂編。比如，我就假裝那個大本的《史實錄》是一頭熊。實在很蠢。」

「玫茉，妳沒有什麼事情需要害怕。」他柔和地說。「有的人或許有，但不會是妳。」

我不發一語，覺得寒冷又不適。我真的好怕。那時我只曉得要守口如瓶，免得讓我不想說出來的其他事情又自己溜出來。

他再一次陷入深思，然後再一次做出一些決定。「慢一點再看那本書也不遲。現在再讀十行詩，或是就寢？」

「再讀十行。」我說。於是我們又低頭看〈那座塔〉。

即使到了現在，我依然覺得很難承認、很難寫出我的恐懼。回顧十四、五歲前後時光，我一直不讓自己想起那份恐懼，如同遠離祕室的暗影端。那間祕室不正是我能免除恐懼的所在嗎？我希望它就只保持那樣。我不明白我的恐懼，也不想知道它是什麼。它太像阿茲人所稱的惡魔、惡靈或妖怪了。他們口中的那些，不過是對他們所不理解的東西強加一些無知的、厭惡的話語罷了。他們不理解我們的眾神、我們的書籍、我們的方式。我十分確定祕室裡沒有惡魔，而且商路長本人也沒有半點邪惡力量。阿茲人不是折磨了他一年，逼他供出什麼邪惡法術，最後由於他實在沒什麼可供，所以才放了他嗎？

既然這樣，我到底在害怕什麼？

雖然那時我才六歲，但我仍記得，我一碰那本書它就發出怪聲。我很想逼自己勇敢起來，逼自己壯膽走到暗影端那兒。後來我真的去了。我將視線保持在雙腳前方的地面，一直前進到地磚變成粗石。我悄悄走向一個書櫃，目光依然下垂，只看著那個建造在石壁裡的低矮書櫃，並伸手碰觸一本破舊的棕色皮裝書。我一碰到它，它就發出好大的怪聲音。

我縮手，呆立在那兒。我告訴自己說我沒有聽見什麼聲音。我希望自己勇敢，長大後才能夠殺死阿茲人。我必須勇敢才行。

我多走五步，來到另一個書櫃前，並迅速往上瞥。我看見一個架子放了一本書。那是一本小書，封面是光滑的珍珠白色。我握緊右手，伸出左手去拿，一邊告訴自己不會有事，因為它的封面很漂亮。我讓那本書自然攤開，然而，它的書頁間竟慢慢滲出幾滴血。它們是溼的，我曉得鮮血是什麼。我急忙闔上書本，胡亂放回書架，然後跑回去躲到大桌子底下屬於我的熊穴中。

我一直沒向商路長提起這件事。我不希望它是真的。那之後，我不曾再重返暗影端那些書櫃之間。

如今，我為當年那個十五歲的少女感到遺憾，她沒有像那個六歲女童那麼勇敢——儘管她和幼年時一樣渴望勇氣和力量，以便與她懼怕的事物相抗。恐懼餵養沉默，沉默又餵養恐懼，我卻任由它宰制。即使是在那兒，在那間祕室內，在滔滔塵世中那個我曉得自己是誰的唯一所在，我卻不肯恣意猜想自己日後可能成為什麼樣的人。

第三章

即使是十年之後的現今，還是很難老實寫出我當年是如何欺騙自己。但若要寫出我的勇氣，困難度也等同寫出我的懦弱。不過，我希望這本書可以盡可能真實，希望它成為「神諭宅邸」的有用紀錄，我也希望藉這本書來榮耀母親狄可蘿——這本書就是獻給母親的。我盡可能把那幾年的記憶釐清順序，才能找出該從哪裡把第一次遇見桂蕊的情景說清楚。然而，在我十六、七歲的腦袋和心裡卻毫無秩序可言。我當時有的，全是無知，還有激烈的憤怒與愛。

當年我若有什麼平安祥和、有什麼理解領會，都是來自我對商路長的愛、他對我的好，以及書本。在我正執筆的這本書裡，「書籍」是它的核心。書本使我們置身危險，書本害我們冒了許多風險，但，書本也給了我們力量。阿茲人害怕書本是對的。假如真有那麼一位「書神」，肯定就是「建造者暨摧毀者山帕」了。

商路長讓我閱讀的書籍當中，詩篇的話，我最愛《轉化》。故事的話，我最愛《萌華列王故事集》。我知道故事集就只是故事，不是歷史，但它們給了我許多當時我需要、而且想要的真理——關於勇氣、友誼、効死、抵抗並驅逐敵人。十六歲那年的一整個冬天，我都去了祕室閱讀阿德拉與瑪拉兩位英雄之間的友誼。我渴望擁有一個像阿德拉那樣的友伴，與他一同被趕入甦爾山的雪地，在那兒一同受苦，然後與他並肩出擊，撂倒斗芬人，把他們趕回自己的船上——那些內容我一讀再讀。我展讀這位古代甦爾王的事蹟時，宛如看到商路長：深膚色、瘸腿、高貴、無畏。在我居住的城市裡，與我有關的一切，以及我自己的生活，都充滿恐懼與不信任。每天在街頭見到的景象都讓我的心退避畏縮。我對萌華英雄們的愛提供血液給我的心臟，我對他們的那份愛賦予我力量。

就是那一年，我們把流浪女波米帶進家裡，商路長在宅邸的祭壇前以古代儀禮將「高華」這個姓氏送給她。她入住莎絲塔房間那條甬道走到底的房間。她做事又認真又規矩，多數時候連依思塔都滿意。而且，她也是個很好的陪伴。她約莫十三歲，對於自己何時出生、母親是誰，完全不清楚。起初她在我們住的那條街附近晃蕩，以乞討維生一陣子。後來，顧迪開始招呼她進家裡，把她當成走失的貓咪一樣哄著。等到顧迪終於成功讓她在院子的小屋睡覺，也開始要她協助清理馬廄換取食物，馬廄裡有很多燒毀的木料和損壞的廢家具。顧迪堅決認定商路長將重新養馬。「這是有道理的呀。」他會說：「一個商路長遊走四方怎麼可以沒有座騎？你們要讓他走路嗎？一路走到宜桑梗或多摩嗎？他那兩條腿怎麼成？要他像普通小販那樣毫無尊嚴嗎？不行。他需要馬匹。這是有道理的呀。」

碰到顧迪這個人，誰都拿他沒輒，只能同意他所說的。他年紀大了，性情古怪，又駝背，雖然不一定總是擔任最有用的職務，但工作一向極賣力。即使嘴巴壞，卻有顆清淨之心。依思塔僱用波米，她取代我開始負責屋內清潔工作之後，顧迪很火大。他發火倒不是針對依思塔，而是針對波米，因為波米「遺棄」了他、也遺棄了他珍愛的馬廄。一連好幾個月，只要見到波米，顧迪就以她祖先的亡靈來詛咒她。其實那詛咒對波米沒有什麼作用，因為她不認得半個祖先，也不曉得他們的亡靈在哪兒。後來，等顧迪的氣消散，波米只要做完分內家務就回去幫他忙，就是那個清理、重建馬廄的可怕任務。因為，波米也有顆清淨之心。如同最初顧迪把她帶進家裡來一樣，波米如法炮製，也把流浪貓帶進家裡來。那年夏天，馬廄的院落擠滿了小貓。依思塔說，波米吃東西有如十個女孩，我個人則以為，她吃東西像一個女孩外加二十隻貓咪。不管怎樣，馬廄最後總算清理乾淨了。事後看來，即使繁重的清理工程未必那麼有道理，畢竟還是招來幸運。而且，我們家再也沒有半隻老鼠。

依思塔花很長時間才接受商路長把我納入他的特別管轄的行為，也花很長時間才接受我正在「受教育」。講到「受教育」這種字眼時，她總是非常小心，彷彿那是別種語言。而確實，在阿茲人的管轄之下說這話是要小心沒錯，因為他們認為閱讀是一項明知故犯的惡行。正因為擺明著有那種危險，而且就如她所說，她自己早已忘記小時候大人教了她什麼雞鴨魚鵝，所以，對於我日漸變得知書達禮這件事她就是不大舒服。（「說嘛，我倒是問問妳，學那麼多，對於當個廚子到底有什麼用處？用筆和墨水要怎麼製造醬料，妳就做給我看看啊！」）不過，叨念歸叨念，她從來不想拿這件事來反駁我，也從來不想質疑商路長的判斷或意願。想來，我之所以深愛「忠誠」，說不定就因為我知道這宅邸是受「忠誠」所祝福的。

不管怎麼說，我仍然協助依思塔做廚房的粗活，也依然上市場採買。波米如果有空，就與她同行；如果她沒空，我就獨自前往。那陣子，我的體型依然矮小骨感，若穿上改短的男人衣服，看起來依舊十分像個小孩。或者，起碼也像個不起眼的少年。在街頭廝混的少年有時看出我是女孩，會用石頭丟我——安甦爾的我族少年行徑就像卑劣的阿茲人。我討厭經過他們旁邊，所以總是遠遠避開他們聚集的地方。我也討厭神氣活現的阿茲衛兵在每個市場周圍站哨，說什麼要「維持秩序」。所謂的維持秩序就是欺凌市民，不付錢就從小販的攤子拿走他們喜歡的任何東西。要是經過他們，我都盡量不顯出畏縮的模樣，盡量慢慢走，忽略他們。那些人穿藍斗篷、皮護胸，加上刀與棍，一個個盛氣凌人地站在那兒，很少向低處看，例如低到我這麼矮的高度。

好了，接就要講到那個重要的早晨了。

時為晚春，我十七歲生日過後四天。沙絲塔預定夏季結婚。那陣子，波米忙著協助沙絲塔縫製婚禮的行頭，包括新娘的綠袍和頭飾、新郎的外套和頭飾。一連數週，依思塔和莎絲塔談的盡是婚禮、婚禮、婚禮；縫製、縫製、縫製。甚至連波米也繞著相同的主題叨念不已。我自己是連想都沒想過要學縫紉，也沒想過要戀愛、要結婚。有一天吧，將來有一天，我自會準備好去尋找那種愛，但現在還不是時候。我必須先找出自己是誰，這是首要之事。我有個諾言待實現，我有親愛的商路長讓我去愛，還有很多事情等著我去學習。因此，那天早晨我獨自前往市場，讓她們留在家裡繼續討論。

那是個燦亮甜美的日子。我步下宅邸通往神諭噴泉的臺階。噴泉的綠色大淺池裡沒有水，只有垃圾。淺池中央的雕塑已毀損、破裂，掉落在送水進噴泉的水道裡，鋸齒狀的碎片堆堵塞住水道。這個噴泉在我來到世上之前許久就已乾涸，但我照舊站在噴泉旁，向「泉與水之主」誦念祝禱之辭。而這一回也如同之前的每一次一樣，我總是很想知道，為什麼這個噴泉叫做「神諭噴泉」。我也很想知道，為什麼高華世系本身有時候被稱做「神諭宅邸」。我心想，這件事應該向商路長問個明白才是。

我的視線從那個已死的噴泉抬起，掠過全城，看見海峽對面的甦爾山，有如岩石與白雪共同鑄造的滔天巨浪。它的峰頂有一道雲霧向北方吹去。我想著阿德拉與瑪拉，偕同麾下疲累至極的士兵被逼到那冰凍的高峰之上，沒有糧食和火，他們跪下來讚頌山神與冰河眾神靈。一隻烏鴉飛來，將嘴中所銜的帶葉樹枝放在阿德拉面前。眾人謝過烏鴉，把僅餘的一點點麵包奉獻給牠。「烏喙如黑鐵，恩賜綠希望。」我的心思總離不開那些英雄。

我讚頌甦爾山，以及從海岬之外僅可見白色頂峰的修昂山，接著向地基石誦禱。經過巨石角，左轉至西街時，我摸摸街神的神龕，決定今天到港口市場採買，雖然它比山腳市場遠，提東西回家得多走些路，但比山腳市場好。我很高興來到戶外，很高興看著陽光將藍綠色照進運河，很高興看見陽光把幾座橋上的雕像照出亮眼的影子。陽光與海風令人愉快。我走著走著，越來越確定我的眾神明與我同在，我無所畏懼，走過那幾個在市場邊站崗的阿茲士兵時，覺得他們彷彿只是幾根木樁。

港口市場鋪了大理石地板，面積寬廣，北側和東側有海關大樓的紅色拱廊，南側有「海將塔」，西側向港口與大海開放。淺而長的大理石階有雕刻的曲欄搭配，石階最下層銜接海軍大樓的船屋以及碎石海灘。那天早上處處是陽光、海風、白色大理石、湛藍海洋。不遠處有市場攤位五顏六色的遮篷和傘蓋，加上歡暢的市場喧鬧聲。我從市場神旁邊走過，市場神是一顆圓石，代表本城最古老的神明「樂若」，這名字代表公義、協同、正行。我坦坦然向這位神明敬禮，甚至沒想到阿茲士兵就在附近。

那是我這輩子從未有過的舉動。十歲那年，我目睹幾名士兵當街毆打一個老人，地點就在那老人剛剛致意過的神明臺座下方，老人血流如注、不省人事，遭棄置街頭。士兵在時，沒人敢靠近老人，我哭著跑開，始終不知道老人究竟被打死了沒有。我一直忘不了那件事，但沒有關係，這天我一無所懼，這是個受祝福的日子，一個神聖之日。

我繼續前進，穿過廣場，每樣東西都瞧它一瞧，因為我愛這些攤位，我愛百物雜貨，我也愛那些誘哄顧客出手購買的攤販，與說話粗俗無文的攤販。我的目標是魚市，但見到海將塔前正在搭一個大帳篷，便走過去，問一個販售髒岩糖的小童那帳篷要做什麼用。

「從高山區來了一個偉大的說書人，」他說：「很有名的哩，我可以幫你占個位子，小少爺。」人家都說，就算是一堆大便，市場小僮也有能耐把它變成一個錢子兒。

「我可以自己占位子。」我剛說完，他就說：「噢，很快就會爆滿的啦。他預定在這裡停留一整天，有名得要命。半便士給你一個靠近的好位子，如何？」

我對他笑笑，繼續前進。

不過，我還是上鉤了。我被吸引到帳篷邊。我有些想做點什麼蠢事，比如聽說書人講故事就是一樁。阿茲人對詩人和說書人很瘋狂。據說，每個富有的阿茲人隨扈裡都會有一名說書人，每個兵團裡也都會有一個說書人。我聽商路長說過，阿茲人來之前，安甦爾城裡沒有很多說書人，可是如今書籍被禁，說書人反而多了起來。我們族人裡有幾個男人會在街角講故事，賺點小零錢。我曾經駐足聆聽一、兩回，但他們大多講阿茲人的故事，才能從阿茲士兵那兒賺幾文錢。我不喜歡阿茲人的故事，全是關於戰爭、戰士、以及他們那位暴虐之神，沒一個是我想聽的。

吸引我的是「高山地區」這幾個字。高山地區來的不會是阿茲人，因為高山地區在很遠很遠的北方。以前我聽都沒聽過高山地區，也不曾聽人提及遙遠北方的任何一塊土地。直到去年，我讀了埃朗撰述的《大歷史》，書中附有「西岸」所有土地的地圖。市場小童只是重述別人講的話語，他並不明白那幾個字的意義，頂多曉得那是是離這裡很遠很遠的地方。甚至對埃朗本人而言，高山地區的種種想必大多也僅限於風聞。我經過補鍋匠，繼續往賣魚婦的攤位前進，一邊試著回想那幅地圖，卻只記得地圖裡的高山地區有一座大山，我想不起來那座大山的怪名字。除此之外，我不記得別的。

我討價還價買了一條大紅斑，想必足夠全家人今天吃，甚至貓咪們也有份，魚頭還可以留到明天煮湯。我繞過攤位，買了一塊新鮮乳酪，以及一些賣相不差的便宜蔬菜。準備起程回家之前，我轉去大帳篷那邊，想看看是不是已經有什麼動靜了。群眾滿滿，人頭鑽動之中，可以看見有騎馬的人鶴立雞群，馬頭上上下下擺動。那是兩個阿茲士官。阿茲人沒把女人從沙漠帶來，倒是帶了漂亮的好馬來。阿茲人善待馬匹，以至於有個街頭笑話戲稱那些馬匹為「士兵的老婆」。

群眾中有人想讓路給那兩匹馬，但後頭好像有什麼騷動和混亂。這時，其中一匹馬尖聲長嘶，先是衝撞，接著用後腿人立，繼而又像小雄馬般四腿僵硬地跳動。站在我前方的群眾為了閃躲，猛然後退。於是，那匹馬就朝我直衝而來。我後方有群眾簇擁著，我動彈不得，而馬匹對準了我——騎馬人已經不在馬背上，馬匹的韁繩如連枷似的鞭打我手。我伸手抓住韁繩，用力拉。馬匹低下頭，位置剛好在我肩膀一側，一隻眼睛狂野地轉動。那個馬頭看起來真是巨大，彷彿充塞整個世界。我縮短韁繩，握住靠近轡頭的位置，並穩穩站定，不曉得還能做些什麼。馬兒想甩頭，那個舉動一把將我提離了地面，出於純粹的恐懼，我儘管騰空，卻沒有放手。馬兒從鼻孔噴出一大口氣後終於站定，甚至還輕輕拱我，有如要保護我一般。

周圍群眾呼喊的呼喊、尖叫的尖叫，當時我唯一的想法就是怎麼使他們別再驚動馬匹。「安靜！安靜！」我呆呆地對大呼小叫的群眾說。他們好像聽懂了似的紛紛後退，空出馬匹後面的大理石路面。而就在那個陽光照射的白色地面上，剛才被重摔下馬的阿茲士官嚇傻了，仍靜躺著。離他不遠處站著一個女人，身旁還有一頭獅子。女人和獅子並肩而立，他們一走動，空出來的路面範圍就跟著移動。四周幾乎鴉雀無聲。

在女人和獅子的後面，我瞧見一個類似四輪馬車的車頂。他們走向那輛馬車，群眾也隨之後退，白色路面有如變魔術般在他們面前展開。那是一輛有篷的小馬車，拉車的兩匹馬平靜站著，並沒有看向我們。女人打開馬車後門，獅子跳進去消失不見時，尾巴彎曲成一個可愛的弧度。女人將後門閂好，隨即返回，雖然這次並沒有獅子同行，群眾依然為她後退讓路。

她走到士官身邊跪下，士官這時已坐起來，一臉眩惑不解。她對士官講了幾句話，起身向我站立的地方走來。我那時依然抓著馬兒，不敢鬆手。群眾後退時有一點推擠，害那匹馬再度受驚，用力拉扯轡頭，想掙脫我的掌握，結果，掛在我手臂上的菜籃掉落地面，魚啦乳酪啦青菜啦，全部飛蹦而出，馬兒更是大受驚嚇，我抓不住牠了。但是，有那個女人在。她伸出一隻手放在馬脖子上，對牠說了什麼，牠搖搖頭，胸臆間好像有一股不滿，但終究站定了。

女人伸出一隻手，我把韁繩交給她。「做得好，」她對我說：「做得真好！」然後她又貼近馬耳，柔聲對牠說了些什麼，朝馬兒的兩個鼻孔吹進一點點她自己的氣息。馬兒於是吐氣，低了頭。我趕緊彎身撿拾地上那些買回去準備給家人吃兩天的食物，免得被踩爛或被偷走。那女人看我急著往地面抓東西，先是用力拍一下那匹馬，也彎腰來幫我。我們把那條大魚以及青菜丟進籃子。人群中有人把乳酪丟給我。

「謝謝各位，安甦爾的善良百姓！」那女人以清朗的聲音說話，但帶著外地腔。

「這個小男孩應該獲得獎賞！」然後，她對那個已經顛危危站在馬匹另一側的士官說：「隊長，這個男孩抓住您的牝馬。是我的獅子嚇著了她，所以我請求您原諒。」

「那隻獅子，對。」阿茲人說著，依然恍惚。他看看女人，再看看我，一會兒才探手到腰帶小包內，取了什麼東西出來要給我，是一個便士。

我正在幫菜籃拉緊扣帶，不想理他和他那一個便士。

「噢，真慷慨、真慷慨啊。」群眾交頭接耳，而且有人輕聲讚嘆：「好個財源哪！」士官怒目環視眾人，最後才又定睛看著那女人。她站在他面前，手裡握著他馬匹的韁繩。

「放開妳的手，別碰她！」他說。「妳，女人，是妳帶了那隻動物來——一頭獅子——」那個女人把韁繩丟過去給士官，輕輕拍拍那匹牝馬，然後沒入群眾當中。這回，群眾都緊挨著她。一會兒，我看見四輪馬車的車頂慢慢遠離。

我心想，這時還是別引人注目才聰明，所以我趁那士官登上牝馬馬背迅速轉身，走進舊衣市場。

被喚做「高帽子」的舊衣女攤販剛才站在凳子上觀看整場好戲。這時，她爬下凳子。「你很熟悉馬性，是吧？」她對我說。

「不。」我說：「那是獅子嗎？」

「管牠是啥。反正是和那個說書人一道的，還有他老婆。人家是這麼說的囉。留下來聽他講故事吧。據說，他是首席故事大王喲。」

「我得把這條魚帶回家去。」

「唷，魚這麼不等人呀。」她銳利的小眼睛定定注視我。「喏，」她說著，丟了什麼東西給我，我用反射動作接了下來。原來是一個便士。這時，她已經轉身走開了。我謝謝她。我把那個便士放在樂若神下方的空位中，那是人們留置各樣神賜物品的所在，窮人會去那兒找東西。我跟之前一樣不在乎警衛是否看見我，因為我曉得他們不會看見。我離開了市場，朝西街方向前進。經過海關大樓高高的紅色拱廊，聽見達達馬蹄和轆轆車輪。那兩匹馬和那輛四輪馬拉貨車順著海關街駛來，獅女高坐在駕駛座。

馬匹停步，她開口問：「搭便車嗎？」

我猶豫了，差點謝謝她，一口回絕。但那天畢竟是異乎尋常，之前可不曾發生半件異樣的事情，所以我不曉得如何是好。畢竟，陌生人向來讓我感到不自在，人總是讓我感到不自在。但，那天是受祝福的，而回絕祝福乃是作惡。我謝過她，然後爬到她旁邊的座位中。

座位好像非常高。

「上哪兒？」

我指向西街。

她彷彿沒有任何動作——沒有像我見過的其他車夫那樣晃一晃韁繩、或動一動舌頭，但馬匹就是動了。比較高的那匹馬是順眼的紅棕色，幾乎和《若思坦》的封面一樣紅；比較矮小的那一匹是亮褐色，四腿、鬃毛和尾巴是黑色，前額有一撮星形白毛。兩匹馬都比阿茲人的馬匹高大許多，看起來也更為平和。他們的耳朵前後擺動，好像一直在聆聽什麼。這景象看了就讓人心情愉快。

馬車駛經幾個街區，我們都沒交談。從馬車駕駛座的高度俯瞰很有趣，我看見幾條運河、河上的橋梁、建築的立面和窗櫺、來往的人群，還看見馬背上的騎者由高處往下看著行人。我發現，這情形讓我感覺自己是優越的。

「那頭獅子——在後面的馬車裡？」我終於發問。

「她是半獅，混血的。」她說。

「來自阿蘇達沙漠！」她一說到「半獅」，我立刻回想起在《大歷史》裡讀到的內容和圖片。

「正確。」她說，瞥了我一眼。「可能就是這緣故她才惹毛了那匹牝馬。牝馬曉得她的身分。」

「但妳不是阿茲人。」我突然擔心起她會是阿茲人，儘管她長了深色皮膚和深色眼睛，不可能是阿茲人。

「我是從高山地區來的。」

「那地方在最北邊！」我說完，差點沒把自己的舌頭咬成兩截。

她斜睨我一眼。我等著她控訴我竟讀了書，結果那卻不是她留意的重點。

「妳不是男孩子。」她說：「噯呀，我可真笨哪。」

「對。我穿戴成男孩的模樣，因為——」我住口了。

她點點頭，意思是無需解釋。

「說說看，妳是怎麼學習御馬術的。」她問。

「我沒學。之前我沒碰過半匹馬。」

她吹一下口哨。那哨音小小甜甜的，像隻小小鳥。「唔，那麼，妳要不是抓到訣竅，就是運氣好。」

她的微笑那麼窩心，我不禁想告訴她那是運氣使然，是樂若神和好運神，也就是那位耳聾神賜給我一個聖日的關係，可是我怕自己太多嘴。

「妳知道嗎？我本來是想，妳應該能帶我去一個不錯的馬房，給這兩匹馬休息。我原以為妳是馬童。因為妳敏捷又冷靜，不輸給我見過的任何一位馬夫。」

「噯，那匹馬就朝著我衝來呀。」

「牠是走向妳。」她說。

馬車又轆轆經過一個街區。

「我們有個馬廄。」我說。

她笑起來。「啊哈！」

「我得問一下。」

「當然。」

「目前馬廄裡沒半匹馬，也沒有飼料，什麼都沒有。已經這樣好幾年了。但是裡面乾淨。有一些麥桿，給貓咪用的。」每回我張口說話，總是說得太多。我咬咬牙。

「妳真好心。假如不方便，直說無妨。我們可以找別的地方。其實統領已經說過了，我們可以使用他的馬廄。但我寧可不要蒙他們照顧。」她匆匆瞥我一眼。

我喜歡她。打從看見她站在獅子旁邊那一刻我就喜歡她了。我喜歡她說話的樣子，喜歡她說話的內容，喜歡她的一切。

祝福降臨時，萬勿拒絕。

我說：「我是高華世系的玫茉，狄可蘿．高華的女兒。」

她說：「我是樂得世系的桂蕊．貝睎。」

介紹完自己，我們都有些害羞，也就沉默地進入了高華街。「宅邸到了。」我說。

她敬畏地說：「真是一棟漂亮的宅邸。」

高華世系面積龐大，氣勢尊貴，這棟宅邸有寬濶的院落，石造的拱門，挑高的窗戶。只是如今已泰半遭毀。因此，聽見來自遠方、見識過許多豪宅深院的人看出它的美，真教我感動莫名。

「這就是『神諭宅邸』，」我說：「商路長的住處。」

聽我這一說，馬匹猛然停住。

桂蕊茫然注視了我好一會兒。「高華——商路長——嘿，馬兒，醒來呀！」兩匹馬於是繼續耐心前進。「今天真是大大出乎意料的日子。」她說。

「今天是欒若神的日子。」我說。馬車駛達臨街大門，我跳下座位，碰觸地基石，引領桂蕊入內，經過大前庭那個已枯乾的神諭噴泉，繞過宅邸側邊，來到馬廄院落的拱門前。

顧迪沉著臉出來。「看在妳那些笨蛋祖先亡靈的面子上，妳認為我要到哪兒找燕麥來餵？」他大吼，一邊過來替紅馬解開馬具。

「等等，等等。」我說：「我必須先秉報商路長。」

「你們去談吧。你們談的時候牲口可以點喝水，不行嗎？來，放輕鬆，女士。這裡我會照料。」

桂蕊由著他為兩匹馬解套，然後牽去飲水槽邊。她看著這個老人打開水龍頭，目睹清水流入飲水槽，很有興味地看著，滿臉讚賞。「這水是從哪兒來的？」她問顧迪，他於是滔滔不絕跟她講起高華世系的泉源始末。

我經過四輪馬車時，它振動一下。裡面有一頭獅子呢。我很好奇顧迪會怎麼說。

我跑進屋子。

第四章

商路長在宅邸的後棟與迪薩克談話。迪薩克不是安甦爾本地人，他是桑卓門世系的人，曾在那裡的軍隊服務。他不曾帶書來，也不曾談論書。他站立時非常挺直，講話時頗嚴厲，很少微笑。我心想，他八成知道了太多悲傷的事。他與商路長互相尊敬、友誼相待。他們總是私下進行冗長的交談。每次我去那個房間，走到他們坐著交談，有一片陽光照進來的尾窗，兩人就會安靜下來，有點嚴厲地望著我。宅邸的後棟區建築年代最久遠，全部石造，而且緊貼著山坡，那兒比較冷，但我們並沒有多少柴火可以讓各個房間保持溫暖。

我先向他們問安，商路長揚起眉毛，等候我傳信。

「有遙遠北方的旅人來到，他們需要馬廄安頓馬匹。男的是個說書人，而女的——」我停頓一下。「她有一頭獅子，一頭半獅。我已經告訴她，我會問明是否可以讓他們在這兒安頓馬匹。」說這些話時，我感覺自己像《萌華列王故事集》裡的一個角色，正在將一位高貴訪者的請求傳達給一位高貴的主人。

「馬戲班的。」迪薩克說。「遊牧族。」

他輕忽的語調讓我生氣，我於是說：「才不是！」

我的粗魯使得商路長的眉毛下壓。

「她是高山地區樂得世系的桂蕊．貝晞。」我說。

「高山地區，是在哪兒呀？」迪薩克說。語氣彷彿是在跟小孩子說話。

「遙遠的北方。」我說。

商路長說：「玫茉，多說一點好嗎？」這是他經常使用的說法，例如希望我再翻譯一行雅力坦語，或是要我替任何事情多做點說明。他希望我條理井然、意義清晰。我也就盡力而為——

「今天他們所以會在港口市場那兒，是因為她丈夫來市場說故事。她的獅子驚嚇了阿茲人的馬匹，是我抓住那匹馬，但使馬匹安靜下來的人，是她。然後，在我回家途中，我碰到她正駕著馬車，所以她就載我回家。她當時正在尋找馬廄，獅子在那輛四輪馬車內。顧迪目前正在照料馬匹喝水。」

提到「回家」時我才想起，菜籃子裝著那條重達十磅的鮮魚，還有乳酪和青菜。都還全部還沉沉地掛在我的手臂上呢。

現場沒人接話。

「妳跟她說了可以讓她使用馬廄？」

「我剛才是跟她說，我會先問你可不可以使用。」

「妳請她來一下好嗎？」

「好的。」我說完，快步離開。

我把菜籃放進食品儲存冷藏間，跑回馬廄院落。經過工作間時，我看到依思塔和其他人還在那裡忙著縫紉。桂蕊與顧迪正在談狗，應該說是顧迪談個不停，告訴她高華世系曾經飼養很多隻跑起來不輸給馬匹的獵犬，看守各大門的任務都交給牠們。

「如今，宅邸裡只有貓，到處是貓。」他說著，別過臉，啐口痰。「根本沒有肉可以給狗吃，曉得吧。道理就在這兒。圍城那些年，那些狗啊，本身就是給人吃的肉囉。」

「你們現在沒飼養獵犬可能也挺好的，」她說：「不然的話，牠們對我們馬車裡裝的東西一定會很不安。」

我說：「商路長請問妳願不願意賞光進屋裡。他其實也願意自己過來，但腳很難走遠。」我十二萬分希望自己能夠用恰當得體、高貴大方的方式歡迎她，如同昔日萌華列主歡迎陌生訪客那樣。

「樂意之至。」她說：「但是先得——」

「兩匹馬交給我。」顧迪說：「我會先把牠們安頓在臨時欄位，然後去街尾跟帛斯隄拿一點乾草回來。」

「馬車裡有一捆乾草，還有一桶燕麥。」桂蕊說著，打算指給他看放在哪裡。但顧迪回絕。「什麼話，沒有誰來商路長宅邸還自備糧食的。嘿，來吧，老女士。」

「她叫白星。」桂蕊說：「他叫布藍提。」一聽見名字，兩匹馬都轉頭來看她，牝馬還噴了口氣。

「不過，要是你清楚馬車內還有別的什麼，會比較好。」桂蕊的語調裡別有意涵，雖然話音低柔，但連顧迪都轉過身來仔細聆聽。

「是一隻貓，」她說：「別種貓，大型的。她不會亂來，但就是不能受驚。所以，不要打開馬車門，拜託。玫茉，我是把她留在馬車裡好呢？還是讓她跟隨我進屋去？」運氣來時，要懂得把握。我希望迪薩克瞧瞧「馬戲班」的獅子，讓他嚇得呆若木雞。「假如妳希望帶上她……」

她仔細打量我。

「還是讓她留在這兒最好。」她露出一抹微笑。想到依思塔和莎絲塔見到獅子走過廊道時會怎麼驚聲尖叫，我便了解桂蕊的決定是對的。

她跟隨我穿越宅邸周圍的院落，來到正屋入口。經過門檻時，她停下腳步，小聲向宅邸眾神誦念賓客祈願。

「你們的神明與我們的神明一樣嗎？」

「高山地區的人不大尊神，但做為一個旅人，我學會尊崇所有神明或神靈，也學會了向願意賜予福祐的祂們祈求。」

我喜歡這種態度。

「阿茲人向我們的神明吐口水。」我說。

「水手們都說，對風吐口水是不智的。」她說。

我帶她繞遠路，原是希望讓她看看我們的接待大廳與寬濶的庭院，還有通到古老大學各個房間、迴廊，以及內院的氣派廊道。只是，那些建物今已荒廢、一無陳設，雕像也破損，織錦畫被偷走，地面都是陳垢未清。帶她看這些，我半是自豪，半是丟臉。

她沿途張大銳利的雙眼，流露內在的謹慎。雖然她從容而開放，但也有自制和警覺，像置身陌生場所的動物。

我敲敲後棟廳房的雕花門，商路長吩咐我們入內。迪薩克已離開，商路長站起來迎接訪客。互道姓名時，他們都很正式地頷首為禮。「歡迎來到我族人的住所。」他說。

而她則說：「謹向高華宅邸及其族人敬致問候，同時向宅邸眾神明與眾先祖敬致尊崇。」

他們抬頭看對方時，我看到他的眼中滿是好奇與興趣，而她的眼睛因振奮而發亮。

「真是千里跋涉的問候。」他說。

「都是為了求見甦爾特．高華商路長。」

有如闔起一本書，他的面容封閉了起來。

「安甦爾沒有商路長，只有阿茲人了。」他說：「我是無足輕重的一個人。」

桂蕊瞥我一眼，彷彿想尋求支持。但我沒辦法給她什麼支持。她對商路長說：「假如在下語辭失誤，還望閣下見諒。不過，是什麼緣故引領我丈夫歐睿．克思與我前來安甦爾，能否先容在下向您秉報？」

聽到克思這個大名，商路長的表情與我向桂蕊提及商路長銜稱時一樣，都是驚異透了。

「克思在此？」他說——「歐睿．克思？」他深吸一口氣，然後提振精神，以他最僵硬、最正式的語氣說：「詩人聲名遠播。他大駕光臨，本城備感尊榮。玫茉告訴我，有一位說書人要在市場開講，我還不知道那個說書人是誰。」

「他也將為阿茲人的統領公開吟誦詩歌。」桂蕊說：「是統領派人邀請我丈夫來。但，那不是我們來安甦爾城的理由。」

緊接著有一小片沉重的停頓。

「我們一直在尋找這個宅邸。」桂蕊說：「結果，是您的女兒帶我們來到這宅邸。雖然，我起初根本不知道她是本宅邸的女兒，她也不曉得我一直在尋找本宅邸。」

他看著我。

「是真的。」我說。但他還是一臉懷疑地看著我，所以我又說：「今天，眾神明一直與我同在。今天是樂若神之日。」

對他而言，這話有其重量。他用左手第一個指節揉揉上脣，每逢深思，他就會出現那樣的動作。突然，他做出了決定，剛才的懷疑消失無蹤。「既然樂若神以雙手將妳帶來，本宅邸的祝福也是妳的。」他說：「還有，宅裡的一切也是妳的。請坐好嗎，桂蕊．貝晞？」

商路長請她坐那張爪腳椅時，我看見她注意到商路長走動的樣子。商路長坐進扶手椅時，我也看見她注意到他兩隻殘廢的手。我在桌邊的高腳凳落座。

「克思的名聲遠播到你們這裡，」她說：「安甦爾圖書館的名聲也遠播到我們那裡。」

「那麼，妳丈夫來這裡是想看看那些圖書館？」

「他總是在書裡尋找屬於他技藝和靈魂的滋養品。」她說。

聽了這句話，我好想把整顆心給她——也給他。

「他必定知道，」商路長不帶情緒地說：「安甦爾的書籍已遭毀棄，很多人由於讀那些書也被殺害。整座城市連一間圖書館也不准有。書寫的文字被禁。文字是唯一真神阿熹的氣息，因此文字只有憑藉那個氣息才能說出來。把文字用於書寫——那是褻瀆神明、罪大惡極。」

我忍不住哆嗦一下，因為我很不喜歡聽他講這些，彷彿信之不疑的語氣，彷彿他就是那麼想。

桂蕊沒有接口。

他說：「我希望歐睿．克思沒有隨身帶著書。」

「沒有。」她說：「他是來找書的。」

「那就無異於在海上尋找篝火。」他說。

她立刻回應：「或者說，想從沙漠的岩石擠出牛奶。」

桂蕊用德寧士詩句的剩餘部分來回答，我看見商路長雙眼閃爍，那幾乎是隱而不顯的亮光。

「他可不可以來這裡呢？」她問，語氣相當謙卑。

我想大喊：可以！可以！看見商路長並沒有立即回以溫馨的邀請和歡迎，我感到相當震驚和丟臉。他躊躇再三，結果只說：「他是夷猷的座上賓？」

「我們還在峨岱時有訊息送來給我們，表示安甦爾市阿茲人的統領夷猷歡迎歐睿．克思——眾詩人之首領——前往安甦爾市，展示技藝。我們得知，夷猷統領非常喜歡聽故事和聽詩，他的人民也同樣喜歡。所以我們就來了。不過，我們並沒有當他的賓客，他為我們的馬匹提供馬廄，但沒有為我們提供住宿。不信他們神明的人進到他家屋簷下，會冒犯他們的神明。所以，歐睿去為統領表演時，將會在戶外，在開闊的天空下。」

商路長用雅力坦語說了什麼，我聽不大懂，但猜想是說，天空有足夠的空間容納眾星斗和眾神明。講完，商路長望著桂蕊，想知道她懂不懂這行詩。

她偏偏頭，說：「我是無知無識的女人。」她這話依舊說得柔和。

他笑起來。「不會吧！」

「不，是真的。我丈夫曾經傳授我一點點，但我個人的知識完全不在文字方面。我的天賦在於聆聽那些不以言語達意者。」

「玫茉說妳有一頭獅子同行。」

「是的。我們長時間旅行，而旅者容易遇險。我們的好狗兒去世後，我想再找一個護衛的同伴。我們在瓦得瓦南部的沙漠山區遇到一夥遊牧人、說書人和魔術師的團體，他們有人用陷阱捕獲一頭半獅和她的幼獸，他們留下母獸做為表演之用，幼獸賣給我們。她是一個好同伴，而且很可靠。」

「她叫什麼名字？」我很小聲地問。

「希塔。」

「她現在在哪兒？」商路長問。

「在我們的馬車裡，馬車在你們的馬廄院落中。」

「我希望見見她。我跟你們一樣也是不接受信仰重擔的人。所以，我能自由地將我的屋簷提供給你們——也就是妳，桂蕊．貝晞，以及妳的丈夫、馬匹和妳的獅子。」

桂蕊謝謝他的慷慨，商路長說：「窮人都是在慷慨中享富貴。」自從桂蕊提了她丈夫的姓名，商路長的臉就被點亮了。「玫茉，」他說：「哪個房間？」

這個我早有定案，而且正盤算著那條魚如果交給依思塔燜燉，能不能餵飽八個人。「東房。」我說。

「校長房怎麼樣？」

這提議稍微嚇了我一跳。因為我知道他母親生前就住在那個漂亮寬敞的房間，位置在宅邸後棟，最古舊的區域，也是他自己的套房樓上。很久以前，高華世系的宅邸供大學做為校舍、供安甦爾設立圖書館時，那個套房曾經屬於大學校長所有。它完好的小櫺窗俯瞰宅邸，西向甦爾山、較低的屋頂。可是現在，套房裡只有一個床架，別無他物。不過我可以從東房搬一張床墊去，再從我房間搬張椅子。

「我會去那房裡生個火。」我說。我知道沒在使用的房間都潮溼陰冷。

商路長非常和藹地看看我，然後對桂蕊．貝晞說：「玫茉是我的兩隻手和半個腦袋。她雖然不是我這身軀的女兒，卻是我的家和我的心的女兒。她的神明和先祖也是我的神明和先祖。」

我很清楚我有高華家的血統，但，親耳聽商路長這麼表明，依然給了我一股揪心的歡喜。

「在市場時，」桂蕊說：「有一匹馬看見我的大貓，衝撞起來，把騎者甩下馬背，而且直衝玫茉，當時是玫茉抓住韁繩把牠停住的。」

「我去準備房間囉。」我發覺自己很難承受別人給我讚美。

桂蕊告退，隨我出來，說是想幫我準備房間。等鋪好床，壁爐也升了火，一切妥當。桂蕊說要去港口市場帶她丈夫來這裡。我渴望聽他說書，桂蕊也看出這一點。「我想，現在他差不多講完了。」她說：「但我很高興妳陪我。希塔就留在馬車內沒關係，她不會惹麻煩的。」我們往外走的途中，她又補充：「一頭獅子陪我就夠了。」這教我怎能不愛她？

於是，桂蕊與我步行往港口市場走去。就在那兒，我頭一回聆聽詩人歐睿・克思開講。帳篷爆滿，前翼和側翼都撩了起來，好讓觀眾可以站在外面聆賞，大家像山坡上的樹木一樣挨在一起，全體安靜聆聽。他正在講「火尾鳥」的故事，摘自德寧士的《轉化》。我曉得那個故事，安甦爾年長的居民也知道那個故事，但對阿茲士兵還有多數的年輕人而言，這故事卻是個新的驚奇。在場有很多阿茲士兵，他們都占了最好的位置，緊靠帳篷內的舞臺。觀眾個個雙脣蠕動、凝神注目，沉浸在故事詩裡。我也融入其中，耳朵聽著詩人均勻嘹亮的嗓音和清亮的北國腔調，但幾乎見不到他本人。我聆聽著，並且看著這個故事發生。

他說完時，廣大群眾佇立無聲，持續了一口長氣之久，然後才「啊！」一聲，開始為他喝采。阿茲人用力拍響兩個手掌，我們拉開嗓門，高喊那個古老的讚美辭：「耶呵，耶呵！」這時，我看見他了：高臺上站著一個瘦削頎長又挺拔的深膚色男子，眉宇間流露一抹欲挑戰萬方的不馴——雖然他對群眾極為親切和氣。

過了許久，我們仍無法接近已經下臺並沒入群眾當中的講者。我們努力向集結在他周圍的士兵和官員突圍，拚命撥開官兵的藍披風、羊毛頭髮和他們的刀刃、十字弓和棍棒，依舊徒勞無功。桂蕊說：「早知道我應該帶另一頭獅子來才是。」他跳回高臺，掃視群眾，桂蕊吹響她的小鳥口哨——這回吹得又大聲又刺耳。他馬上看見桂蕊。桂蕊朝我們左側點點頭。不出幾分鐘，他便來到海關大樓的臺階和我們會合。

士官兵散去後改由眾多市民跟隨在他身後。但大家都有分有寸，不願過度壓迫講者。只有一位老者走到他面前鞠躬，像我們感謝自己的神明時那樣深深鞠躬，並且張開雙手，以便收受上天賜予的禮物。「讚美詩人。」他低語，然後直起身快步走開。

他眼裡有淚。他曾帶書籍來給商路長，而且不只一次，但我不曉得他的大名。歐睿．克思看見我們，大步走過來。他握住桂蕊的雙手一會兒。「帶我離開這兒！」

他說：「希塔呢？」

「在高華家呢，」她特別用北方腔講我們的名字。「我身旁這位是高華家狄可蘿的女兒玫茉。我們要當他們的客人了。」

他睜大雙眼，有禮地向我致意，沒問半個問題，不過看似有好些問題想問。

「請容我暫且告退。」我臨時想起一件事，便說：「我今早去市場忘了些東西。妳知道路，我一會兒就趕上你們。」說完我就離開他們。煮八人份的燜燒魚，依思塔還真需要多一點青菜才行。

我經常納悶，為什麼詩人在他們的故事裡總是略過家務和烹飪。所有偉大的戰役和爭鬥，不都是為了家務和烹飪嗎？期待白日將盡時，一家人能在安寧的屋子裡同桌共食？萌華列王的故事雖然有講到流亡期間，在甦爾山腳紮營時，列王如何狩獵、搜集根莖野菜來煮晚餐。但書裡卻沒有說，他們的妻小住在被敵人毀壞乃至荒蕪的城市依靠什麼維生。他們必定也得設法找到食物，同時清掃屋內、祭拜神明，與我們在圍城期間及之後屈從於阿茲人暴政之下，日日所做的一樣。英雄從深山返家，人民當然設宴歡迎。我真想知道當時他們吃什麼，也想知道婦女們如何設法攏出菜餚來。

我在西街的坡頂與桂蕊和她丈夫會合後，一起從蓋柏橋爬坡回家。走進廚房時，莎絲塔和波米已見過客人，都還十分興奮。然而依思塔卻接近發火邊緣：「看在摧毀者山帕的分上，一個女人家僅憑一小塊魚和一根葉柄，怎麼餵得飽客人？」此時我多買回來的青菜和芹菜根扭轉了這場災難。她動手料理：磨薑、剁欒索尼、毫不留情地支使波米和莎絲塔做這做那。只要依思塔做得到，高華家是不會虧待賓客，或是讓祖先蒙羞。我所說的家務有一部分就是這些。要是這不重要，那麼什麼才重要？

這件事若不抱著崇敬之心去做，那麼，崇敬又在哪裡？昔日在大餐廳設宴款待四十名賓客的盛況，依思塔可以如數家珍，但現在，我們都只在她稱為「儲藏間」的地方用餐，那是個堆滿架子和櫃子的大空間，位在餐廳和廚房之間。之前顧迪利用松木廢料做了一張桌子，至於椅子，我們就這兒找一張、那兒找一張湊足。每一天，商路長最長距離的步行通常是從他的房間，穿過幾條走廊，經過一些階梯和內院，來到儲藏間吃晚餐。今晚，他穿上昔日僅存的一件好衣裳，那是一件厚重挺拔的灰長袍。我們所有人都多少把自己弄得乾淨一點，只有顧迪身上仍有很濃的馬味。桂蕊穿一襲紅色長衫，蓋過窄管的絲質長褲。她丈夫穿白襯衫、黑外套、黑短裙，膝蓋以下的腿部任其外露。他穿黑色顯得異常颯爽，莎絲塔瞪大眼睛注視他，有如那條大魚擱在市場厚板上的樣子。

但商路長也是個英俊男子，即使如今跛足也一樣。他向歐睿．克思歡迎致意時，讓我想到阿德拉和瑪拉等英雄。商路長與克思都站得非常挺直——當然，商路長必定更費勁。

我們入座。桂蕊在商路長右側，克思在他左側，莎絲塔在波米旁邊較次的座位，顧迪則是在我旁邊，桌尾位置空著，因為依思塔不等到大家快吃完是不肯入座的。她一向說：「廚子若就座，晚餐就燒焦」，但那是得服侍更多人、煮更多食物時這句話才有道理。

商路長誦念男人禱辭、而我念女人禱辭，依思塔就站在一旁。我們一開始享用她烘烤的美味麵包和燜燒魚，她又不見人影了。我很高興食物這麼可口，讓我們家很有光采。

「你們安甦爾人與我們高山人一樣，全家人同桌進餐。」克思說。他的嗓音是他整個人最美的部分，宛如一把低音六弦提琴。「讓我感覺像在自己家。」

「告訴我們一些高山地區的事。」商路長說。

克思微笑環視我們大家，不曉得從哪裡開始講起。「各位聽過那地方任何事情嗎？」

「它在遙遠的北方。」沒人開口，我於是說：「一塊多山的土地，有一座大山脈——」那座山的名字突然跳進我腦海，我彷彿正看著埃朗所繪的地圖。「那座山脈是叫卡朗山脈吧？據說那裡的人都會巫術。但那只是埃朗的說法。」

波米和莎絲塔瞪大眼睛。每次碰到我知道、她們不知道的事情時，她們都這樣。我覺得那很蠢，要是碰到她們談論如何給襯料做褶邊、如何給褶邊做襯料時，不管是哪件事，難道我也應該瞪大眼睛？雖然我未必總是了解她們，但我可不會這樣瞪大眼睛，彷彿認為她們知道那些事情很古怪。

克思對我說：「卡朗山脈是我們最雄偉的山，如同你們的甦爾山。高山地區到處是山丘和岩石，農民很窮。其中有些人的確擁有某種力量，但『巫術』是危險的詞。所以我們都稱為『天賦』。」

「現在置身阿茲人中間，我們就說那些都沒什麼。」桂蕊用她冷靜、稍帶揶揄的口氣說：「我們不希望因為來自天賦族群就背負罪名，並被石頭打死。」

「那麼，」波米想開口，因為害羞又打住。桂蕊鼓勵她，波米於是問：「妳有天賦嗎？」

「我能與動物融洽相處，牠們也能與我融洽相處。這種天賦叫做『召喚』，不過其實比較像聆聽。」

「我沒有天賦。」克思微笑道。

「我不敢相信你這麼不知感恩。」商路長說著，並非開玩笑。

克思接納這斥責。「您說得是，商路長。我確實被賦予了極大的天賦。但那是……那是一個錯誤的天賦。」他皺眉，幾乎是絕望地想找到貼切的字眼，彷彿他誠實回答與否乃是全世界最重要的事。「對我而言，那並非錯誤，但是對我的族人而言，那就是錯誤的。因此我才離開他們，離開高山地區。我從我的技藝獲得無上的喜悅，但有的時候──有時候，心裡難過時，自然也想念高山的岩石、泥塘與眾山的寧靜。」

商路長靜心注視他，不評斷，只讚賞。「歐睿．克思，即使住在自己的城市、自己的屋子，一個人也可能因思鄉而心裡難過。現在，你是置身在幾個流亡者當中的一個流亡者。」他舉起玻璃杯，裡面是水，因為我們沒有酒。「敬我們的『歸鄉』！」他說完，我們全體與他同飲。

「如果你的天賦是錯誤的天賦，正確的天賦會是什麼呢？」波米問，她的害羞一旦消失，就不會再回來。

克思注視她。他的容貌改變。對波米隨口提出的問題他本可隨口回答，波米照樣會滿意，但那不是他的個性。

「我家族的天賦是『消解』。」說到這，他不由自主舉起雙手覆蓋雙眼——這是奇特的一刻。「但我卻被賦予『造就』的天賦，陰錯陽差。」他抬頭往上看，彷彿感到迷惑不解。我看見坐他對面的桂蕊憂心忡忡望著他。

「一點也不。」商路長帶著一種平靜親切的威嚴這麼說，一句話就舒緩了當時不自在的氣氛。「你在你的詩中把你被賦予的天賦送給了我們。真希望能現場聆聽你說書。」

「別鼓勵他，」桂蕊說：「他會滔滔不絕講那些詩，講到太陽下山還不停。」

莎絲塔噗哧一笑。我想，這是她聽得懂的頭一件事。而且她覺得「講到太陽下山」這個說法很好玩。

克思也笑了，還說他真能永永遠遠不停談詩。「唯一比講述更棒的事是聆聽。」他說：「或是閱讀。」他投向商路長的目光裡有一個信號或挑戰，比字詞本身更沉重。

當時，在阿茲統治下的安甦爾，閱讀是沉重的字眼。

「這宅邸曾經是詩篇的良舍。」我的商路長說。「再多嘗點魚吧，桂蕊．貝晞？依思塔，妳來不來吃啊？」

依思塔喜歡商路長提高嗓門命令她坐下來用餐。她立刻進來，向賓客屈膝為禮。一念完麵包謝辭，她立刻就問：「來了一頭獅子，顧迪要怎麼應付？」

「牠在馬車裡，我已經告訴過妳了，妳這個不信神的傻瓜。」顧迪說：「我說過，別去亂動那輛馬車。妳沒去動它吧？」

「那種事情我當然不屑為之。」顧迪的粗魯無禮加上大嗓門雖冒犯了依思塔，反而使她變得優雅起來，幾乎矯枉過正。「一頭獅子何懼之有。那麼，牠會繼續待在馬車內嗎？」

「最好讓她跟著我們——假如不會打擾各位。」桂蕊說完，看出了這番話對莎絲塔、波米，可能還包括依思塔所產生的反應，立刻補充。「但，讓她睡在馬車內可能比較好。」

「這沒道理。可以讓大家見見我們的另一位客人嗎？」商路長說。我不曾見他這樣親切和藹同時又堅定有力。我看到的是「往昔好日子」時依思塔的那位商路長。

「她用餐了沒有？請帶她進來吧。」

「噢。」莎絲塔虛弱地說。

「她要吃的不是妳，莎莎寶貝。」依思塔說。「她可能比較想吃點魚吧？」看樣子，依思塔不會被任何獅子嚇倒。「魚頭我還留著呢，準備煮湯用的。非常歡迎讓她享用。」

「謝謝妳，依思塔，今天上午她早就吃過東西了。」桂蕊說：「而明天是她的斷食日。獅子如果養得肥肥的，看起來會很可怕。」

「我毫不懷疑。」依思塔附和道。

桂蕊先告退，不久後用一條短皮帶牽著她的半獅一同回來。這隻動物大小如同一條大狗，但外形與步態於大狗迥異。這是一隻貓，一隻身子長但結實柔軟流暢的長尾貓。短短的臉，珠寶似的貓眼直視前方，步伐半帶慵懶，半帶尊貴。她的皮毛是沙子的顏色，帶點黃褐。臉部四周的毛色較淡，柔柔細細長長，嘴部四周和下巴底下的毛是白色的。她的長尾巴末端是一撮黃褐色的羽毛。我見到她，一半害怕，一半著迷。這隻半獅蹲坐在自己的後腿上，一個接一個看我們。她張開嘴巴，露出粉色的寬舌，打呵欠時露出可畏的白牙。然後，她闔上嘴巴，閉上黃玉般的大眼，滿足地發出呼嚕聲——那可是雷鳴般毫不客氣的呼嚕！

「噢。」波米說：「我可以摸摸她嗎？」

我跟著波米也摸摸她。這頭獅子的毛好可愛，又深又厚。假如你搔搔她俐落的圓耳朵四周，她會貼靠你的手，呼嚕得更大聲。

桂蕊牽她去商路長面前。希塔在商路長的椅子旁坐下，他伸手讓她聞。希塔把那隻手徹底聞過，然後抬眼看他，不是狗狗那種深長的注目，而是銳利的貓瞥。商路長把手放在她頭上，她坐在椅子旁，兩眼半閉，呼嚕著，我看見她前腳的指爪輕輕上下敲著鋪石地。

第五章

晚餐吃完，商路長邀請我們的客人去他的套房。同時也瞥瞥我，讓我放心，表示我也在受邀之列。我們配合商路長瘸腿的緩慢步伐，穿過走廊、經過無人使用的房間和內院，在後棟的廳房就座。窗戶透進來的黃昏光線正在消逝。

「我想我們該好好談一談。」商路長對他的客人說。他看著兩位客人，雙眸輝耀著貓眼石之火。「桂蕊說，你們到安甦爾來部分是為了找我。玫茉也告訴我，她能遇見兩位，是樂若神賜福。我也確信這是賜福。但容我一問：兩位何以要找我？」

「容許我秉報整個故事的來龍去脈嗎？」克思問。

商路長笑了，他說：「『我該允許陽光照耀，或允許河流奔瀉嗎？』大豎琴家莫洛問雷涅，他能否在市廟裡演奏豎琴，雷涅就是這樣回答。」

一開始，克思有點躊躇。「在幼年時代，書籍對我而言有如黑暗中的光。書寫下來的東西就是光。」他停了一下。「後來，我下山走訪各城市，漸漸明瞭，要學的東西何其多，不免有點陷入沮喪絕望——」

「起初，你是個不知天高地厚的初生之犢。」桂蕊說。

「唔，對，也是那樣沒錯。」我們都笑了，克思這才比較自在地繼續講下去。「無論如何，依我之見，創作詩篇是我所做的事情裡最微不足道的。尋找其他詩人的作品，把它們說出來、印出來、讓它們不被忽略或遺忘，也就是重新點亮文字的光芒，那才是我此生的主要工作。因此，我在各個市場說書營生的餘暇，就置身圖書館，置身書商的攤子，置身學者的書齋，探詢書籍與著述的相關訊息，認識那些被忘懷的詩人，或是那些只有在自己的城市或鄉村才有人認識的詩人。而我所到之處，班卓門、峨岱、城市邦聯、瓦得瓦，每個地方的大學或圖書館或市場，那些最有智慧、最有學問的人都會提到安甦爾的學識，以及安甦爾的圖書館。」

「那說的都是過去的事了。」商路長說。

「商路長，我的工作圍繞著那些失落、被埋沒、隱藏的東西。失落，也許是因為時機和惡運；隱藏，也許是因為統治者或祭司的偏見導致毀壞之虞。在峨岱的美生城，舊議會廳堂的地基內，我們發現《雷涅生平》最早的證據，全部寫在牛皮上。五百年前，暴君帖壬撒統治期間，那些書寫的牛皮都封藏在一個無人注意的地窖。帖壬撒驅逐教師、毀掉全城的市廟與撰著。他在位前後四十年。阿茲人統治安甦爾，於今不過十七個年頭。」

「正是玫茉一生的年歲。」商路長說：「十七個寒暑有可能失落很多事物。而一整代人所學到的是：獲取知識會被懲處，安全繫於無知。下一代人不曉得他們是無知的，因為他們不懂知識為何物。在美生城那個地方，帖壬撒的後繼者並沒有挖掘那些被埋藏的撰著，他們根本不曉得有那些埋藏的撰著。」

「但，有一個謠言倖存下來。」克思說。

「總是會有許多謠言。」

「我卻追隨它們。」

「是某個特別的謠言將你帶來此地嗎？是某位失落的詩人之名？或是一首佚失之詩？」

「安甦爾的名聲傳遍西岸各領土，說它是學識與撰述的中心。但吸引我來的主要是那個故事——也就是那個謠傳。謠傳說，這裡有個大圖書館，創建時間早在安甦爾大學設立之前。據說，圖書館內的撰述起自我們仍說雅力坦語的時代，而且館內有些沙漠以外的土地的記載，而我們全都來自那些土地。說不定，館內甚至有遠從日昇之處帶來的書籍，那地方在沙漠的另一邊，是我們歷史的源起。我已期盼多年，希望來這裡請益、尋找任何有關那座圖書館的知識！」

商路長未發一語，未做任何回應。

「我知道，這般追尋無異將我置於危險中。而向每個人提起那座圖書館，讓我置身於更加惡劣的危險中——即使我所交談的人並不作答。」

商路長微微點頭，面無表情。

「我了解阿茲人，」克思說：「我們住在他們當中有一陣子了。」

「那是需要勇氣的。」

「比不上我請求您付出的勇氣。」

我快受不了！這兩個人都壓抑著熱情、火力、畏懼、挑戰。我想哭，我想對他們說——大聲地對他們說：「信任彼此吧！你們不能互相信任嗎？」但我也知道吼他們是愚蠢、幼稚之舉。

桂蕊．貝晞輕推希塔。獅子起身，向我靠過來，仍舊一派安詳、愛睏，在我雙腳前就著自己的後腿坐好。這樣一來，我便能搔弄她的耳朵，我的情緒因此緩和了。桂蕊看著我們，她並沒有真的眨眼示意，但我認為，從她的注目當中我讀到了類似以下訊息：「他們是男人；他們只懂得用這種方法進行。」

商路長起身去拿蠟燭。本來應該我去的，但他已經把沉重的鐵燭臺拿到桌上了。

他的行動實在很不便利，也不大能以兩手抓握。桂蕊用打火盒點亮蠟燭。光明一顯現，房間其餘部分便變暗，而我們的臉孔襯著黑暗以及窗戶微微的暮光，一個個鮮明起來。希塔呼嚕一聲，身軀放鬆在我腳邊，活脫脫就是圖畫書中獅子的標準姿勢。她的前爪向前伸，雙眼注視燭光。

「我修正我剛才對勇氣的看法。」商路長說：「我被關在統領的監獄期間曾經認為，自豪或自尊這類東西人都可以歸功於自己；但若是說到勇氣，就該歸功於眾神。」他的目光也投向蠟燭穩定的黃色火焰。

克思沒說話。

「我之所以被帶進監獄，」他繼續說：「是因為阿茲人和你一樣聽說了那些故事和謠傳，故事與謠傳把他們帶來安甦爾。你曉得阿茲人為什麼入侵我們國家、為什麼圍困我們城市嗎？」

「我以前認為是出於貪婪，他們覬覦你們的綠色土地。」

「為什麼覬覦這塊綠色土地？瓦得瓦距離他們還比較近，而且瓦得瓦人和我們一樣不善戰。你說你在阿蘇達住過一陣子，那麼，要是我講錯就告訴我：阿茲人有個國王，是眾統領中的統領，他同時是阿熹神的最高祭司。他的權力很大，眾奴隸的所有權全部歸他，軍隊也由他統帥。」

克思點頭。

「這個祭司國王名叫竇利，三十年前篡登阿蘇達的王位。他素來相信，阿熹神希望他與大地的邪惡作戰。阿熹神就是阿茲人承認的唯一神，阿熹的意思就是『上主』。阿熹神的真名是不可說的，所有善都屬於阿熹神。但世上也有一股巨大的邪惡力量，名叫『惡霸熹』，意思是『另一個上主』。」

克思再度點頭。

商路長問：「你曉得『千名真人』的故事嗎？」

「阿茲人說，假如能聚集一千個真戰士，就可以永遠征服惡霸熹。但也有人說是一百個。」

「還有人說是十個。」桂蕊說。

商路長微笑，可惜沒有多少歡樂之情在其中。「我喜歡那個版本。」他說。「他們有沒有說這些真人準備在哪裡會合？」

「沒說。」克思望向桂蕊，桂蕊也搖頭。

「唔，當年人家說那故事給我聽的方式讓我很難忘記。告訴我故事的人叫做夷多，是我們這裡的統領，夷猷的兒子。他對我說了很多次。」商路長停頓一下，又繼續，但音量很小：「我不喜歡在這個屋子裡講那個故事。原諒我。我所聽到的是：所有光明與正義屬於阿熹神——那個焚燒之神，祂的力量可見於太陽。在阿熹神的火焰之外無一神聖。因為祂的緣故，所有的火都是神聖的。他們鄙視月亮，稱它為奴隸、巫婆。大地是流亡之所，汙濁有罪、惡魔出沒、全然陰冷黑暗，但因為阿熹太陽的關係，大地反射出了光亮及溫暖。惡霸熹——阿熹神的敵人——會以如下方式顯現：人的惡運、邪惡之人之所為，以及邪惡之人所崇拜的眾多惡靈。而最重要的是，這些都在某特定地點顯現。

「大地的一切罪惡聚集在那個特定地點。黑暗陷入大地，光亮的相反質從太陽照耀出來。它是一個專吃光亮的反太陽，它是黑的、溼的、冷的、壞的。太陽是存在，『反太陽』則是反存在。地底有一個虛空、一個巨洞，比深更深。它名叫『夜之口』。

「千名真人將在夜之口聚集，以便運送阿熹神的火進入惡霸熹的王國。他們將進入黑暗，迎戰惡霸熹，摧毀惡霸熹。然後，他們會把火焰旗幟帶出來，大地將日夜焚燒，屆時將明亮如太陽。所有惡魔與陰影將被驅入比眾星更遠的外黑暗中。然後，阿蘇達子嗣將名正言順統治全人類，並崇拜那位焚燒之神。」講這故事時，商路長的聲音既單調又不平穩，幾乎快聽不清楚，而且，我看到他兩手緊緊交握。

「阿蘇達的古代傳統說，『夜之口』在西部海岸。祭司王竇利從他所在的昧中城命令一些低階祭司去尋找這個黑暗中心。有些人認為，甦爾山本身即含納『夜之口』，但其他人則不那樣認為。他們說，甦爾是一座火山，它含火，所以對阿熹神而言是神聖的。山的對面，就是越過海水之處，必然是那個黑暗中心，那個邪惡的無底井。所以夜之口必定就在安甦爾城的某處。

「他們猜想，夜之口由一個擁有可怕力量的巫師守衛著，那個巫師能召喚邪靈大軍，就是大地汙濁的放射物。而異教的眾神明，亦即千名假神，將聚集防守。

「因此，阿蘇達調派大軍，要以武力攻打這個國家和安甦爾城，希望找到夜之口。要是找到，竇利王將派遣千名真人的焚燒大軍帶火之旗幟進入夜之口。光明將消滅黑暗，善將征服惡。」

商路長用力深吸一口氣，咬著脣，不再注目燭火，使臉隱藏在陰影中。

「我從未聽過這個故事。」克思說，他自己的嗓音都在顫抖。我想，他開口大抵是要給商路長有時間平靜下來。「沒錯，有很多故事講述大地如何成為阿熹神與惡霸熹的戰場，一場無終無止的戰爭。沙漠裡的居民知道，遙遠西邊有一座叫做甦爾的山，是個詭異的地方，但那不過是因為它的周圍被海水環繞罷了。沙漠居民把鹹水稱做『惡霸熹的詛咒』……至於這個『夜之口』的故事必定是個祕密知識，只有祭司才知道的民俗學識。」

「拿來做為入侵的正當理由倒是很管用。」桂蕊說。

「假如是這樣，這故事必定有更多人知道才對，不是嗎？普通士兵知道這故事嗎？商路長？」

「我不曉得。我知道他們都被告知要去尋找某些東西，某些房舍、山洞、巫師、偶像、書籍……這城市的山上有很多山洞，而偶像與書籍在安甦爾也是不勝其數。士兵們都很勤於尋找。」

我們陷入一陣沉默。

「他們怎麼治理你們？」桂蕊問。

桂蕊的嗓音有特色，雖不像她丈夫的嗓音那麼美，但其中有某種質地，讓我寬心、平靜，跟觸摸獅子毛有一樣的效果。商路長回答她時，也比較不緊張了。

「我們是被奴役，而不是受治理。夷猷統領和他的部屬官長就是全部的法律。我們安甦爾人大多用我們習慣的方式照舊做事，盡力好好做，以此團結整個城市。但阿茲人會強索貢物，會懲罰瀆神行為，而且態度倨傲。自從占領本城，阿茲士兵住在此地便有如派來駐防的部隊。他們並沒有派殖民人口來，也沒帶女人，因為他們不喜歡在這裡居住。他們討厭這土地、這城市、這海洋。對他們來說，大地本身就是個流亡處所，而這裡又是其中最糟糕的地方。」

在接下來的靜默中，原本把頭伏在腳爪上的希塔抬起頭，從喉嚨深處發聲：「哦哇噢！」還用力打了個呵欠。

「妳說的對。」桂蕊對希塔說完，與克思同時起身道晚安，除了謝謝商路長熱誠接待，也向我致謝。

我拿一盞油燈給桂蕊，附帶一個雲母礦石製作的遮風片，好讓他們有光亮可以回房。他們走出套房時，我看見她和她丈夫都摸摸門邊的神龕。我望著他們並肩走下甬道，他扶著她的肩，獅子在他們後面緩步隨行，油燈閃爍不定的微光掠過空蕩蕩的石牆。

我回身，看到商路長盯著燭火，面容十分疲倦。我心想，他是多麼孤單啊。朋友來來去去，而他卻必須待在這裡。我曾經想過，他的孤獨應是出於個人的選擇、個人的天性，可能因為我早已習慣他的緣故才那樣想。然而，他其實是別無選擇的。

他抬眼看我。「妳為高華世系帶來的，是什麼？」他說。

我被他的語氣嚇著了，好不容易才開口：「我想是朋友吧。」

「啊，沒錯，是有力的朋友，玫茉。」

「商路長——」

「嗯？」

「那個『夜之口』，那個惡霸熹，那些戴紅帽的、那些軍人，他們以前是不是有來這棟宅邸？來高華世系？他們抓你進監獄，是因為他們以為——」

他好久沒有回答，只是僵坐著，兩肩縮起。他感覺痛苦時都這樣。「對。」他說。

「但，這裡——是否有任何東西——？」

我都不曉得自己在問什麼，但他明白。他抬眼看我，是強烈的注視。「他們要找什麼是他們的事。要找的東西在他們心中，不在我們心中。這棟宅邸並沒有隱藏什麼邪惡。若他們隨身攜帶他們的黑暗，就永遠不可能曉得這棟宅邸的核心是什麼。他們看也看不見，見也見不著，那扇門永遠不會對他們開啟。玫茉，妳不需要害怕。妳不可能背叛它的。我試過，我試過要背叛它，一次又一次，但吾宅的眾神及亡祖的亡靈寬宥了我，使我不至犯下背叛之罪。他們不讓我那樣做。那麼多『夢之施與者』的那麼多隻手，當時全放在我嘴上。」

這時，我真是害怕極了。以前他不曾談過監獄裡的酷刑。他雙手緊握，肩背弓起，全身顫抖。我好想走到他身旁，卻不敢去。

他做了個小手勢，低聲說：「去吧，去睡吧，孩子。」

我這才上前，把一隻手放在他手上。

「我沒事。」他說：「對了，妳把他們帶來宅邸是正確的。妳帶來了祝福，玫茉，妳總是帶來祝福。好了，去吧。」

我不得不留下他坐在那兒，顫抖著，孤單著。

我好疲倦，經過漫長的一天，經過極好的一天，但我無法就寢。所以我走向山坡下方那堵牆，在空中寫那幾個字母，開了門，走進祕室。

我一進到裡邊，立刻感到懼怕起來。我的心臟漸漸涼冷，我的頭髮在脖子上搔動。吸盡一切溫暖與光亮的黑太陽，形象恐怖，有如我腦海裡的一個洞，就在這當下，它吸走意義，除了寒冷與空無，別無其他剩餘。

我一向害怕這個狹長房間延伸入黑暗的遠處角落，所以總是遠離那個暗影端，轉身背對，也不去想，還告訴自己：「我晚一點再去了解那邊有什麼。」而此刻就是那個晚一點。此刻，我必須弄清楚我居住的宅邸是建造在什麼之上。

但其實，我必須弄清楚的只有那個「夜之口」的故事，那個可恨的形象，來自我所痛恨的民族。還有歐睿．克思的故事。他說過那是關於一座圖書館，一座巨大的圖書館。全世界最大。一個學習的所在，一個展現心智之光的所在。

我甚至沒辦法望向祕室的暗影端。我還沒有準備妥當，我必須先聚足力氣才行。我走到桌邊，就是我常在底下建房子，假裝自己是一頭窩在穴內的小熊的那張桌子。我放下油燈，手掌向下擱在桌上，用力壓著平滑的木質桌面，感覺它的滑順、堅硬。

它真的存在。

有一本書放在桌上。

我和商路長離開祕室之前都會把書本放回原處，那是個遵循很久的老習慣，是商路長的母親傳給商路長、商路長再吩咐給我的命令。商路長的母親曾是他的老師，如同商路長是我的老師一樣。桌上這本書我沒見過。它看起來不舊，想必也是祕密帶來給商路長，要他收藏起來，希望得以不被阿熹神摧毀。由於努力學習古代大詩人以及他們收集的知識，我幾乎沒有時間去看那些比較新的書，它們是族人隨機搶救來的。一定是今天我與桂蕊重回市場時商路長拿出來要給我看的。

我打開書本，發現它以金屬字母印刷。現今班卓門和峨岱的書本也都以這種方式製作，即使要印一千本書也很容易。我閱讀書名：《混沌與靈性：宇宙演化》，書名底下有「歐睿・克思」的名字，再底下有印刷地和印刷者的名字：德利水城，班卓門世系之貝瑞與侯拉文。下一頁只印了幾個字：「印製此書，藉以榮耀並懷念克思世系的湄立・甌里塔」。

我坐下來，面向祕室的暗影端，因為，要是我沒辦法望向它，當然也沒辦法背對它。我把油燈拿靠近書籍一點，開始閱讀。

清晨的微光中，我就在祕室中醒來。油燈已滅，我的頭枕在打開的書本上。我冷到骨子裡去，兩隻手也僵得幾乎無法在空中寫畫，差點離開不了祕室。

我跑著去廚房，幾乎要整個人鑽進壁爐好獲得溫暖。依思塔斥責我，莎絲塔叨念著什麼，但我沒細聽。詩篇裡的那些偉大字句像海浪在我腦袋裡洶湧，像鶺鴒飛越海浪。除了那些詩句，我沒辦法再聽、看、或感覺其他什麼。

依思塔是真心為我擔憂。她給我一杯熱牛奶，說：「喝掉，妳這個傻女孩，幹麼這個時候生病呢？家裡不是有客人嗎？把它喝完！」我喝完，謝過她，回房倒頭就睡，睡得像塊石頭，直到快中午才醒。

在馬廄院落，我找到桂蕊、她丈夫、獅子、兩匹馬，以及顧迪和莎絲塔。莎絲塔把她的縫紉工作放一邊涼快，痴迷地繞著克思打轉。顧迪在為高大的紅馬上馬鞍，而桂蕊與克思正在爭論。他們倒沒有生什麼氣，只是意見不同。按照我們的說法，這是因為樂若神沒有在他們心中。桂蕊正說：「你不可以獨自一人去那裡。」而他說：「妳不可以跟我去那裡。」他們這樣說了不只一次。

克思轉過來面對我。那個剎那，我覺得自己幾乎陷入與莎絲塔一樣的痴迷，一邊想：這個人就是我昨晚通宵展讀，靈魂因之重塑的詩篇創作者。但，迷惑才起即散。沒錯，這一位是歐睿．克思，卻不是詩人克思，他是平凡男子歐睿，一個正與老婆起爭執的憂心男子，一個總是對每件事認真之至的男人，是我們的客人，是我喜歡的人。

「玫茉，妳告訴我好了，」他說：「昨天在市場很多人看過桂蕊，看見她與希塔，至少有好幾百個，是不是真的？」

「當然是真的。」我沒來得及說話，桂蕊搶先開口：「但沒人看見馬車裡面啊！對吧，玫茉？」

我對他說：「是真的。」然後對她說：「我不認為有人看見裡面。」

「所以囉，」她說：「昨天在市場，你老婆躲在馬車裡，今天則待在屋子裡，像個貞潔的女人。然後你的僕人，也是馴獅員，則走出馬車跟你一起去宮殿，這不成嗎？」

他頑強不屈地搖頭。

「歐睿，我扮成男人跟著你走遍全阿蘇達沙漠長達兩個月。為什麼現在突然不行了？」

「妳會被認出來。他們看過妳了，桂蕊。他們看過妳是女人的樣子。」

「所有不信者都長得很像啊。何況阿茲人根本不看女人的。」

「他們有看見女人帶了獅子，而獅子正好驚嚇了他們的馬！」

「歐睿，我要跟你去。」

他為難極了，她走上前擁抱他，又是抗辯、又是保證。「你知道的，在阿蘇達，沒人識破我是女人，只有綠洲那個年長女巫，但她也只是笑笑。記得嗎？他們不會知道的，他們不會看出來，他們沒辦法看出來。我不會讓你自己一個人去，我就是沒辦法。你也不行那樣。你需要希塔，而希塔需要我。我現在就去換裝，時間還很充裕。我不騎馬，你騎，我和獅子步行跟隨你。時間還充裕不是嗎，玫茉？這裡去宮殿有多遠？」

「四個街口，加上三座橋。」

「瞧？我馬上回來。別讓他丟下我自己走掉噢！」她對我、顧迪和莎絲塔（可能還包括那匹馬）這麼說完，跑向宅邸的後棟。希塔大步慢跑跟隨。

歐睿走到院落大門，直挺挺站在那兒，背向我們所有人。我真為他感到難過。

「這有道理啊。」顧迪說：「在他們所謂的宮殿裡，人人都是致命的毒蛇。那宮殿其實是我們以前的議事廳。你，過去那邊！」高大的紅馬略帶責備地看看他，才禮貌地走到左邊。

「你真美。」我對那匹馬說，因為他真的很美。我輕拍他的脖子。「布藍地？」

「布藍提。」歐睿回答，一邊走回大夥兒這頭。可想而知，他那股挫敗的尊貴風度恰恰打進了莎絲塔的心坎。

「噢——」她對歐睿說，說完又想掩飾失態，又慌張地問道：「噢，我可不可以，我可不可以幫你拿——」但她想不出可以拿什麼給他。

「他是優秀的老夥伴。」歐睿說著，拿好布藍提的韁繩。彷彿就要登上馬背，但顧迪說：「稍待一下，等一分鐘。讓我看看他這兒的肚帶。」他一閃身，站到歐睿與馬匹中間，把馬蹬甩到馬鞍上。

歐睿放棄了，與那匹馬同樣耐心地站著。

「你擁有這匹馬很久了嗎？」我試著製造話題，卻搞得自己如莎絲塔一樣蠢。

「他今年超過二十歲，也該讓他別再旅行了。白星也一樣。」他有點悲傷地微笑。「我們一起離開高山地區，布藍提跟我，白星跟桂蕊。本來還有黑煤兒，我們的狗，一隻好狗，是桂蕊訓練她的。」

聽到這，顧迪開始滔滔不絕大談曾住在高華家的獵犬，桂蕊出現時他還說個沒完。她穿了一條長褲和一件粗布束腰短上衣。安甦爾男人留長髮，長髮綁在後頭，所以，桂蕊只是把她的髮辮梳開，再戴上一頂舊黑絨帽。她的下巴不曉得怎麼弄的，總之變得深色了點、或是粗糙了點。這樣一來，她成了一個約莫二十五歲的青年，板著臉，眼神敏捷但怕生。「好。

我們可以走了嗎？」她說。原本低柔有節的聲音變嘶啞了。

莎絲塔盯著她直瞧，十分著迷。「你是誰呀？」她問。

桂蕊兩眼一轉，說：「馴獅人奇以。行了吧？歐睿？」

歐睿注視她，聳聳肩，笑了笑，一躍上馬。「那就走吧！」他說完立即啟程，頭也沒回。她與獅子追隨在後。經過大門時，她回頭看看我，眨眨眼睛。

「他打哪兒冒出來的呀？」莎絲塔問。

「願慈悲的恩努神與他們同行，陪伴他們前往致命鼠蛇的巢穴。」顧迪一邊拖著腳步走進馬廄，一邊有氣無力地說。

我進屋照料眾神和列祖，並詢問依思塔需要從市場買什麼回來。

第六章

顧迪告訴我，那天上午來了一位議事廳的信差。議事廳就是阿茲人叫做「統領宮殿」的地方。那位信差前來傳訊，要歐睿・克思中午以前去宮殿聽候統領指令。當然，信差沒有說「請」或為什麼或其他任何話語。於是他們去了，於是我們等著。等到他們回來，時間已相當晚了，所以中間我有好多時間可以擔憂。見到他們從南邊沿我們這條街回來時，我正坐在宅邸前神諭噴泉的乾水池邊。歐睿牽馬步行，「馴獅人奇以」在他旁邊，獅子在後頭緩步而行，滿臉無聊。我跑上前迎接他們。「一切順利、一切順利。」歐睿說。奇以也說：「順利得很。」

顧迪站到馬廄院落的大門邊，準備牽布藍提，馬廄裡有馬匹給顧迪帶來無上的快樂，所以，他連一下子也不肯讓其他任何人照顧馬兒。奇以對我說：「跟我們來。」

在校長房裡，奇以雖然還沒換裝，也還沒洗臉，但她早已變回桂蕊。我問他們餓不餓，他們說不餓。統領有給他們食物和飲料。「他們有讓你們進到屋簷下嗎？」我問：「他們有讓希塔進去嗎？」我其實不想對阿茲人的行動太過於好奇，但我真的感到好奇。我認得的人沒半個曾進去議事廳、或營房、或見過統領及阿茲人在那裡怎麼生活，因為議事廳所在的那整座山丘隨時有大批士兵守衛著。

「我去換下這些行頭時，你先把經過告訴玫茉。」桂蕊說。結果歐睿把經過編成了一個故事——他忍不住。

阿茲人除了支搭帳篷，也設立營房。帳篷的樣式與他們在沙漠遊牧時使用的相同。搭在議事廣場的帳篷很高大，像一棟大房子，全是紅布鑲金邊的材料做成，還插了許多旗子。歐睿說，看起來，統領實際上是在那頂帳篷裡執行統御任務，而不是在議事廳內，至少在雨季期已過的目前是這樣。那頂帳篷有豪華的陳設，而且可以隨意移位，裡面以雕刻的屏風分隔空間。歐睿在阿蘇達旅行時，曾獲邀進入那種大帳篷裡。但如今在這兒，他甚至沒被帶進這種布搭的屋簷底下，而是請他坐在距離那頂帳篷不遠的一張輕型摺疊椅上，椅子擺在一塊地毯，帳篷的布門開著。布藍提由一位馬童帶去馬廄，那馬童對待布藍提的方式彷彿他是玻璃做的馬匹。馴獅人與獅子在歐睿後方數碼之遠的地方站立，幾名阿茲士官看守著，他們與歐睿一樣，都獲紙傘遮蔽日晒。「我是託希塔之福才拿到一把紙傘。他們尊重獅子。」桂蕊從更衣室朝外喊。「之後他們會扔掉那些紙傘，因為被我們用過了，我們是不潔的。」

他們一到達，立刻接受茶點招待，希塔則有一盆清水。他們等了大約半小時，統領由那頂帳篷出來，並有朝臣與將官等隨員陪同。他對歐睿十分殷勤親切，稱呼他為「詩人王子」，並表示歡迎他造訪阿蘇達。

「阿蘇達！」我脫口而出：「這裡是安甦爾呀！」接著立刻為插嘴而道歉。

「凡阿茲人所在的地方，都是那個大沙漠。」歐睿溫和地說。我不清楚這是歐睿自己的說辭，還是阿茲人的諺語。

歐睿說，夷猷統領是六十或年紀更大些的男人，衣著華貴，袍子都是金線摻織的亞麻材質，阿蘇達式樣，頭上所戴是只有阿茲貴族才有資格戴的寬緣尖頂帽。統領的舉態和藹可親，談吐睿智又有活力。他坐下來與歐睿談詩：最開始是談阿蘇達的偉大史詩，但他也想了解他所謂的「西部詩人」。他的興趣真實不虛，問題也都很聰明。

他邀請歐睿定期去宮殿，可以朗誦他自己的作品或是別人的作品。統領說，那將替他本人，以及整個宮廷帶來很大的樂趣，以及很好的教導。統領與歐睿的言談很像親王對親王，口氣是邀請，而非命令。

兩人對談一會兒之後，有些朝臣與將官也加入會談，他們與統領一樣，都展現出對他們自己的史詩相當通透的認識，而且都有一股好奇——甚至是飢渴，渴望聆聽詩歌與故事。他們讚美歐睿，說歐睿是他們的沙漠之泉。

但有些人就沒那麼友好了。統領之子，夷多。看得出來他一直保持距離，沒理會正在討論詩歌的他們。他站在那頂門打開的帳篷內與一群祭司和將官聊天。後來越聊越吵鬧，統領斥責他們安靜，夷多沉了臉，沒再說話。

統領要求帶獅子上前，奇以遵從，希塔的本事可派上用場了。她在歐睿的指示下面向統領，前爪向前伸，獅子低頭鞠躬——如同貓科動物伸展身子時的「敬禮」。這動作十足十取悅了每個人，以至於希塔必須重複做上好幾回。當然，她也無所謂，畢竟每一回都可以獲得一點獎賞——雖然當天是她的斷食日。夷多走上前來想跟她玩，他把尖頂帽摘下，放在手上懸盪，但希塔不理他。他就問希塔的本事多強、她曾不曾活吃獵物、有沒有咬過人或咬死人等。馴獅人奇以恭敬地回答所有問題，而且命令希塔向他敬禮。希塔馬馬虎虎鞠了個躬，還朝夷多打呵欠。

「不信我神的外人應不可飼養阿蘇達的獅子才是。」夷多對他父親說。他父親回答：「但，誰會把獅子從他主人身旁帶走呢？」這顯然是某種諺語，回答得俐落漂亮。夷多聽了，開始捉弄希塔，大喊大叫想激怒她、跳起來作勢要攻擊她。可是，希塔完全置之不理。統領搞清楚兒子在幹什麼時很生氣地站起來對他說，他使這個家門的待客隆誼蒙羞，也冒犯了這頭獅子的尊威，命令他離開。

「這頭獅子的尊威。」桂蕊終於在我們身旁坐下來時，順口重述一遍。她的臉洗乾淨了，衣服換回原本的絲衫和長褲。「我喜歡那個說法。」

「但我不喜歡統領與他兒子之間的互動。」歐睿說：「如同顧迪所說，在蛇穴中要小心行走才好。不過，那位統領是個有意思的人。」

我心想，他可是毀滅我們、奴役我們的暴君。但我沒說出口。

「商路長說的對，」歐睿繼續說：「阿茲人暫時安頓在安甦爾，有如行軍中的軍人。他們對本地人的生活、習性和生計好像一無所知，這實在讓人驚訝。而統領對這樣的一無所知漸漸感覺無聊了，所以我猜想，他大概準備結束此地的生活，因此有可能想善用這段期間吧。不過，從另一方面來看，這城市的人民同樣對阿茲人一無所知。」

「為什麼我們應該對他們有所知？」我說，無法克制自己不開口。

「我們高地人常說，老鼠才真正懂得貓。」桂蕊說。

「這些人對我們的神明吐口水，說我們不潔，我才不想認識他們。他們說我們不潔，我倒要說他們汙濁呢。瞧，仔細瞧我的商路長，瞧瞧他們怎麼對待他！你們以為他是天生手殘嗎？」

「啊，玫茉。」桂蕊說，她把手伸向我，但被我推開。我說：「你們喜歡的話，大可以去他們所謂的宮殿，吃他們的食物，對他們談你的詩作。可是，只要我有辦法，就要把阿茲人殺個片甲不留。」

說完，我轉頭哭起來，因為我破壞了一切，配不上他們兩位對我的信賴。

我想離開房間，但被歐睿攔住。

「玫茉，聽我說，」他說：「聽我說，原諒我們的無知。我們是你們的客人，我們請求妳原諒。」

這話把我從愚蠢的哭泣裡帶了出來。我揩揩雙眼，說：「我很抱歉。」

「抱歉、抱歉。」桂蕊低語。我讓她拉我的手，一起在窗邊座位坐下。「我們所知太少了——對妳、對妳的商路長，還有對安甦爾。但我與妳一樣，知道我們在這裡相遇不是因為偶然。」

「是因為樂若神。」我說。

「是因為一匹馬、一頭獅子、還有樂若神。」她說：「玫茉，我願意信賴妳。」

「我願意信賴你們。」我對他們兩人說。

「那麼，告訴我們一些關於妳的事。我們需要彼此認識！告訴我們一些關於商路長的事，或者阿茲人來之前他是做什麼的。他是這個城市的城主嗎？」

「我們沒有什麼城主。」

我努力提振精神，以便適切回答，如同商路長要求我「請多講一點好嗎，玫茉？」我說：「我們選出議會來治理城市。安甦爾海岸的所有城市都這樣。議會的議員由市民選舉產生，再由議會指定『商路長』。商路長要巡遊各城市、安排貿易，好讓城市和鄉村各取所需。另外，他們也要盡力防犯商人可能有的欺騙或高利行為。」

「所以，那不是世襲地位？」

我搖頭。「一個商路長一次當十年，假如議會再指名讓你當，就可以再當十年。之後必須由別人取代。任何人都可以當商路長，但你必須自己有錢、或是你的城市有錢。因為你必須經常招待商人、代理商和其他商路長，而且總是在旅行——甚至遠到南部的桑卓門，去與那裡的絲商和政府洽談事情。那是很花錢的。但當年的高華世系是個富有的世系，城裡的人民也出錢幫忙。當商路長是一項榮譽，很了不起的榮譽。所以現在雖然『商路長』這個銜稱已經沒有一點意義，我們仍然稱呼他為商路長，以示尊崇。」

我差點再次哭出來。我的軟弱和欠缺控制力讓我心慌，也教我生氣，好在，那股怒氣幫我穩定了自己。

「那些都是我出生以前的事。我所以曉得，是因為有別人告訴我，而且我自己也讀了一些歷史書。」

突然間，我的肚子彷彿挨了一拳，氣息瞬間全跑光，只能癱坐在椅子裡。我遵守了一生的習慣約束著我：我不能提到閱讀，我永遠不該對任何人說我在書上讀了什麼——除了家人。

但歐睿與桂蕊當然沒留意什麼。對他們而言，那是絕對自然的事。他們點頭，要我繼續說。

這時，我可不確定我該不該對他們說了。「像我這樣的人，被大家稱做『圍城兒』。」我攏攏淡色、波狀的細髮。我希望他們了解我的身世，但不想提到我母親被強暴的過去。

「你們也看得出來……阿茲人拿下這城市……但我們又把他們趕出去，讓他們在城外待了差不多一年時間。我們有戰鬥能力，只是不想製造戰爭而已，我們是可以打仗的。可是，有更多軍隊從阿蘇達過來，數量有原來的兩倍之多，他們闖進城內，把商路長捉進監牢，並重創高華世系。他們把大學拆了，書籍扔進運河和海裡。他們在運河溺斃居民、或是用石頭把他們打死、或是把他們活埋。商路長的母親，苡莉尤．高華——」

她在世時就住這個房間，士兵闖進宅邸時，她就在這裡。我說不下去了。

我們陷入沉默。

希塔在旁邊踱步，揮打她的尾巴。我向她伸手，希望藉此擺脫我正在敘述的事，但她沒理我。她半張著嘴，不知何故，看起來比平常更像一頭獅子。

「她整個晚上都會情緒不好。」桂蕊說：「她在宮殿獲得太多獎賞，等於提醒了她，她今天連一餐都沒吃。」

「她都吃什麼？」

「多半時候，運氣不好的山羊。」歐睿說。

「她會狩獵嗎？」

「她不大知道怎麼狩獵。」桂蕊說：「假如小時候留在她母親身邊，本來是會教她的。半獅和狼一樣都是成群狩獵的動物。就因為這緣故，她才忍受我們，我們就是她的家人。」

希塔發出一聲長長的獅吼，像抱怨又像唱歌的評論，然後再度踱向狹長房間的另一頭。

「玫茉，不知道談過去對妳算不算太難？」歐睿說。見我搖頭，他又說：「妳剛才說，他們摧毀了大學的圖書館嗎？整個摧毀？」我看得出他希望我會否定。

「士兵當時是想要拆掉圖書館建築，但它是石造的，又建得牢靠，所以他們只能打破窗戶，搗毀各房間，把書籍拖出去。他們不想碰書，所以叫市民來搬，堆到貨車上，拉去倒在運河裡。由於書藉實在太多，積滿了運河河底，開始堵塞河道，他們又差人把書拉去港口，倒在碼頭上。要是書本沒有立刻沉入海洋，他們就把搬運書籍的那些人也推下去。有一回我看見一本——」這次，我總算止住了自己，沒說出我看見有人從海裡撈出一本書。

那本書如今放在祕室中，是北國卷軸書的其中一冊。這種卷軸書是寫在上膠的亞麻布上，再繞著木桿子捲起。有人發現它掉在海灘上，被太陽晒乾，就把它帶來這裡。雖然泡在海水裡數週之久，但那漂亮的書寫字依然清晰可讀。商路長試著復原被毀損的文字時曾讓我看過。

但我不能談那些書，那些在祕室中的舊書或被救回來的書連對桂蕊和歐睿也不能說。

談論古代應該是安全的，希望如此。所以我說：「大學以前就在這裡，很久以前，就在高華家。」

歐睿問到安甦爾城的四大世系，我傾囊相告——多半是從商路長那兒聽來的：開蒙、蓋柏、高華、亞克。從建城的最早期，他們就是最富裕的家族，在議會裡最有權力。他們建造高級住宅和市廟，出資贊助公共儀典和節慶，吸聚藝術家與詩人、學者與哲學家、建築家與音樂家，讓這些人住在他們家裡工作。從那時起，人們開始把這城市稱做「慧麗安甦爾」。

高華世系始終定居在神諭宅邸，位在山丘的第一個隆崗上，俯瞰河流與港口。

「這裡有神諭？」歐睿問。

我遲疑未答。直到昨天，也就是桂蕊和歐睿到來的早上，我站在噴泉旁，站在神諭噴泉乾枯的水池邊，才稍微思考起「神諭」這兩個字的意義。

「我不知道。」我說。原本有意多說一些，結果沒說。真奇怪，為什麼我以前不曾疑思高華世系何以被稱做「神諭宅邸」？它到底「神諭」了什麼，我甚至都不清楚，但我知道我一定不可以談到它。我所知道的，我向來所知道的就是一定不可以談到那間祕室。彷彿有一雙手摀住了我的嘴。

接著，我想到前一天晚上商路長說的話：「所有施夢者的手都放在我的嘴上。」這話嚇壞了我。

他們看我既困惑又說不出話來，歐睿於是改變話題，問起這棟宅邸的事。所以沒多久我又講起了它的故事。

昔日，高華家漸漸興旺，宅邸和家族都擴張，吸引了藝術界、學術界、工藝界的人前來——特別吸引到學者和創作詩與故事的人。不但安甦爾城的居民前來，連其他地方的人也來聆聽他們的創作、向他們學習、跟他們一起工作。所以，經過那些年，大學就在高華世系這裡發展了起來。宅邸的後棟部分，包括樓上和樓下，都曾經是套房、教室、工作室和圖書室，在現今的外層院落外頭，曾經還有其他建築，山上更遠的那些房舍曾經是師生的招待所和宿舍、藝術家與建築商的工作坊。

詩人德寧士年輕時曾經從峨岱來這裡。也許，他也在我們昨晚同坐的後樓研讀過，因為那裡曾是高華圖書館的一部分。

最後，「幸運神」，也就是我們所稱的「那聾者」，轉身離開開蒙、蓋柏、亞克三世系。他們的財富和福祉日漸減少，與高華世系的競爭轉變成怨隙。所以，他們說服議會，抽走高華世系的大學和大學圖書館，把它們收歸市有，多少是出於怨恨和嫉妒吧——雖然他們美其名為「公有精神」。高華家接受了議會的裁決，但也提出警告，舊地點是神聖的，新地點也許不那麼受祝福。城市當局在比較靠近港口的地方為大學重蓋新校舍，經過數百年收集來的藏書也差不多全部搬到新地方。然後，我把商路長以前告訴我的話告訴了桂蕊和歐睿：「打從他們開始動手把書籍搬離高華世系，前庭的神諭噴泉就開始失靈。書籍漸漸搬離，一點一點地，水漸漸不流了。等到書籍全部搬完，噴泉就完全乾涸了。它不湧泉不流水已經兩百年了……」新圖書館開張，他們舉行了儀式和慶典，學生與學者也來參加。但它一直沒有像高華世系舊圖書館那麼有名、那麼常被光臨。兩百年後，沙漠居民來到，拆掉建石，把書籍倒入運河和海洋、埋進爛泥巴裡。

聆聽我講這段過去時，歐睿兩手抱著頭。

「高華世系這裡什麼也沒留下？」桂蕊問。

「留下了一些書。」我不大自在地說。「但是圍城結束時，阿茲士兵連大學都還沒去，就直接來了這裡。想尋找那個……那個他們所相信的特定地點。他們拆了宅邸的木造部分，拿走書籍和陳設。發現什麼，就拿走什麼。」我講的是實情，但我有股很強的直覺：桂蕊察覺到那不是全部。

「太慘了——太慘了。」歐睿說，他起身。「我知道阿茲人認為書寫是邪惡的事——但摧毀、還有廢棄……」他悲痛、難過得無法言語，邁開大步走到房間尾端，站在西窗邊。越過高華世系的屋頂和城市的較低山坡，白皚皚的甦爾山浮在海峽上空的雲霧之上。

桂蕊走近希塔，將皮帶扣上頸圈。「來吧，」她輕輕對我說：「希塔需要散步。」

「我很抱歉。」我隨她走出去，一邊因為讓歐睿那麼沉痛而沮喪不已。我說的每件事都不對。這是沒有恩努神的一天，沒有半點祝福的一天。

「毀壞書籍的人是你們嗎？」

「不是。但我真希望——」

「假如天底下的各種希望像馬匹就好了！」桂蕊說：「告訴我，有沒有什麼地方可以讓希塔鬆掉皮帶跑一跑？只要我在附近，她就不會攻擊。但如果是在周圍沒有人的地方，就可以比較放心讓她隨便跑。」

「舊公園。」我說，於是我們往那裡走去。舊公園在宅邸東邊的上方山坡，是山腰中的寬峽谷，向下剛好俯瞰河流分成四條運河的堤岸。這個舊公園的每片斜坡都林木蔥蘢，阿茲人不曾上到這兒。他們不喜歡樹木。沒有人常到這兒來，只有山下小孩偶爾來為家人獵野兔或鵪鶉，讓家人有點肉吃。

我帶桂蕊去看大家稱做「德寧士之泉」的地點，位置靠近公園入口。希塔在泉水池痛痛快快地喝水。

附近半個人也沒有，桂蕊鬆掉希塔的皮帶，她馬上衝了出去，但沒跑遠，總是去了又回。顯然，希塔也不大喜歡樹木，所以不想深入密林，連矮樹叢也避開。但她對著一棵樹磨銳爪子，磨了很久，接著去另一棵樹繼續磨。後來，她在一大片懸鉤子灌木叢中到處嗅著某種動物的蹤跡。她跑離我們最遠的一次，是為了追一隻蝴蝶，這一追，讓她又跳又衝地下坡到一個陡峭的幽暗山路。她繞過一個轉彎，消失在我們的視線中。一會兒之後，桂蕊發出一小聲召喚，沒多久，獅子重現，邁開大步穿過樹影跑向我們。桂蕊摸摸希塔的頭。我們開始閒步穿過樹林，慢慢爬坡回家，希塔一路隨著我們走。

「真是奇妙的天賦啊。」我說：「能夠召喚動物靠過來。」

「還得看妳怎麼使用。」桂蕊說：「我們從高山地區下來，必須營生，這種天賦確實很方便。歐睿東學西學時，我就訓練馬匹。我喜歡那個工作……我欣賞阿茲人訓練馬匹的方式。對他們而言，打馬比打老婆還要糟糕。」她鼻子輕輕發出噴鼻息的聲音。

「你們怎能忍受在阿蘇達住那麼久？你們……你們沒對他們動怒過嗎？」

「妳動怒有其理由，我沒有。」她說：「那有點像跟野生動物、掠食動物住一起。以我們的標準來說，他們是危險的，也不講理。他們把生活弄得很辛苦。我為阿茲男人感到難過。」

我沒接話。

「他們像種馬，或公兔。」她一面深思，一面說：「他們沒一刻不掛慮男性對手、沒一刻不操心女性日漸放蕩。他們永無自由。他們用敵人把自己的世界填滿……但他們是勇敢的，也重然諾，又禮待賓客。很像我的高山族人。我實在相當喜歡他們，只是，當時沒能認識任何女人，因為我喬裝成男人，就必須遠離女人。這一點滿討厭的。」

「我痛恨他們的一切。」我說：「我沒辦法。」

「妳當然沒辦法。根據妳告訴我們的那些事，妳怎麼可能不恨他們？」

「我不想以任何其他方式去看他們。」我說。

我不相信桂蕊會故意不聽別人說話，但她有時的確會略過不理。她繼續向前走，一會兒過後，在山路上突然回身面向我，咧嘴笑著說：「嘿，玫茉！妳何不跟著我們去宮殿？當馬夫副手。妳像個俊秀的男孩，上次就徹底騙過我了。妳想不想去呀？很有趣喔。他們的統領有點像國王，人生有多少機會可以晉見一個國王呢？還有，妳可以聽歐睿——他準備跟他們講《宇宙演化》。那是有點風險的，因為他們非常執著地認定阿熹就是神，而且是唯一的神。但統領昨天已經提出要求了。」

我一個勁兒搖頭。沒錯，我渴望聆聽歐睿講那首詩，卻不希望是在一大堆阿茲人之間聆聽。我不想再多說我如何痛恨他們，但我肯定不打算對他們表現出禮貌、懦弱和卑屈。

可是，第二天晚餐後，桂蕊又提起這個主意。顯然，她已事先說動了歐睿，因為歐睿並沒有表示反對。令我火大的是，連商路長也沒有表示反對。他只問他們認為那會有多危險。一聽說他們信賴阿茲人的待客律法，商路長就說：「他們對我展示的待客之道，不是我希望玫茉知道的那種。但是，經過這麼多年時間，我們的人民和他們的人民彼此間的了解這麼少，也實在丟臉。對我們或他們都一樣。」他若有所思地注視我。

「而玫茉學什麼都很快。」

我想抗議，想說我拒絕去到臨近阿茲人的地方，不管那地方會是哪裡。我不想向他們學習什麼，也不想認識有關他們的任何事。但那種剛愎自用導致的無知是商路長最鄙薄的事。而且，那種話聽起來也很懦弱。要是歐睿和桂蕊願意冒險前往宮殿，我怎能拒絕？

這主意實在越想越嚇人。但聽了歐睿和桂蕊的描述，我對宮殿和阿茲人不禁好奇起來。一成不變的生活已經持續很久了，我不免遐想這一切是否將永遠不變：家務、市場，高華世系的許多空房間，祕室及其中的閱讀和學識寶藏，還有那個我一直不敢涉足的詭異黑暗角落。除了我親愛的商路長以外，沒有人教我任何新東西。除了他，沒有誰可以相處、可以付出我的愛。如今，由於來了兩個人，這宅邸活了起來。列祖列宗，包括亡魂、亡靈，以及地基石和壁爐的守護者都醒了，正在聆聽。「雙向張望者」已經打開那扇門。我知道這一點。我知道我們的客人帶著樂若神的祝福，踏恩努神之路而來。拒絕他們的好意就是拒絕恩賜、拒絕機會、拒絕轉換。

「妳想去嗎，玫茉？」商路長問我。我知道，如果我抗議，他不會堅持。我聳聳肩，甚至沒開口說什麼，彷彿去或不去是一件毫不重要的事。

他用洞悉一切的目光看著我。為什麼他贊同把我送去我們的敵人中間？我明白原因了：因為我可以去他無法去的地方。即使我是懦夫，我仍能攜帶他的勇氣前往。他正請求我扮演我們世系子嗣的角色。

「好，我願意去。」我說。

那天夜裡，我生平第一次夢見是我生父的那個男人。他穿著阿茲士兵穿的那種藍斗篷，頭髮就像我的頭髮：暗褐色、無光澤的波浪狀羊毛髮，因為纖細得沒辦法梳理而亂成一團。我無法看見他的臉，因為他正急急忙忙、手腳並用地爬越廢墟、破牆、裂石——如同我們城市滿布的那些。我站在街頭看著他。他經過我時，曾經正眼看我。雖然我沒能看清他的臉，但我認為那不是一張男人的臉，而是一張獅子的臉。他轉頭後又翻越一道斷垣殘壁，匆匆地，宛如在追尋什麼。

第七章

歐睿・克思第二次去娛樂安甦爾的阿茲統領時，隨扈有馴獅人奇以、獅子希塔，以及馬夫孟木。

馬夫孟木惶惶難安，而且渾身不自在：假如阿茲人叫我替布藍提卸除馬鞍，或是用馬夫那一行人的語言和我攀談，該怎麼辦？他們一下子就會識破。我對馬匹的跗關節與骹骨怎麼區分實在一無所知啊。桂蕊說，甭害怕，他們與顧迪一樣，不會容許不認識的男孩進入他們馬廄，去接觸那些名貴的馬匹。而且不管怎樣，一旦進到宮殿裡，她會一直把我留在她身邊。我假扮孟木，只需要擺出馬夫的姿態，裝出帶領布藍提的模樣走過街道，彷彿歐睿需要馬夫幫著駕馭他的座騎似的。

我照做了，但就是覺得傻里傻氣，而且害怕極了。布藍提是我的安慰。一路走來，他的釘蹄在城裡的鋪石街道踩踏出規律的達達聲響。他的大頭在我旁邊一上一下、一上一下點著，耳朵前後彈動，不時從鼻孔噴出氣息，黑瞳仁的大眼含著仁慈。他年事已高——至少比我年長，足跡遍及西岸各地。只要是歐睿要他去的地方，他就會拿出高貴的耐心跟隨。我真希望我能像他一樣。

從鐵匠橋開始，我們順著高華街的緩坡直走，直達議事廳前的廣場。我注視這棟建築，內心漲滿自豪之情。這建築既寬又高，以銀灰色的岩石建造，還有幾排挑高優美的窗子。紅銅色的圓頂比全城的屋頂都稍微高些，就像甦爾山浮在其他較低的山脈上一樣。從大廣場有臺階沿緩坡通向前門平臺。以前，在我們自己人統治自己人的時代，常有居民在平臺上發表演說和辯論。商路長跟我說過，那個平臺建造得極為用心，要是你站在中門的前面說話，音量只要略大於平常，就能被全廣場的人聽到。以前我不曾爬上那些臺階，甚至也不曾走到這個廣場。它屬於阿茲人，不屬於安甦爾市民。

廣場中央矗立著那個巨型帳篷，紅色篷頂，好多柱子插著飄揚的旗子，幾乎把議事廳淹沒。

我們接近廣場入口時，一名官員前來迎會，並命令穿藍制服的守衛讓我們通過。有幾個人從廣場左側的馬廄出來，我拉好布藍提，讓歐睿下馬。一個年長的阿茲人從我手中接走轡繩時對布藍提發出嘖嘖稱讚，然後牽他離開。馴獅人奇以用短皮帶拉著希塔，隨即來到我身邊。我們跟隨歐睿走過鋪石地。大帳篷的前面有一張地毯，還提供一張摺疊椅和一柄遮陽傘給歐睿。我和奇以沒有座位，就站在歐睿後面。不久又來了一個圍城兒，交給奇以一柄紅紙糊成的遮陽傘，奇以立刻把那柄傘遞給我，由我拿著，為三人遮陽。奇以則兩臂橫胸，擺出高傲的姿勢站好。我明白，這是做給阿茲人看的，讓他們以為我是奇以或歐睿的奴隸。

在阿茲人的王朝這裡，奴隸一律穿條紋粗布做的袍子，或是及膝束腰短袖外衣。條紋有灰與白、暗褐與白兩種款式。這些奴隸有的是阿茲人，有的是我的同胞。他們全都是男人或男孩。女奴隸都待在室內那種不露面的地方，沒有一個是阿茲人。從大帳篷裡走出幾個位階不同，所以華服款式也互異的朝臣，營房也出來幾個將官。阿茲人把營房蓋在議事廳後面的東運河山坡上，以前，那是我們設置選舉亭的地點。統領終於從大帳篷出來，全體文武官員都起立。統領後頭跟著兩名奴隸：一個在他頭頂上方撐著大陽傘，另一個拿著扇子，以備需要涼快時之用。當時是氣溫適中的春天，太陽多半被薄雲遮掩，海風輕柔地吹著。眼看兩名奴隸拿著愚蠢的設備站在那兒，我暗暗覺得，阿茲人真是笨——他們難道看不出這裡根本不需要遮陽傘或扇子，也不需要朝臣們頭上戴的寬沿帽嗎？他們難道看不出這裡不是沙漠？

我模仿阿茲奴隸的舉止，不直接注視夷猷統領，只不時偷瞄幾眼。統領的臉型寬厚、多皺紋，而且與多數阿茲人一樣帶了病態的黃色。鷹鉤鼻短短的，眼睛窄窄的。阿茲人的淡色眼睛常讓我反胃，我曾經數次感謝祖先讓我生成與我族人一樣的深色眼睛。統領的羊毛頭髮是灰白的短髮，從帽子底下向外鬈曲，他的眉毛也一樣，沿著下巴有一圈剪得短短的灰鬍髭。他的容貌看起來凶悍疲乏。他微笑迎接歐睿——那抹微笑鬆弛了他的凶相，另外他還附帶一個動作，我不曾在其他阿茲人身上見過：他讓雙手從心臟部位伸開，同時低頭鞠躬，以示歡迎。那似乎是對同等地位者的見面禮，而且他稱呼歐睿為「詩人統領」。

然而，我心中暗想：他還是沒讓歐睿進到他的屋簷底下。

他們以「不信者」稱呼我們，那是我們跟他們新學到的字眼，其中若有什麼意義，就是指不知道什麼是「神聖」的人。世上有這種人嗎？「不信者」這個詞，說的只不過是有某些人，他們所謂的神聖，與你所謂的神聖有所不同罷了。阿茲人已在此地逗留十七年，卻還是不懂，安甦爾的海洋、土地、岩石，全都是神聖的，它們都因為富含神性而活了起來。我心想，若有誰是「不信者」，應該是他們，而不是我們才對。我就這樣站著東想西想我對他們的怨懟，沒在聽那兩個男人——親王對親王，暴君對詩人——在說什麼。

歐睿開始朗誦了，他那低音提琴般的嗓音喚醒我開始聆聽。但，那是統領要求的阿茲人詩作，是他們不計其數的沙漠戰爭史詩之一，我才不願意聽呢。

我在朝臣中尋找統領的兒子夷多，就是之前曾作弄希塔的那個人。要從眾人中找出他很容易。他穿戴一大堆華服美飾，而且帽子樣式奇特，插了許多羽毛和金布裁製的飾帶。他長相有點像他父親，但比較高，也比較英俊，只是膚色很淡。他是無一刻安靜的人，不是在與某人講話，就是坐立難安，兩手和身子動個不停。老統領安坐不動，專注聽故事，他穿的亞麻袍子像石雕般靜靜垂著，五短的硬實雙手攤開在大腿上，幾乎每一位朝臣都與他一樣專注聆聽，啜飲著故事中的文字。歐睿的嗓音像情感高昂的歌唱，我也漸漸忘卻自己，融入了故事。

講完悲劇的背叛與和解，他停了，聽眾全體喝采——喝采的方式是手心互擊。統領命令一個奴隸端一杯水給歐睿（「事後他們會打破那杯子丟掉。」奇以很小聲地對我耳語。）此外，也提供幾碟甜品，但沒有給奇以和我。夷猷向前欠身，取了一小塊什麼東西給希塔。奇以牽她向前，她坐下，禮貌地嗅嗅那東西，然後轉開頭。統領笑了，他笑得整張臉都皺了起來，那是個很悅人的笑容。「這不是獅子食物，對吧，希塔女士？」

他說：「要不要派人取肉給她？」

答覆統領的人是奇以，不是歐睿。她的回答粗啞簡短。「最好不要，閣下。」

統領並沒有被冒犯的感覺，「你讓她節食，嘎？好的，好的。你能讓她再鞠躬一次嗎？」

我沒有看見奇以走動或做任何事，但獅子站了起來，在統領面前大動作做了貓科的身軀伸展。統領笑開時，她環顧四周，想找獎賞：那個小球骨髓。奇以把獎賞丟進她嘴裡。

夷多走上前來，對歐睿說：「你付了多少代價買到她？」

「我用一首歌買了她，夷多統領。」歐睿說。他說這話時依然坐著，因為他正在為七弦豎琴調音，有藉口不站起來。夷多不悅地沉著臉。歐睿抬頭，說：「應該說是用一個故事買了她比較正確。擁有這隻幼獸和她母親的那一位遊牧人，想要完整聆聽《德大》的故事，以便充實他們自己的表演內容。我當時花了三個晚上時間對他講那個故事，最後，我的獎賞就是這頭獅子幼獸。我們雙方都很滿意。」

「你怎麼知道那個故事？你怎麼學到我們族人的歌謠？」

「我聽過一個故事或一首歌謠後，它就成為我的了。」歐睿說：「那是我的天賦。」

「除了那種天賦，還有創作歌謠的天賦。」夷猷說。

歐睿頷首鞠躬。

「但你在哪兒聽到的？」統領兒子追問。「你在哪兒聽人講《德大》？」

「我旅行過阿蘇達的北部，夷多統領。那邊每個地方的居民都把他們的歌謠和故事送給我，也就是跟我講故事、唱歌，跟我分享這種財富。他們沒有要求付費，沒有要求一頭獅子幼獸，或甚至一個銅子兒，他們只要求一首新歌或重講一個老故事。沙漠地區，最貧窮的人民在文字上和心靈上最慷慨。」

「真的，真的。」老統領說。

「你讀過我們的歌謠嗎？你有沒有把它們收進書裡面？」夷多吐出「閱讀」和「書籍」這樣的字眼，彷彿覺它們是他口中的糞便。

「王子，置身在阿熹神的人民當中，我就依照阿熹神的律法過生活。」歐睿說這話，不但流露尊嚴，而且語氣強烈。那是一個人的榮譽受到挑戰時因之做出的回應。

夷多轉身走開，不曉得是因為歐睿直率的答覆，還是因他父親的怒視而退縮了。不過，他對他的一個同伴說：「那個拉提琴的是男人嗎？我以為是女人呢。」

事後桂蕊才告訴我，在阿茲人之間，只有女人演奏撥弦樂器或拉弦樂器，男人則是吹笛子或吹號。但是，當時我一心以為夷多是想侮辱歐睿，再不然就是想找機會嘲弄他父親，而侮辱歐睿正是一個途徑。

「詩人，假如您用過茶點，已感到神清氣爽，那麼，我們很想聽您朗誦您自己的詩作。」

夷猷說：「只是，還望您原諒我們對西岸地區的詩相當無知，請多啟迪指教。」

統領說話這麼得體典雅，真教我驚訝。他是個上了年紀的軍人，這一點無庸置疑，但他說的每句話都經過斟酌，甚至以古字和轉語修飾，聽起來真令人心曠神怡。對於一個迴避書寫，並以開口大聲說表達其文字藝術的民族，你是有可能聽到他們這樣說話的。而在那之前，除了喝斥命令以外，我幾乎沒聽過阿茲人說什麼話。

除了口語上一決雌雄，歐睿也相當擅長文雅有禮的交流。稍早，朗誦史詩《德大》時，他把天生的北方腔放到一邊，藉由模糊掉較重的子音，突顯母音，說起話來就像個阿茲人。此刻，他回答統領的要求時，依舊保持那種柔和的阿茲腔：「統領，在詩人這一行裡，我微不足道。」他說：「而且，我也無心把自己擺在那些更偉大的人前面。您與您的朝臣能否容許我不要朗誦我自己的詩作，改為朗誦峨岱地區最受喜愛的詩人，德寧士的詩作？」

統領點點頭。歐睿一邊繼續為七弦豎琴調音，一邊先解釋這首詩不能用唱的，樂器的聲音只是用來區隔這首詩和前後其他話語，有時候也用來表達那些無法言說的東西。歐睿解說完，也調好音，他先向七弦豎琴點頭鞠躬，然後撥動琴弦。琴音悲切、清晰、激昂。當最後一個弦音消逝，他才說出《轉化》長詩第一篇的起首字句。

直到歐睿全部講完，沒人稍有移動。即使在講完之後，大家依然沉默良久，如同市場那些聽眾。正當他們準備鼓掌表示稱讚時，統領突然舉手。「不成，」他說：「詩人，再一次！假如您肯，請再為我們講一遍這個傑作。」

歐睿露出有點震驚的表情，但他微笑，再次對豎琴點頭鞠躬。

他還沒碰到琴弦之前，有個男人大聲說話了——不是夷多，而是距離他那一夥人不遠的一個男人。他身穿紅黑兩色的袍子，紅色高帽子從帽頂到肩膀有個盒子似的頭飾，直直垂下，把他的頭遮得只剩臉孔。他的鬍鬚曾經用燎燒法去除，所以沿著下巴只留下燒得鬈鬈的鬍鬚根。他身上除了一把短劍，還多配戴一根重重長長的黑棍子。「太陽之子，」他說：「這種褻瀆神明的內容，聽一次難道不就已經太多了嗎？」

「祭司。」奇以小聲對我說。雖然我們不常看見，但我曉得這個人是祭司。我們都叫他們「紅帽子」，而且都希望永遠不要見到他們，因為若有市民要被石頭砸死，或在潮泥灘活埋，都是由紅帽子執行。

夷猷轉頭看著那個祭司，如同隼鷹轉頭那麼迅猛，皺起的眉頭彷彿在說「好大膽子」。但他只是溫和地說：「最蒙阿熹神祝福的，」他說：「我兩隻耳朵都遲鈍，竟聽不出有什麼褻瀆神明的地方。我請求您為我解惑。」

配戴紅色頭飾的男人自信滿滿地說：「夷猷統領，這些字句裡都沒有神，裡面完全沒有對阿熹神的認識，也絲毫不相信祂神聖詮釋者的啟示。詩句全都盲目崇拜惡魔和假神，只談屬世作為，而且讚美女人。」

「啊哈，啊哈。」夷猷點頭，但那既不是反駁，好像也不受祭司的一番斥責所動搖。「不信神的詩人確實都不認識阿熹神和祂眾多的燒炙者。說到他們的理解，固然黑暗不明，而且大錯特錯，但，我們也別說他們盲目。只因啟示之火還沒燒到他們而已。對於我們這些很久以前就被迫把妻子留在家鄉的人，您是否甚至吝於讓我們聽到一個關於女人的字眼？您——受祝福的、被火燒炙的您，您高高在上，不致沾染汙穢，而我們只不過是軍人。單單聆聽，並非擁有；但，無論如何總得到了一些安慰。」他這話說得極度嚴肅，周圍有幾個男人卻露齒而笑。

戴頭飾的男人正準備回答，統領卻突然站起來。「基於尊重受炙者的神聖純淨，」他說：「我不要求這位『受祝福的燦得』或他的弟兄留下來，繼續聽這些會冒犯他們耳朵的字句。不想聆聽不信神的詩人朗誦歌謠的人，都可以離開。有道是：『只有被詛咒的人，才會聽見詛咒』。凡是同我一樣耳朵遲鈍的，可以留下來安心聆聽。詩人，原諒我們的爭執和無禮。」

統領再度坐下。夷多和幾個紅帽子（共有四個人），還有夷多的眾夥，統統返回大帳篷，大肆喧嚷。有幾個靠近夷猷的男人也儘量悄悄地溜走了，個個是一臉不安和不悅的表情。其餘人都留下來。歐睿撥動琴弦，再一次講起《轉化》的開頭。

這回結束時，統領帶動大家鼓掌，並命人再端一杯水給歐睿，（「水晶玻璃杯盛裝的財富。」奇以小聲對我說），然後遣走隨扈，說他想同詩人「在羊齒棕櫚底下」談話——意思顯然是私下談話。

兩名守衛仍站在帳篷出入口旁，但軍官和朝臣各自回大帳篷或營房。奇以與我則被執扇的多事奴隸遣開，我們只好跟隨一些人走去庭院的馬廄那一側。這時我才了解，那幾個人是從馬廄或別地方來聽詩的，他們一直站在眾人的外圍，不希望引起注意。他們有些是士兵，有些是馬夫，其中有兩人是男孩。他們大都對希塔很感興趣，想再靠近希塔一點，但奇以不讓他們更靠近。他們試著攀談，問些平常的問題：她叫什麼？你在哪兒買到她的？她吃什麼？有沒有殺過人？奇以的答覆簡要傲慢，很切合馴獅人的身分。

「他是你的奴隸嗎？」一個年輕人問。我起先沒意會他是在說我，直至奇以回答我才懂：「他是馬夫學徒。」

那個年輕人跟到我旁邊。我走去有陰影的牆邊，就地坐在圓石上，他也在旁邊坐下來。他看了我好幾眼，最後說：「你是阿茲人。」

我搖頭。

「你爹是。」他看起來很精明。

長這種頭髮、長這種臉，否認何用？我於是聳聳肩。

「你住這裡？在城裡？」

我點頭。

「你認識任何女孩嗎？」

我的心一下子跳到喉嚨。我滿腦子以為他看出我是女孩，就要開始嚷嚷著汙染、汙穢、褻瀆——

「我是去年跟著我爹從杜耳來這裡的。」他口氣沮喪地說著，好一陣子沒再開口。

我更仔細地偷瞄了他一眼，發現他只是個男孩，頂多十五或十六歲，還不是成年男子。他沒穿藍色斗篷，而是穿及腰短上衣，肩上有個藍色繩結。他赤腳、淡膚色、粗骨骼、臉孔柔和，但嘴巴周圍長滿痘痘。他的羊毛鬈髮是黃色的。男孩嘆氣道：「安甦爾女孩都痛恨我們，」他說：「我以為你可能有個姊妹。」

我搖頭。

「你叫什麼名字？」

「孟木。」

「唔，孟木，假如你認得一些女孩的話，而她們……你曉得嘛，假如她們想跟男人相處一下的話，我有點錢。意思是說，我會給你一點錢。」

他這個人粗俗、討厭，而且可憐，甚至對自己有點絕望。我沒回答。我既畏懼又瞧不起他，他實在讓我想笑——我不明白為什麼。但他確實很無恥，像條狗，我沒辦法真的恨他。

他繼續談著女孩。我猜是在談他的白日夢吧，而且開始講到某些事情，我感覺自己臉紅了，而且煩躁不安。我語氣平板地說：「我不認得半個女孩。」這句話讓他閉嘴好一會兒。他嘆嘆氣，搔搔鼠蹊部，終於說：「我痛恨這裡，我想回家。」

那就回家去呀！我想對他大吼，但只說：「嗯。」

他又看看我，看得那麼仔細，又結結實實把我嚇了一大跳。「你曾經跟男孩約會嗎？」他問。

我搖頭。

「我也沒有。」他的嗓音悲傷單調，並沒有比我的深沉多少。「有些男人有。」這念頭好像讓他十分沮喪，以至於沒再說什麼，末了才說：「若是那樣，父親會把我宰了。」

我點頭。

我們默默坐著。希塔在奇以的陪伴下來來回回在庭院中走動。我想跟他們一起，但又想到，馬夫學徒與獅子和馴獅人一起來回走動會顯得奇怪。

「這裡的男人都做什麼呀？」男孩問。

我聳肩。男孩呢？阿茲人的男孩除外，我們城裡每個男孩都得到處搜尋食物和柴火。

「玩棍球。」我終於說。

他看起來更沮喪了。顯然，他不是熱衷比賽遊戲的人。

「這裡好奇怪啊，」他說：「每個地方都有女人，會公開露面。到處能見，但你卻無法……她們都不……」

「阿蘇達沒有女人嗎？」我裝傻。

「當然有女人，但她們都不出來外面到處走動。」他忿忿不平，語帶責難。「她們不總是在你能隨時看到的地方。我們的女人不會在街上招搖過市。她們待在各自的家裡。」

我想起了母親，在街上，正準備回家。

一股巨大猛烈的憤怒席捲我全身，假如我當時開口說話，必會是詛咒，或者在他臉上吐口水。但我沒說話，那股怒氣慢慢消褪，成了空冷的不適。我吞嚥口水，用意志使自己平靜。

「梅克說，市廟有妓女，」這男孩說：「任何人都可以去那裡，只是，市廟現在當然關閉了。所以他們改成祕密進行，但妓女總歸還是有的，她們跟任何人做那件事。你曉得那些情形嗎？」

我搖頭。

他嘆氣。

我小心翼翼地站起來。我需要走開，但必須慢慢來。

「我叫西姆。」他說。他抬頭看我，瞇起眼睛微笑，像個小孩子。

我點頭，慢慢走開，走向希塔和奇以，因為不曉得還能去哪裡。血液在我耳內鳴響。奇以先是上下打量我，然後說：「我猜想，統領大概快談完了。去馬廄那裡，要他們把詩人的馬牽出來。就說妳想帶他散散步，好嗎？」

我點頭，繞到大馬廄的院落。基於某些理由，我不再害怕那些男人了。我向他們要詩人的馬，他們帶我去布藍提的馬欄。布藍提正在品味燕麥。「替他上馬鞍，然後帶出來。」我說，彷彿他們是奴隸，而我是主人。起初從我手中接走布藍提的老人遵照我的命令去牽馬。我雙手在背後交握，站著看一長排馬欄裡的駿馬。老人把布藍提牽出來，我毫不遲疑地接過他的韁繩。

「他大概有十九歲或二十歲了吧？」

「更大一些。」我以相同的自信回答。

「優等血統。」老人說。他伸出又粗又髒的手指，輕柔地梳理布藍提的額毛。「我喜歡高大的馬匹。」他說。

我匆匆點頭表示認同，隨即把布藍提牽走。奇以與希塔剛走到馬廄院落的出入口，歐睿也正朝我們走過來。我讓歐睿踩著我的膝蓋登上馬背，一行人鎮定地啟程返家。穿過議事廣場大門時，我們經過幾名藍斗篷守衛，我突然被眼淚征服，它們熱滾滾奪眶而出。我的嘴顫抖抽搐，可是我繼續前進，透過淚眼遙望我的城市，我美麗的城市，以及海峽上方的遠山和雲天，直到淚止。

第八章

那天晚餐，依思塔做了一道特別料理，我們叫它「油富」，用一點絞碎的羔羊肉或小山羊肉，拌馬鈴薯、青菜和藥草做為內餡，外面包裹酥皮，再下油鍋炸。依思塔感激歐睿和桂蕊，不僅因為他們為廚房提供肉品——事實上，我們是在分享希塔的晚餐，也因為他們是客人，大駕光臨，蓬華生輝，使宅邸重現榮耀和尊嚴，此外，他們也讓依思塔有了為之煮食的新對象。他們讚美油富，依思塔卻聳聳肩，抱怨並批評自己的酥油皮做得太硬，她說是因為買不到昔日好時光用的那種上等油。

晚餐後，商路長又帶兩位客人和我去後棟的廳房，四個人再一次坐下來談天。對於夷猷統領在「羊齒棕櫚下」對歐睿說了些什麼，我們都很好奇，歐睿也很樂意告訴我們詳情。他確實帶回了新消息。

竇利，就是眾統領的統領，也是阿蘇達的祭司王兼司令官，負責指揮阿茲軍隊已達三十九年，上個月在他的沙漠城市昧中的宮殿病發身故。他的繼承者名叫阿克雷，號稱是他姪子。由於阿蘇達的國王都身兼最高祭司，而阿熹神的祭司在形式上須獨身，所以國王不可能有兒子，只會有甥姪。阿克雷繼位，其他競爭王位的甥姪都在暴動中被殺死，或在幕後被暗殺。昧中城已動亂好一陣子，但目前阿克雷已穩掌政權，成了阿蘇達全境眾統領的統領。

這結果顯然很投夷猷統領的喜好。歐睿根據統領所言得知，比起已故的竇利本人，這位新的祭司國王，是祭司身分少一點，國王身分多一點。而那些曾經意圖阻擋阿克雷登上王位的宮殿派系與竇利本人一樣，都是「千名真人」信徒的追隨者，就是他們宣告展開「善惡之戰」，慫恿軍隊入侵不信的安甦爾，希望找到並毀滅「夜之口」。

阿克雷的追隨者似乎並沒有很相信「夜之口」的存在，尤其是入侵的軍隊一直沒能找到夜之口，當然就更難取信於人。這班追隨者認為，儘管占領安甦爾能為昧中城帶來一些利益和奢華用品，但不僅消耗阿茲軍隊的資源，精神上也是可疑的冒險。因為阿茲人是一個獨立的種族，住在他們的沙漠裡，獨受他們唯一的神眷顧。他們一直與不信者的汙染劃清界限，而持續住在不信者中間，對他們的靈魂是一種冒險。

那麼，待在安甦爾的這些阿茲人該做些什麼？

夷猷邊思考，邊把他對這些事情的看法都說給歐睿聽，講得相當坦率。依他之見，問題在於：怎麼做才更能取悅阿熹神。統領中的統領應該下令士官兵盡可能掠奪戰利品，然後召回他們，重返阿蘇達呢？還是，他應該派遣殖民者來安甦爾永久定居？

「他當時差不多就是那樣說的，」歐睿說：「顯然，鑑於夷猷在不信者中間生活了這麼多年，新登位的統治者於是詢問夷猷的意見。而夷猷則認為我是公正無私的觀察者。但，他何以這樣看我？而且他為何信賴我，甚至與我談起那些讓他非常左右為難的決定呢？我本人就是一個不信者呀！」

「因為你是詩人。」商路長說：「因此，在阿茲人眼中就是真理傳聲筒，也是先知。」

「也許是因為他沒有別人可以討論。」桂蕊表示：「再說，無論你是否為先知，至少你肯定是個好的聆聽者。」

「一個沉默的聆聽者才對。」歐睿有點苦澀地說。「關於這種事，我又能說什麼呢？」

「我不知道你能對夷猷說什麼。」商路長說：「但這件事能幫你了解他。我個人對他的了解少之又少。他們剛來時，他曾帶走一個安甦爾女人去當奴隸，當妃妾，聽說統領對她待之以禮。那女子名叫緹柔．亞克，是名門之女。我在入侵前就認識她了，她是個美麗聰明又有靈性的女孩。但現今若有她的消息，全來自僕人的八卦，由別人傳來的。據說夷猷給予她相當於妻子的尊榮對待，據說她對夷猷有巨大的影響力。」

「真希望能跟她談談！」桂蕊說。

「我也一樣。」商路長說，他的聲音帶著嘲弄和憂鬱。停頓一會，他繼續說：「夷多是統領之子，由遠在阿蘇達的一個妻子所生。聽說，夷多痛恨緹柔。還聽說夷多也痛恨他父親。」

「他會奚落他父親，也會公然反抗他父親。」歐睿說：「但好像還是服從他的命令。」

商路長靜坐了片刻，然後起身走到神龕那兒，站在它前面。「受祝福的宅邸眾靈，」他喃喃念著：「幫助我說話誠實。」他點頭鞠躬，伸手摸摸神龕那個老舊的基底，並在那裡站了一會兒，才走回來我們這邊。

他站在那兒說：「率領士兵來我們宅邸尋找夜之口的人是夷多和一幫祭司。他們折磨宅邸的人，逼大家透露洞穴、陰溝或任何夜之口可能存在的出入口。有的人因苦刑致死。阿茲人卻讓我活著，他們——」他頓了頓，繼續說：「他們對我懷抱最大的希望，因為他們以為我是巫師——用他們的話來講就是祭司，不過是個『反神』的祭司。然而，我無法告訴他們渴望知道的事。恩努神把祂的手放在我嘴上，不讓我說謊。山帕神制止我的舌頭，不讓我說出事實。高華世系所有亡魂都來到我四周。祭司們知道這一點，所以他們都怕我，即使在……他們或許不是怕我，而是畏懼那個進入我裡面的神聖性，畏懼那些環繞在我四周的亡魂聚集，畏懼這宅邸、這城市、這土地的眾神眾靈之祝福。

「經過一段時間，那些祭司不想再與我有任何瓜葛，所以只剩夷多一個人審問我。我猜想，他也是怕我的，但同時對自己的膽量很自豪，因為他相信我是強大的巫師，而他依然可以對我為所欲為。我因為成了他內在殘酷的玩具，證明了他的力量。我必須聽他的。他講個不停，一直對我解釋，再三重複：那個充滿我內在的魔鬼最終會跑出來，告訴他該去哪裡找夜之口。在那個惡魔出來講話之前，我都還不准死。所有邪惡都會死亡。正義會統治地球，而他，夷多，將坐在萬王之王的寶座上，在榮光中燃燒。他一直講，一直講。我曾想對他說謊，也曾想向他表明事實。但神靈就是不肯讓我順遂心意。」

他敘述這些時都沒有坐下。這時，他又走回神龕那兒，雙手放在基座上，默默在那裡站立一會兒。我聽見他向恩努神和宅邸眾神小聲祝禱。祝禱完畢，才重回我們這裡。

「夷多監禁我那段期間，我都沒見到他父親。夷猷遠離監牢，也不參與這個獵巫計畫。夷多經常對我抱怨他父親，挑他毛病，說他不敬神，輕視祭司和預言者，還藐視統領中的統領的命令，沒聽令尋找夜之口。『我服從我的神和我的王，父親卻沒有。』夷多說。最後，不曉得是不是夷猷下的命令，我被釋放了。洞穴和眾惡魔的尋獵熱度逐漸降溫，只剩夷多或那幫祭司偶爾激惹出一陣恐慌，比如找本書來毀壞，或是找個學者來折磨。夷猷讓他們暢所欲為，我猜是為了滿足統領中的統領，讓他知道尋獵計畫依然持續進行中。他必須小心行事，畢竟，他兒子是國王派系的人，而他本人卻不是。

「如今看起來，夷猷好像只管扮演著自己想當的那種國王，而夷多與祭司們的大權恐怕會突然被削減。所以，目前有可能是個危險的時刻。」

他又同我們一起坐下。雖然他之前做了痛苦的陳述，但這時似乎已經不煩心了，只剩黯然與疲乏。他環顧我們時面龐有了柔和神色，彷彿從一趟旅行歸來，見到了他所愛的人。

「危險是因為……」桂蕊說，歐睿接話，補足了她那半個疑問：「是因為夷多眼見他的派系權力漸失、可能會想奪回大權嗎？」

商路長點頭。「我倒想知道，阿茲人的士官兵對這件事採取什麼立場。」他說：「不用懷疑，他們都想返回在阿蘇達的家。他們對他們的祭司都很尊敬，假如夷多公然反抗他父親，而祭司們支持夷多，士官兵會服從那一邊呢？」

「我們可以到宮殿探聽。」桂蕊瞥了我一眼，我不明白緣由。

「另外還有一個危險——或希望——或兩者皆是。」商路長說：「我告訴你們的事，要請你們保密：有一群人希望激發安甦爾城民起來反抗阿茲人。這個團體已經蘊釀很久，目前走到了制定反叛計畫的階段。我只是從朋友口中聽說，沒有參與制定計畫。我甚至不清楚這個團體有多強大。但它的確存在。倘若獲悉宮殿裡有權力鬥爭，像這種團體可能會藉機採取行動。」

這時，我終於明白迪薩克來這裡都在談什麼了，也明白為什麼他與商路長會談時我總是被支開。領會到這一層時，一股怒意穿透我全身。他們談論反抗之舉為什麼不准我聽？他們談論對抗阿茲人、跟他們戰鬥、把他們驅趕出去，為什麼不准我聽？迪薩克認為我害怕嗎？或者，他認為我會像小孩子到處去張揚？他認為，由於我長了一頭羊毛髮，就會背叛我的族人嗎？

桂蕊想多了解這個團體，但商路長無法多談，或可能不願再多談。歐睿倒是默不作聲，逕自思考著，最後才問：「安甦爾城共有多少阿茲人？一千、兩千？」

「超過兩千。」商路長說。

「居民人數超過他們很多呀。」

「但阿茲人配備了武器，又訓練有素。」桂蕊說。

「受過訓練的士兵。」歐睿說：「的確給予他們一種優勢……不過還是一樣，經過這麼多年——」

我脫口而出：「我們戰鬥吧！我們去每條街道跟他們戰鬥。我們曾經撐過一年——直到他們增派兩倍的軍力，殺戮又殺戮。依思塔告訴我，城市被攻陷那幾天好幾條運河都被死屍堵塞，河水不流——」

「玫茉，我倒不是質疑你們的勇氣。我知道你們族人是被超強的不對等軍力打敗——」歐睿說。

「我們不是戰士。」商路長說。

「阿德拉與瑪拉！」我抗議。

他的目光停留在我身上一會兒。「我並不是說我們不可能造就英雄，」他說：「但是幾百年來，我們都是靠討論、商議、協調、選舉解決爭端。即使有爭端，也是藉由詞語，而不是藉由刀劍來戰鬥。我們已經失去野蠻殘酷的習慣……但阿茲士兵的野蠻殘酷好像沒有窮盡。他們還打算摧毀多少東西呢？我們失去了心，直到如今仍是殘廢的族群。」

他舉起損壞的雙手，表情怪異、扭曲，雙眼看起來非常黑。

「歐睿，如你所言，他們具有優勢。」他說：「一個國王、一個神、一個信仰，他們可以齊心行動。他們是強大的，但單一也可能被分化。我們的力量在於擁抱多元。這是我們神聖的土地，我們與眾神和眾靈同住在這裡，我們在祂們中間，祂們在我們中間。我們與祂們共同忍耐。我們雖然曾被傷害、被削弱、被奴役，但只有毀掉我們的知識，我們才算真的被摧毀。」

兩天後，我們再去議事廣場，我才搞清楚，桂蕊說「我們可以到宮殿探聽」時為什麼瞥了我一眼。她要馬夫學徒孟木去找那些阿茲馬童和見習士兵聊天。歐睿朗誦時，他們都在周圍閒晃、聆聽。「把耳朵拉長，」她說：「詢問有關昧中城新統領的事，以及夜之口的事。前幾天妳與其中一個男孩談了很久。」

「長青春痘那一個。」我說。

「他喜歡妳呢。」

「他是想知道我會不會出賣我姊妹供他取樂。」我說。

桂蕊吹聲口哨，輕輕將音調往下拉。

「忍耐。」她輕輕說。

商路長也常說「忍耐」，我把它當作我的嚮導、我的戒律。我會服從，我會忍耐。這一回，夷猷統領從大帳篷出來聽歐睿開講，夷多和祭司群沒有隨他出來。朗誦進行到一半，帳篷內開始出現噪音，喧嚷的唱誦和鼓擊聲傳出——祭司們顯然在執行儀典。統領周圍的朝臣有的露出不勝其擾的表情，有的聳肩並小聲交頭接耳。夷猷冷靜安坐。歐睿結束那個詩節後，也住口了。

統領打手勢要他繼續。

「我無意對祭祀者不敬。」歐睿說。

「那不是祭祀。」夷猷說：「而是無禮。假如你願意，就繼續吧，詩人。」

歐睿鞠躬，繼續朗誦那部作品，同樣是談論阿茲英雄。朗誦完畢，夷猷差人為他端來一杯水，開始與他交談，有幾位朝臣也加入。而我……我服從命令，溜到馬廄院落牆邊太陽曬不到的陰影裡，加入那群男孩和男人。

西姆在那兒。他正朝我走過來。他的體型比我稍大些，是個高壯的男孩。他嘴巴周圍的青春痘之間有細毛冒出來。阿茲人的毛髮量比我們族人多，而且很多人長了絡腮鬍。但是我看到他跟我打招呼的樣子，幾乎是畏畏縮縮，好像希望我喜歡他。我暗忖：他實在還是個小男孩。

我所知的全部不過是我居住的城市、我居住的宅邸，還有書籍。而他，已跟隨軍隊走過不同地方，又是個正在受訓的士兵。可是，我知道我見識比他廣，比他強悍，他也知道。

如此一來就更難恨他了。恨那些比你強大的人，容或稱得上德行高尚；但要是恨比你羸弱的人，就實在是可鄙，而且教人不安。

他不曉得要談什麼，而我，起初也認為我們根本無法交談。但後來，我想到可以問他我真的想知道的事情。「前幾天你談到的那些事情，」我說：「就是關於市廟與廟妓，你是從哪裡聽來的？」

「聽有些男人講的。」他說：「他們說，你們這些不信者，在那種廟裡，跟女神、女魔的女祭司們縱欲狂歡。還說男人都可以去和那些女祭司瞎搞整個晚上。」

想到這裡他顯得振奮許多。

「我們沒有什麼女祭司，」我冷然道：「也沒有祭司。我們都各自祭祀。」

「唔，也許只有女人才進那種廟。然後，那座市廟的女魔就使她們與任何人瞎搞。整個晚上。」

「那種市廟要怎麼進去?」

在安甦爾，「市廟」通常是指設置在街上，或建築物前、叉路口的小神龕，也就是供人敬拜的祭臺。很多只是像家裡擺設的神明壁龕。敬拜時，你用手碰觸那座廟的基石，同時說出祝禱之辭，或者放朵花做為供奉。街上很多市廟都是好看的大理石小建物，高度只不過兩、三英尺，有雕刻和裝飾，外加鍍金的屋頂。阿茲人早就把它們全數毀掉，但有些市廟仍懸在樹上，阿茲人以為是鳥屋，也就沒動它們。事實上，假如有小鳥棲在廟裡，也是件可喜的事，是一種祝福，很多悠久的樹廟年復一年吸引了燕子、麻雀、鶇鳥。其中最幸運的鳥類是貓頭鷹。貓頭鷹是「那聾者」的鳥。

我知道，在阿茲人的想法裡，市廟是指全尺寸的建築。不過管它呢。

無論如何，我的問題一下就把他帶離整夜瞎搞的念頭。他皺眉，「你說什麼?每個人都進得了市廟啊。」

「進去做什麼?」

「祈禱。」

「祈禱?什麼意思?」

「敬拜阿熹神呀!」西姆瞪大眼睛。

「你們怎麼敬拜阿熹神?」

「參加儀式吧？」他語帶懷疑，不相信我竟然不曉得他在說什麼。「祭司們唱誦、打鼓、跳舞，然後他們就講阿熹神的話吧？你曉得的！你是手腳伏地跪拜吧？頭敲地四次，跟著祭司念禱詞。」

「要做什麼？」

「唔，假如你想要某些東西，你就向阿熹神祈禱，用頭敲地，祈禱獲得那東西。」

「祈禱獲得它？你要如何為獲得東西而祈禱？」

他用覺得我是弱智者的眼神看著我。

我以眼還眼。「你們的行為沒意義。」我說。然而我其實相當好奇，想了解他的祈禱觀念，但不希望他感覺比我優越。「人不能為獲得東西而祈禱。」

「當然能！你向阿熹神禱告，祈求生命和健康和、和、和其他每樣東西！」

我了解他的意思了。每個人懼怕時都會向恩努神呼求，也都向幸運神祈求他們想要的東西，就因為這緣故，幸運神才被稱為「那聾者」。但我輕蔑地說：「那是乞討，不是祈禱。我們都是祈求祝福，而不是祈求東西。」

他既震驚又不知所措，露出不高興的表情，說：「你們無法領受祝福。因為你們不相信阿熹神。」

這回換我震驚了。對人家說他們無法領受祝福太令人毛骨悚然了。西姆不像是會想到這種殘酷事的人。最後，我非常非常謹慎地問：「你說『相信』是指什麼？」

他瞪著我。「唔，相信阿熹神的意思是——相信阿熹是神。」

「祂當然是神。所有神明都是神。何以阿熹不該是神？」

「你們稱為神的那些都是惡魔。」

我把他的話想了一想。「我不知道我所相信的是不是惡魔，但我確實認得那些神明。我不明白為什麼你們必須只『相信』一個神，而不相信其餘的神。」

「因為假如你不信阿熹神，你就會被詛咒。而且等到死時，你會變成惡魔！」

「誰說的？」

「祭司們！」

「你這樣就相信？」

「是呀！祭司懂那種事情的！」他越來越不開心，而且講得很生氣。

「我不認為他們很了解安甦爾。」我說完才領悟，但有點太慢了——若想從他身上獲取訊息，與他對立實在不是最佳方式。「也許他們對安甦爾是知之甚詳，但在這裡，事情不一樣。」

「那是因為你們是不信者！」

「對。」我又是點頭又是贊同。「我們是不信者，因此我們有一大堆神明。可是我們沒有半個惡魔、或祭司、或廟妓——除非她們的身高大約六英寸。」

他不作聲了，一臉不悅。

過了一會兒我才又開口，並且採取比較友善的方式，我自己覺得同時兼具了迂迴和坦率。「我聽說，軍隊來這裡是要尋找一個特別的壞地點，某一種地上的洞。據猜測，所有惡魔都是從那個洞出來。」

「我猜是吧。」

「找那個做什麼呢？」

「我不知道。」他說。表情非常鬱悶不樂，淡色眼睛瞇細，而且皺著眉。

當時我們坐在牆邊太陽照不到的鋪石地，我開始就著地上的塵土畫十字圖樣。

「有人說你們那位住在味中城的國王死了。」我盡可能輕鬆自在地說。我用的是我的古老字詞「國王」，沒用他們說的「統領」。

他只是點個頭。我們剛才的討論已經讓他洩了氣。很久之後，他才說：「梅克說，新任的最高統領說不定會命令軍隊返回阿蘇達。我猜你們應該會很高興。」他不高興地瞥瞥我。

我聳肩。「那你會喜歡嗎？」

他聳肩。

我想讓他再講下去，但不曉得怎麼做。

「那是『笨蛋玩意兒』。」他說。

這下子，換我當他瘋了般注視他，直到我發現他低頭看我在塵土上畫的圖樣。他將手伸到地上，在十字線分割出來的一個方形裡多畫一條水平線。

「我們叫這『傻子遊戲』。」我說著，在另一個方形裡加畫一條垂直線。我們平手，一般人玩傻子遊戲都會平手，除非你真的是個傻子。接下去，他教我一種叫做「發現埋伏」的遊戲，就是兩個人各有一個十字，不能被對方看到，並各自在其中一個方形註記，當作「埋伏」。然後輪流猜對方的埋伏在哪裡，率先發現對方的埋伏就是贏家。玩三次，西姆贏兩次。他精神來了，話也多了起來。

「我希望軍隊移師回阿蘇達。」他說：「我想要結婚，在這裡的話，我沒辦法結婚。」

「夷猷統領就是在這裡結了婚。」說完，我很擔心自己是否太過躁進。但西姆只是咧嘴笑笑，並咯咯咯地弄出一種猥褻的聲音。

「緹柔皇后？」他說：「梅克說，她就是眾多廟妓當中的一個，一開始她就給統領下了魔咒。」

我真是受夠了他和他的廟妓之說。「城裡從來沒有什麼廟。」我說：「我們有各種慶典，全市共同慶祝，有遊行和舞蹈，但被你們阿茲人終止了。你們殺掉所有跳舞的人。看來你們可真懼怕你們那些蠢惡魔啊。」我站起來，用腳把地上的十字圖形抹掉，高視濶步地向馬廄走去。

到了馬廄，我卻不曉得要做什麼。我為自己感到丟臉，因為我剛才沒有忍耐，反而逃開了。我探頭看布藍提，他輕輕嘶鳴跟我打招呼，正優雅地用嘴脣親吻那些燕麥小點心，以延長享用時間。老馬夫高據在附近一個鋸木架上。他觀望布藍提的那種眼神在我看來有如傾慕崇拜。他朝我點點頭，布藍提繼續玩著他的燕麥。我靠著一根柱子，兩臂環抱，希望自己一派冷漠、難以親近。

西姆這時穿過馬廄院落走過來，無精打采，神態畏縮，咧嘴微笑，有如一隻剛被喝斥的小狗。

「嘿，孟木。」他說著，彷彿我們是兩天前分開，而不是兩分鐘前。

我向他點個頭。

他看著我，那模樣跟看著布蘭提的老馬夫如出一轍。

「我父親的馬在那邊。」他說。「過來瞧瞧她。她出身昧中城的皇家馬廄。」

我讓他帶路，穿過院落，往飾面馬欄那邊走。我看見一匹純淨、剛健、亮眼、淡色鬃毛的栗色牝馬，好像那匹在市場向我衝來的馬——說不定就是那匹呢。她從馬欄的門上側臉注視我，搖著頭。

「她叫做『勝利』。」西姆想摸摸牝馬的脖子，但她甩甩頭，向馬欄後方退去。他再試第二次，她轉頭看他，露出黃色的長牙，嚇得西姆迅速縮手。「她是道地的戰馬。」他說。

我注視這匹馬，假裝正想藉由深度的知識和過去接觸馬匹的經驗，給她下個評斷。我再次點頭表示賞識，閒適地轉身，穿過院落。所幸，奇以與希塔剛好在門口向內張望。有幾匹馬因為看到或聞到了獅子，在各自的馬欄內或嘶鳴、或踢腳。

我急忙走向奇以，身後的西姆喊道：「孟木，明天見囉？」

回程往高華世系的路上，我告訴桂蕊和歐睿我怎樣跟西姆力拚「十字測驗」，我覺得那蠢極了，而且沒有結果，但他們專注聆聽。稍後告訴商路長時，他也同樣專注聆聽。關於我迂迴提起夜之口，以及西姆聽人說新上任的大統領可能把軍隊召回阿蘇達，他們三人都覺得西姆顯然欠缺有關的資訊或興趣。

「他有提起夷多嗎？」桂蕊問。

「我不曉得怎麼問那個。」

「他是聰明的小伙子嗎？」

「不，他很笨。」我說。然而我這樣說時卻覺得慚愧——即使我說的是事實。

那天很暖和，傍晚也不冷，所以晚餐後我們沒有在後棟的廳房就坐，改為坐在廳房外面的外層小院落裡。這個院落的兩側有宅邸的牆壁遮蔭，另外兩側有細柱拱廊。東邊山丘緊挨著宅邸後面高起，空氣中有灌木叢開花的香氣。我們面南而坐，正好望著點綴著暗綠色植物的開闊天空。

「這棟宅邸是開挖山坡建造而成的，對吧？」歐睿說著，抬眼看院落上方校長房的南面窗戶，也抬眼看這棟牆面、屋頂層層相疊的悠久建築。

「是啊。」商路長說。我不知道他的口氣藏了什麼，脖子上的寒毛卻直豎起來。過一會兒，他接著說：「安甦爾是西岸地區最古老的城市，而這棟宅邸是安甦爾最古老的房子。」

「一千年前，雅力坦人從沙漠地帶過來，發現我們今天所知的這片土地，空無人居，是真的嗎？」

「時間早於一千年前，而且，他們來的地方比沙漠還遠。」商路長說：「據說是從日昇之處，亦即遠東那邊的大帝國來的。帝國派遣探險家前進到與他們西陲相鄰的沙漠，進入沙漠後，有一群人最後發現一條橫越沙漠的道路。據說這片沙漠寬達數百英里。穿過沙漠，就到了西岸地區這片綠色谷地。探險隊伍由塔拉瑪率領，其他人跟隨。相關的記錄書籍，一方面很古舊，一方面也不完整，很難解讀。更何況，其中很多本書如今都已喪失。但據說，來到這裡的那群人，是被日昇之處的國度驅逐出境的。」他念一行詩，先用雅力坦語，再用我們現在的語言：「『那無河荒地守護了流放者的春天……』所以呢，我們都是那些流放者的兒女。」

「之後就沒人再從東方來嗎？」

「也沒人再回東方去。」

「除了阿茲人。」桂蕊說。

「對，他們回到沙漠，也許就留在那裡了，但只待在西陲邊境有泉有河的地帶。據說，阿蘇達沙漠以東一千英里的範圍內，太陽就是統領中的統領，沙土則是他的子民。」

「我們居住在一個大世界的遙遠邊陲，而我們對那個大世界卻一無所知。」歐睿凝望灰暗深沉的天空。

「有些學者認為，塔拉瑪和其他跟隨者之所以被驅逐，因為他們是巫師，擁有各種怪異力量。他們認為，像你們高山人擁有的那種天賦，在當年那些從日昇之處來的人當中很普遍。但幾百年過去，我們血液中的天賦都消失了。」

「你有什麼想法？」桂蕊問。

「如今，我們已不具備當年那些人的天賦了。」商路長有點謹慎地說。「但安甦爾最早的記載有提及，人們來這裡讓亞克世家的女人醫治，她們有能力回復瞎子的視力、聾子的聽力。」

「跟寇迪世系一樣！」歐睿對桂蕊說，可是桂蕊說的是：「是向後的，跟我想的一樣！」

他們剛要向我們解釋時，迪薩克突然從後棟廳房的甬道門走出來，進入我們落坐的庭院。

與商路長所有的固定訪客一樣，迪薩克自行進了宅邸，又穿過宅邸最古老的區域，因為這宅邸從來不鎖門。依思塔有時候會煩惱這樣的風險，但商路長說：「高華世系的每一扇門都沒有鎖。」所以一切就照舊。而迪薩克就是因此在此刻出現，希塔給嚇了一跳，半獅站起，頭壓低，耳朵平著，讓人看著難受，而且怒目瞪視迪薩克。迪薩克猛地在甬道口止步。

桂蕊出聲斥責希塔，她哼了哼，再度坐下，但還是怒目瞪視。

「歡迎，我的朋友。過來跟我們一起坐坐。」商路長說，我急忙起身再找一張椅子，而迪薩克則直接拿走我的，在商路長身旁落坐。他就是這個樣子。沒有什麼惡劣或粗俗的舉止，但只要不是他感興趣的人，對他而言就是不存在。在他眼中，我是一個家具提供者，重要性差不多等同於我所提供的那個家具而已。他與阿茲人相仿，都是天性直率單一的人。也許，軍人都必須直率單一吧。

等我找到一張像樣的椅子把它搬出來，他正被介紹給歐睿和桂蕊認識。想必，商路長已經告訴兩夫妻，此人便是反抗軍的領袖，不然就是迪薩克自己告訴了他們，反正，他們當時談的就是這主題。我坐下聆聽。

迪薩克這才注意到我，家具不應該有耳朵的。他看看我，然後轉眼看商路長，意思很明白：他要像以往那樣把我支開。

「玫茉認識了一個軍人的兒子，那男孩告訴玫茉，有阿茲人提過軍隊要被召回阿蘇達。」

商路長對迪薩克說：「而那男孩稱呼緹柔．亞克為緹柔皇后，語氣彷彿當作一般笑話。你聽過皇后那樣的銜稱嗎？」

「沒有。」迪薩克僵硬地說。他又朝我拋來一眼，活像是兩耳壓平、眼睛瞪人的希塔（不過，希塔這時已經決定不理迪薩克，只顧勤快地舔洗她的一隻後爪）。「我們在這裡所講的話，一定不能傳出這個院落之外。」他宣布。

「那當然。」商路長說。他照舊親切自在，卻具有剛才桂蕊斥責獅子的那種效果。

迪薩克不再看我，他清清喉嚨，搔搔下巴，對歐睿說話。

「是神聖的恩努神把你送來這裡，歐睿．克思。」他說：「或是『那聾者』召喚你來找我們，在我們萬分需要的時刻。」

「需要我嗎？」歐睿說。

「若要召喚百姓投入戰爭，有誰比偉大詩人更適合？」

歐睿怔住了，神態僵硬起來。他沉默片刻才說：「我樂意做我力量能及的事。但，我畢竟是個外地人。」

「反抗入侵者時，我們都是同一國。」

「我來到貴寶地，待在宮殿的時間，多於在市場的時間，因為得隨時接受統領的傳喚。而你的人民為何該信任我？」

「他們確實信任你。他們說，你來此城是個信號、是個前兆，表示安甦爾的偉大時代即將重返。」

「我不是什麼前兆，我是詩人。」歐睿說。這時，他的面孔簡直像岩石那樣堅硬。

「這個城市準備起義反抗暴政，她所要找的將是自己城市的詩人。」

「我們召喚你時，你將為我們發言。」迪薩克還是一樣肯定，「在安甦爾，我們躲在門後偷偷吟唱你的〈自由謠〉已經十年了。那首詩歌怎麼來到這裡的？誰帶來的？豈非口耳相傳，靈魂傳給靈魂，土地傳給土地。等我們終於在敵人面前高聲吟唱這首詩歌時，你想，你會沉默嗎？」

歐睿沒說話。

「我是個軍人。」迪薩克說：「我知道是什麼能讓人想打贏這場戰爭，我知道你這樣的嗓音能有什麼可為，當你來到這裡，我知道這就是你出現的原因。」

「是因為統領要我來，所以我來了。」

「他要你來，是因為安甦爾的眾神牽動了他的心，是因為我們的時刻將來到，平衡改變了！」

「我的朋友，」商路長說：「平衡容或正在轉變，但你雙手中的天秤呢，也在轉變嗎？」

迪薩克伸出空空的雙手苦笑著。

「目前在阿茲士兵間看不到什麼可利用的動亂跡象。」商路長說。「我們也不確定阿茲人的政策是否有任何改變，也不知道夷猷和夷多之間出了什麼問題。」

「哦，這一點我們倒是曉得。」迪薩克說：「夷猷打算把夷多及祭司隨從和士兵等送回昧中城。表面上是尋求新統領阿克雷的指導，實際上是把夷多和他的祭司們趕出安甦爾。緹柔．亞克的僕人雅芭今早把這個訊息傳給與我們有接觸的宮殿奴隸。雅芭一直是個忠誠的報訊者。」

「那麼，你打算等到夷多離開就行動？」

「幹麼等？幹麼讓老鼠從陷阱中逃走？」

「你打算攻擊？目標是營房？」

「是有計畫要攻擊沒錯，但不是他們預料得到的地點和時間。」

「我知道你有一點武器，但你有人嗎？」

「武器我們有，人馬也足。人民會加入我們。我們將會是二十比一，甦爾特！這麼多年的暴政統治、奴役、侮辱、玷汙，累積這些年的憤怒，將如同稻草引燃般爆發，全城處處。到時候，就看我們的人有多多，而他們的人有多少！我們需要的是一個聲音，一個召喚我們的聲音。」

他的熱情撼動了我，看得出來也撼動了歐睿——此刻，迪薩克就正看著他。一次起義，一次造反，去擾動那些傲慢自負的藍斗篷男人，把他們拖下馬背。使用他們，如同他們曾經使用我們；威脅他們，如同他們曾經威脅我們。把他們趕出去、趕出去、趕出城去、趕出我們的生活。噢！我期盼已久！我會追隨迪薩克。現在我看清楚他了：一個領袖，一個戰士。我將追隨他，如同眾人追隨古代英雄赴湯蹈火、歷險涉水、穿越死亡。

但歐睿靜靜坐著，面容端凝，一言不發。

桂蕊呢，警覺一如她的獅子，也沒有說話。

緊繃的沉默中，商路長說話了：「迪薩克，假如我求問這件事、假如有獲得答覆、你肯聽那個答覆嗎？」他用一種奇怪的方式強調了「求問」二字。

迪薩克注視他，起初顯然不明瞭，接著皺起眉。他剛要提出問題，卻被商路長的表情給制止了。迪薩克那張堅毅、悲傷、飽經風霜的臉孔慢慢轉變，變得明顯而不確定。

「好，」他起初有點遲疑，接著變得更加強烈，「好！」

「那麼，我就來問。」商路長說。

「今天晚上？」

「時間這麼逼近？」

「對。」

「很好。」

「明天早晨我會過來。」迪薩克說，他起身，精力充沛。「甦爾特，我的朋友，我衷心感謝你。我們將看見——你將看見你的眾靈將為我們發聲。」接著他轉向歐睿。

「而你的聲音將召喚我們，你會加入我們的，我知道，然後我們將在此地重會，以自由人之身，在自由之城！樂若神的祝福與安甦爾眾神的祝福降臨諸位，也降臨此刻聆聽我們說話的高華世系歷代神靈與亡魂！」他大步向外走，步伐英勇而歡欣。

歐睿、桂蕊與我，我們三個人面面相覷。某件要緊的事已經被說出口，某個應許已經獲得承諾了，而那是我們三個人不明瞭的。商路長坐著，一臉嚴肅，沒看我們任何一個人。最後，他終於一個接一個看了我們，目光落定在我身上。

「此地設城之前，」他說：「此處建屋之前，神諭就已在此。」然後，他用雅力坦語說：「『彼等疲乏之人，流放者，橫越沙漠至此。翻越聳立於西海之眾山，乍見雪白甦爾山橫跨大海。山腰有洞，洞中湧泉。於洞內凌空之幽暗中，彼等見書寫文字：留駐於此。是以，彼等啜飲該泉之水，並建城於此。』」

第九章

我們沒多久就互道晚安，各自散去。但商路長對我說：「玫茉，到祕室來。」

所以，稍晚一點，我穿過宅邸，在空中寫畫字母，進入那間位居黑暗山底的祕室。

商路長一會兒後才到。我已點燃閱讀桌上的油燈。商路長把他自己帶來的小燈籠放下，但沒吹熄。他看到我把歐睿那本書翻開放在桌上，微微一笑。

「妳喜歡他的詩？」

「超過其他任何人的詩，也超過德寧士！」

他又微笑了，這次笑得深些，他略帶取笑地說：「啊，他們都很不錯，是現代作品，但他們都比不上雷葛莉。」

一千年前，雷葛莉就住在安甦爾這裡，以雅力坦語寫作。雅力坦語很難，詩作也難，所以雷葛莉的作品我讀得還不多——儘管我曉得商路長有多愛她。

「把握時間。」他看著我的表情，說：「把握時間……現在，我的玫茉，我有很多事要說要問。讓我先花點時間跟妳講講吧。」我們在桌燈製造的柔和氛圍裡，面對面坐在桌子邊。桌子的四周，又高又長的房間越往旁邊越被黑暗吞沒。書背燙金字的微光這兒那兒閃爍著，這所有的書籍本身即沉默的集合，黑暗的變貌。

商路長剛才叫我名字時口氣那麼溫柔，幾乎嚇著我了。但他的面孔依舊如同痛苦時一樣嚴峻，可見他接下來想說的話可能不容易啟齒。他說：「玫茉，我還沒好好把妳教得通透。」

我想抗議，想表明他已經給了我人生中的所有至寶，他給了我愛、忠誠、學識。但他溫和地制止我，神態依然嚴峻。「之前，妳是我的安慰。」他說：「是我摯愛的安慰。一直以來，我只尋找安慰，不理會希望。對那些賦予我生命的人，我還沒還清欠債。我雖然教妳閱讀，但一直沒讓妳了解，除了故事和詩，還有更多可讀的東西……我只給妳我能輕易給予的東西。因為我告訴自己，她還只是個孩子，為何一定要讓她背負重擔……」

我一直對背後那片黑暗有所知覺，覺得它真實存在。

商路長頑固地接著說：「我們之前談到，在血液和世系中流動的天賦。像桂蕊的家族，貝晞世系，他們能對動物講話。或者像亞克世系，他們能醫治。至於我們高華世系，所擁有的也許不是天賦，而是一種責任，一種聯繫。我們恆是定居在這地方的人。留駐於此。我們果真留駐於此，在這裡，這棟宅邸，這個房間。我們守護這裡的一切。我們開門關門，我們還閱讀神諭文字。」

聽他提到「神諭」，我就知道他準備吐露了。他必須說、而我必須聽的，就是神諭。

可是，我的心卻在我裡面變得又冷又沉。

「因為我的懦弱，」他說：「我告訴自己我沒必要告訴妳。神諭時代已經過去了，它變成一個不再真實的老故事……妳曉得，真理可能脫離故事。原本真實的東西變得沒有意義，甚至變成一個謊言，因為真理跑進別的故事裡了；泉水也在別的地方湧出，神諭噴泉已經枯乾兩百年……但餵養它的泉源，依然流淌。在這裡、在裡面。」

他坐著，面對我和房間尾端，那個角落伸展進入陰影，變得越來越黑、越來越低的區域。這時，他不再看著我，而是望進那片黑暗。他沒講話時，我仔細聆聽流水的細微聲響。

「我看清我的責任，緊緊守著它。也就是維持、維護僅剩的一點點：這裡的書籍，其他人帶來讓我保存的書籍，我們的最後財寶，安甦爾的最後榮光。那次妳進來這裡，進到這個房間那天，我們談到文字、談到閱讀，妳還記得嗎？」

「我記得。」我說。那段記憶讓我稍稍溫暖起來。我注視書架上那些我已讀過、已知道、已愛上的書——它們是我的朋友。

「我告訴自己，妳生來要做相同的事，要取代我的位置，要保持一盞油燈燃亮著。而我緊守那個安慰，卻否認我還有別的責任要履行，否認我還該教妳別的東西。

「倘若妳的身體有一天破損成我這個樣子，那麼，妳的心智也會變形、變軟弱——」他伸出雙手。「我無法信任我自己，我太害怕了。但我早該信任妳才對。」

我很想說，我很想懇求他：「不，不要這樣，你也不能信任我。我也很軟弱，我也很害怕！」但這些話卻不肯出來。

他勉為其難講完以上的話。片刻後又再開口，稍早的溫柔已重返他的嗓音。「所以囉，」他說：「就多講一點點歷史好了。之前，妳付出極大的耐心，學了好多歷史，妳這麼年輕，卻讓這麼多歲月的重量壓在身上，甚至包括已故那些人數世紀以來所擔負的責任！既然妳已承受那麼多，接下來來這一個，妳也要承受。

「妳所屬的門第是『神諭宅邸』。我們是神諭的解讀者。神諭在此，在這個房間。妳還不曉得書寫是什麼時，先學會了能讓妳進到這裡的字母。一旦進到這裡，妳就會知道如何閱讀被人書寫的文字。

「首先是我剛才說過的：『留駐於此』。

「在古代，四大世系的人都能解讀神諭。那是他們的力量，他們的神聖性。雅力坦的流放者在海岸地區安頓下來，並開始在別處建置城鎮，但他們還是會回來安甦爾，回來這個神諭宅邸。大家會把他們的問題帶來：這樣做正確嗎？假如我們做了那件事，後果將如何？他們來到這個噴泉，啜飲泉水，祈求祝福，提出他們的問題。然後神諭讀者會進入宅邸、進入洞穴、進入那黑暗。要是問題被接受，他們就會讀到寫在空中的答案。

「有時候，雖然沒人提問，他們進入那黑暗時卻會看見有發光的文字。

「所有神諭文字都被書寫下來。如此撰寫成的那些書，就叫做《高華之書》。多年過去，在神諭洞穴建屋定居的高華人，漸漸變成書籍的唯一保存人、文字的詮釋者、神諭的發聲者——也就是神諭讀者。

「到最後，情況演變成嫉妒和敵對。假如我們原本有分享力量，情況可能會好些。但我猜想，我們當時沒辦法那樣做。因為天賦自行其是。

「《高華之書》不僅僅是神諭的紀錄而已。有時候，雖然沒有誰用手去碰書，裡面的書寫卻會改變。或是，有時候一個讀者打開一本書，卻發現裡面有過去沒寫的字。神諭越來越常在書籍的書頁上說話，而不在洞穴的黑暗中說話。

「不過，文字本身經常是隱晦的，需要一番詮釋。有時也會出現答案——卻是針對還沒提出的問題。因此，傑出的神諭讀者妲娜高華就曾經說：『我們不找尋真正的答案。我們所要找尋的迷途羊，才是真正的問題。只要找到問題，答案自然來，如同羊尾巴緊接在羊身體後面一樣。』」

商路長本來一直注視著我後面的空氣，一面思考；這時，他再次注視我，但沉默不語。

「你有沒有——你有沒有讀過神諭？」我終於發問。我感覺自己好像有一整個月沒講話似的，喉嚨乾疼，嗓音纖細。

他回答得很慢。「我二十歲開始讀高華之書，由我母親指導。一開始，先讀最古老那些。書裡的文字都是固定的，不再改變。但最古老的那些也是最模糊難懂的，因為他們沒把問題和答案寫在一起，因此你得自己猜測：哪部分是羊、哪部分是尾巴……然後還有數百年之後的高華之書，裡頭就同時包含了問題和答案。一樣模糊難懂，但若仔細研讀，總會有報償。後來，他們把圖書館從高華世系遷出去，問題就減少了，答案也有可能會改變、或消失、或是雖沒有問題也出現答案。它們是那種你無法讀兩遍的書，就好比，你也無法在神諭之泉喝兩口相同的水。」

「你曾經向它提問嗎？」

「問過一次。」他發出短促的笑聲，並用左手指節揉揉上唇。「安甦爾剛被圍城時。我當時認為那是個好問題，簡白直接，很像神諭會回答的那種問題。我問：阿茲會征服這城市嗎？但我沒有得到答覆。或者說，我可能有獲得答案，卻往錯誤的書裡尋找。」

「當初你是怎麼——要怎麼提問？」

「妳會看到的，玫茉。今天晚上，我已經告訴迪薩克，我會就他計畫反叛的事求問神諭。他只把神諭當成陳年故事，但他知道，假如神諭說話，就可能對他的目標有幫助。」

他細看我好一會兒。「我要妳跟我來，行嗎？會不會太快了？」

「我不知道。」我說。

我害怕得全身僵硬，那是冰冷愚蠢的懼怕。從商路長開始講起那些書，那些神諭之書，我脖子和兩臂的毛髮就一直豎著。我不想去看那些書，不想去擺書的地方。我知道它們在哪兒，也知道是哪些。但一想到要碰觸它們，我的呼吸就卡在喉嚨。我差一點就說：「不要，我不行。」然而，就連那幾個字也卡住了。

我最後說出來的話把自己也嚇一跳。我說：「那邊有惡魔嗎？」

看他沒回答，我繼續說——那些字句自己脫口而出，嘶啞不清：「你說我是高華子孫，但我不是。不是純粹的，我包含兩者，或兩者都不是。既然這樣，我怎麼能繼承？甚至，我從來都不知道這件事。我怎麼做得到？像我這麼害怕：怕惡魔，怕阿茲人的惡魔，我怎麼能承接這力量。畢竟，我自己也是個阿茲人啊！」

他發出一點聲音，示意我靜下心來，別說了。我於是住口不語。

他問：「玫茉，誰是妳的眾神明？」

他這提問，是之前教導我時可能使用的提問方式，比如：「在埃朗撰著的《大歷史》裡，對創德河以外的那些土地他說了什麼？」於是，我凝聚心智回答，盡我所知照實講。

「我的眾神明有樂若神；使道路變容易的恩努神；把世界夢出來的帝瑞神；張望兩方之神；壁爐之火的看守神暨門戶守護神；負責園藝的迎泥神；無法聽的幸運神；眾泉與眾水之主，開朗神；合而為一的摧毀者暨建造者山帕神；守在搖籃邊的貼汝神；還有在墳上跳舞的阿那答神；森林與眾山之眾神；海馬神；我母親狄可蘿的亡魂；你母親苡莉尤、以及住在這宅邸內的所有亡魂與亡靈——也就是賦予我們夢想的前居者暨先行者；房間眾神靈；我的房間神靈；街道眾神以及叉路口眾神；市場及議事廳的眾神；這城市的眾神；岩石的眾神；海洋之神；還有甦爾山神。」

說了這許多名字，我知道祂們都不是惡魔，也知道安甦爾連一個惡魔也沒有。

「願祂們庇佑我，也被我祈祝。」我小聲說，商路長也隨我小聲說了那幾個字。

然後我站起來，走到門口又走回桌邊，只因為我需要動一動。那些書籍，我所認識的書籍，我摯愛的同伴，它們正穩穩地站在書架上。「我們該做什麼呢？」我問。

他站起來，提起他帶來的那盞小燈籠。「首先去黑暗那一端。」他說。我跟隨他。

我們沿著狹長的房間往前走，經過幾個書架，上面放著我害怕的書籍。燈籠照亮的範圍很小，所以無法看清那幾本書。走到最後幾座書架再過去的地方，天花板漸漸低矮，光線好像也更淡薄了。這時，我清楚聽見流水的聲音。

地面漸漸變得不平，鋪石地也變成沙石地。商路長的瘸腿步伐慢了下來，而且也更加謹慎。在燈籠閃爍的微光中，我看見一道小水流從暗處湧出，往下注入一個深水池，然後在地底下消失。我們繞過那個水池，沿著水流上行，踏上一條岩石小徑。影子閃躲著燈籠的火光，在溼冷的岩壁上投射出巨大的變形黑影。我們一直深入，走進一條高聳的隧道，悠長的山洞。繼續往裡走，岩壁也越來越靠近。

燈籠的光線在一個井泉的水面上閃耀，顫動的光影反射到上方的岩頂。商路長停步，舉起燈籠，黑影狂野地跳動。他吹滅燈火，我們站立在黑暗中。

「聖地的眾靈啊，請庇佑我們，也接受我們祈祝。」他的嗓音低沉穩定。「我們是祢們的子民甦爾特．高華、以及祢們的子民玫茉．高華。我們以信任之心來此，尊崇神聖，願追隨祢們指示給我們的真實。我們以無知狀態來此，尊崇知識，祈求知曉。我們來到黑暗中尋求光亮，來到靜默中尋求言語，來到恐懼中尋求福佑。曾令我族人安適的此地眾靈啊，我為我的問題尋求解答：現在起義反抗那些占領我城的阿茲人，將會失敗亦或得勝？」

他的嗓音並沒有在岩壁上產生回音，靜默將回音完全剪除。聽不見半點其他聲響，只有這眼井泉細弱的流淌聲，以及我和商路長的呼吸微聲。我的雙眼一再愚弄我：一會兒製造淡淡的閃光，一會兒在我面前的黑暗中顯現朦朧的色彩，隨即又消逝。以至於有時候似乎變成一副緊貼住我雙眼的眼罩，有時又變成如同沒有星星的夜空那般深遠，弄得我好似站在懸崖邊緣，深怕會失足跌落。有一個剎那，我以為我看見了有形有狀的微光，排列出文字的形狀，但一下子就完全消失，如同火星瞬間消逝。我們站了很久，久到我開始感覺薄鞋底之下的岩石壓迫著，也感覺背部因為久久不動而疼痛起來。

我覺得暈眩茫然，因為此處天地，空無一物。完全沒東西，只有黑暗、水聲，和腳底下岩石的壓迫感。空氣也不動，寒冷且寂靜。

商路長輕碰我的手臂，我才感覺到溫暖——是他的溫暖。我們再念一次禱辭，然後迴轉。轉過身，暈眩感更加強烈，我失去方向。在這片全然的黑暗中，我不曉得我面朝什麼方向——到底我是轉了一半呢，還是完全轉身了？我伸手，發現他就在那兒，好溫暖，也摸到衣袖的布料觸感。我抓著布，跟隨他走。我不明白他為什麼不點亮燈籠，又不敢提問。回程好像比進去的路程遠了許多，我以為我們走錯了方向，越走越深入黑暗。直到眼前開始有所不同，起初我還不肯相信我們走對了。前方的黑暗漸漸有了暗淡微光，雖然還不能看清什麼，卻有了看見的把握。那時，我才放開商路長的手臂。但跛腳的他又握住我的手臂，直到能看清我們腳下的路。

又置身房間內時，周圍空間顯得通風又宜人，每樣東西看起來都清清楚楚，充滿溫暖的光，即使這裡還緊臨洞穴，也就是那個「暗影端」。

他用觀察入微的眼光看我，然後轉身，走到洞口岩壁與灰泥牆交接處的書架旁。灰泥牆壁有很多地方露出粗糙的岩石。這幾座書架嵌建在牆裡，而非在牆外支搭。書架上的書籍有小有大，裝訂粗劣，有的豎立、有的臥倒，總數約有五十本。有的書架空著，或者只擺一、兩本。商路長仔細看書架，掃視瀏覽，彷彿不確定要找的書在哪兒。此時他又回望我一眼。

我立刻看到那本白書，那本曾經流血的書。我一眼就看到它了。

商路長看見我注視的地方，見我的目光無法從那本書移開。他走上前，從書架取了那本書。

他拿下那本書時，我向後退——不由自主。我說：「它有在流血嗎？」

他看看我，看看那本書，在手中隨意打開書頁。

「沒有。」他把書本遞給我。

我又退後一步。

「妳可以讀它嗎，玫茉？」

他轉動書本，把它攤開著交給我。我望著那兩面小小方方的白色書頁。右手邊的書頁空白，左手邊的書頁寫了幾個小字。

我向前跨一步，再跨第二步，兩手緊握，把那幾個小字大聲讀出來：「破碎修復破碎。」

我嗓子發出的聲音，連我自己聽起來都覺得好恐怖，那根本不是我的聲音，而是一個低沉空洞的回音，從我頭部滿漲出來。我大叫：「把它放回去！把它放回去！」然後轉身，想走回房間遠處的另一端，走到照出金黃氛圍的油燈旁。但是我宛如在夢中行走，雙腿只能緩慢、沉重地移動。商路長靠過來，拉著我的手臂，我們一起往回。我覺得回程越走越輕鬆，最後終於走到閱讀桌旁，感覺像是回家了，從黑夜回到火光，回到避難所。

我坐進椅子，顫抖著大大吐了一口氣。他站著輕撫我的肩膀一會兒，再繞過桌子，一如以往在我對面坐下。

我的牙齒在打顫。我已經不覺得冷，但牙齒繼續打顫。好一會兒我才有辦法讓我的嘴巴服從意志。

「那是答案嗎？」

「我不知道。」他喃喃道。

「那——那就是神諭嗎？」

「是。」

我花了點時間咬咬雙脣，感覺嘴脣像硬紙板那麼僵硬，努力讓呼吸平穩下來。

「你以前讀過那本書嗎？」我問他。

他搖頭。

「我以前沒看過書裡有字。」他說。

「你沒看見那一頁？」我比畫著，試圖解釋那些字一直在左手邊的書頁上，卻發現我的手指頭開始自動在空中寫那些文字。我讓它們停下。

他搖頭。

這樣一來，情況甚至更糟了。

「它——我剛才是說，那是你的問題的答案嗎？」

「我不知道。」他說。

「為什麼它沒回答你？」

他良久不語。最後才說：「玫茉，要是由妳提問，妳會怎麼問？」

「**我們要怎麼擺脫阿茲人**？」我立刻回答。但說這話讓我再度感覺自己是用另一個聲音在說話，一個響亮深沉的聲音，那不是我的。我闔上嘴巴，咬著牙，希望封閉那個透過我、利用我說話的東西。

然而，那確實是我會提出來的問題。

「真正的問題。」他說著，半帶微笑。

「那本書會流血。」我說。我決意為自己說話，不再被借去發言，我要說我想說的話，自己來掌控。「很多很多年前，在我小時候曾經走到暗影端。這件事我曾告訴你，但只講了其中一部分。我跟你說有一本書會發出聲響。但我沒有告訴你我看到了那本書，那本白色的書。當年我從書架上把它拿下來，好多書頁上都是血。溼的血，不是字，是血。之後我就沒再到那邊去過，直到今天晚上。假——假——假如宅邸內沒有惡魔，好，那就沒有惡魔。但是，山洞裡的東西實在教我害怕。」

「我也一樣。」他說。

◆

我們都累了，卻還沒有想睡覺的麻煩。他再度點燃小燈籠，我撚熄油燈，他在空中寫畫那些字母，我們走出房間，穿過走廊，回到那晚稍早我們落坐的北院落。頭頂有好大一片星星天幕。我吹熄燈籠，在星光下坐著，沉默良久。

我問：「你要告訴迪薩克什麼呢？」

「告訴他我的問題，以及我沒有獲得答案。」

「可是那本書說的呢？」

「要不要告訴他是妳的權利，由妳決定。」

「我不曉得那是什麼意思。我不曉得那是在回答什麼問題，我不懂，那到底有沒有意義？」

我覺得我被耍了，覺得被利用了，卻沒人告知我目的，彷彿我不過是一個物品，一個工具。先前我是受到驚嚇，此刻則感覺受辱且生氣。

「意義在於，我們可以取其為材料，創造意義。」他說。

「那不就像用砂子算命嗎？」安甦爾城裡有幾個女人，只要付少少幾分錢，她們會拿一把溼海砂，讓它落在盤中，再根據砂堆、砂峰，以及砂子的分散情形來預言：好運或歹運、旅行、投資、男女愛情等等。「隨你說它是什麼意義就是什麼意義。」

「或許吧。」他說。過一會兒，他繼續說：「妲娜．高華說過，閱讀神諭是將合理思維帶進難以穿透的奧祕中……在那些舊書裡，有很多答案對於聽者而言似乎都沒意義。桑卓門世系第一次威脅入侵安甦爾時，城中百姓曾問神諭：我們應如何自衛，以免被桑卓門世系攻擊？結果答案是：讓蜜蜂群遠離蘋果花。議員們很生氣，說這答案太過直白，還說那神諭只是蠢話。所以，他們下令組成一支軍隊，沿阿斯提斯築一道牆，靠這道牆阻擋桑卓門來犯。可是，南方的桑卓門人越過河流，拆毀那道牆，打敗我們的軍隊，長驅直入安甦爾城，殺了反抗他們的居民，宣布安甦爾全城為桑卓門的保護地。從那時起，他們一直是優質的鄰居，很少干擾我們，反而藉由貿易讓我們大為富裕。所以說，讓蜜蜂群遠離蘋果花是一個建議，而不是警告，意思是說，蜜蜂如果遠離蘋果花，果樹也就不會結果了。那個神諭在今天來看就很清楚，安甦爾是花，桑卓門是蜜蜂。當年，神諭讀者妲娜．高華明白其中意義，她一讀，就說神諭的意思是我們應該不要反抗桑卓門世系。但就因為那樣，她被指為叛徒。從那時起，蓋柏、開蒙、亞克等世系都說，議會不應該請教神諭，所以才施壓叫大學和圖書館搬離高華世系。」

「那個神諭對閱讀者和她世家大大行了好事。」我說。

「釘子只被敲一次，鎚子卻敲上千回。」

我思考這句話。「要是有人選擇不當工具呢？」

「妳大可以做那種選擇。」

我坐在那兒，舉目凝望星空的宏偉深度。心想，天上星辰如同往昔一般住在這城裡、這宅邸的所有靈魂，萬千魂魄、先行者，他們彷彿遙遠的火焰，彷彿歲月的巨大黑暗中比遙遠還要遠的光，永活長存。昔日生靈，來日生靈，浩瀚如星斗，怎麼可能有所區分？

我本來想問，神諭為什麼不能直截了當說清楚，為什麼它不乾脆說別抵抗或者馬上出擊，反而提供一些隱祕的意象和模糊不清的文字。此時看著天上星辰，我原本的疑思好像成了蠢問題。神諭是不給命令的，相反地，它鼓勵思考，它要我們把思考帶進奧祕中。儘管結果可能不如人意，但最好的做法大概就是這樣了。

我打了個巨大的呵欠，商路長笑了。

「去睡吧，孩子。」他說。我聽話照辦。

穿過黑暗的廳堂和走廊往我房間走去的途中，我以為我會整晚躺著睡不著，滿腦子縈繞剛才發生的事：詭異的洞穴、我讀到的文字，以及透過我說話的那個聲音——破碎修復破碎。然而，我摸了房門邊的神龕，撲進我的床鋪後，立刻像塊石頭般沉沉睡去。

第十章

第二天，迪薩克來訪時，我正在幫依思塔洗衣服，沒有與商路長在一起。依思塔、波米和我，我們天亮不久就燒好一鍋爐的滾水，架起有曲柄的扭絞器，拉妥洗衣繩。不到中午，廚房的院落晾滿白得眩目的床單和廚房用的亞麻桌巾，在起風的驕陽下劈啪作響。

下午，帶希塔在舊公園散步時，桂蕊告訴我早上的情況。

商路長來到校長房，說迪薩克希望與歐睿談話。歐睿要桂蕊陪他一起去。「我讓希塔留在房裡，」桂蕊說：「因為她好像不喜歡迪薩克。」兩夫妻走去後棟廳房，迪薩克又試圖讓歐睿答應，倘若時刻來到，一定要出面對全城居民說話，激勵他們起來行動，驅逐阿茲人。

迪薩克雄辯滔滔，而且迫不及待。但歐睿很為難，三心兩意，只覺得這不是他的戰役。然而，任何一場爭取自由的奮戰又必定是他的戰役。假如安甦爾城起來反抗暴政，他怎可能坐視不理？無論是時間或地點，他都沒有選擇的餘地，而且，他也不大清楚這場揭竿起義將如何進行。迪薩克顯然很聰明，只透露一點點，畢竟，成功與否全賴出其不意啊。不過，歐睿也告訴桂蕊他不喜歡被利用，相較之下，他還寧可被納入起義的一分子。

我問商路長說了什麼，桂蕊說：「幾乎什麼都沒講。昨天晚上，妳曉得的，甦爾特說他會『求問』時，迪薩克不是急忙答應嗎？唔，關於那個求問，商路長根本什麼都沒提起。顯然，在我們下樓之前他們已經談過了。」

我很遺憾無法透露神諭的任何事情給桂蕊；我不希望對桂蕊有所隱瞞。可是我知道，談論神諭不是我的事，或者說，談論的時間還沒到。

桂蕊繼續說：「我猜想，甦爾特是擔心人數。他說阿茲士兵人數超過兩千。大部分待在宮殿和營房。其中至少三分之一配有武器，而且都值勤中。其餘士兵也離他們自己的武器很近。迪薩克如何能夠在不引起守衛注意的情況下，動員充足的兵力對抗他們？甚至夜間行動？夜間守衛都是騎兵，妳曉得，阿蘇達的馬匹都像狗兒，牠們受過訓練，一察覺風吹草動就懂得出示信號。我希望那位老軍人知道他在做什麼！因為我猜他很快就要採取行動了。」

一想到街頭巷戰，我的腦筋迅速轉動起來。我們要怎麼擺脫阿茲人？用劍、用刀、用棍棒、用石頭、用拳頭、用蠻力、用我們終於解放的憤怒。我們將擊敗他們、破壞他們的權力，打破他們的頭、他們的背、他們的身體……破碎修復破碎。

那時我站在大灌木林的一條小徑上，陽光灑在頭上，熱熱的，雙手乾乾的、腫腫的、酸酸的，因為整個早上用熱水清洗亞麻桌巾和床單。桂蕊站在我身旁，露出機敏的關切表情看著我，溫柔地說：「玫茉？妳在想什麼？」

我搖頭。

希塔順著小徑向我們跑過來。她停步，頭高高抬起，露出得意與警覺的神色。她張開嚇人又有尖牙的大嘴，一隻藍色小蝴蝶拍著翅膀從她嘴裡飛出來，然後飛走，十分怡然。

我們都無法控制地大笑。獅子的表情看起來有點難為情，又有點困惑不解。

「她是那種愛花朵、鐘鈴與蝴蝶的女孩！」桂蕊說：「妳知道她嗎——坎別洛國王在位時？」

「她姊妹是愛講虱子、海蚯蚓與泥團的女孩。」

「噢，小貓咪，小貓咪。」桂蕊說著，一邊撫摸希塔耳朵後面的毛，直到獅子愉快地扭頭小聲嗚嗚叫。

我沒辦法把所有事情都兜在一塊：街頭巷戰、洞穴中的黑暗、驚恐、笑聲、我頭頂的陽光、我眼裡的星光，以及一頭吐出一隻蝴蝶的獅子。

「噢，桂蕊，我盼望自己能理解一些事情。」我說：「妳都怎麼把發生的事情理出意義來呢？」

「我不曉得耶，玫茉。持續努力，有時候就會有結果。」

「合理的思考與難解的奧祕。」我說。

「真糟，妳和歐睿一樣都遇到難題啦。」她說。「好了，回家吧。」

那天晚上，歐睿與商路長談論夷猷統領。我發現聆聽時可以不必關閉心靈。也許是因為我已見過統領兩次，所以，儘管有那些可恨的帳棚、畏縮的奴隸，我也知道他若心血來潮，大可把我們全都活埋，但我眼中的他並不是惡魔，而是一個男人，一個強硬多謀的老人，全心熱愛詩作。

歐睿幾乎說出了我的心聲：「這種對惡魔與妖怪的恐懼實在和他不相襯。我倒是想知道他究竟相信多少。」

「也許他不是那麼害怕惡魔，」商路長說：「但是，只要他不會閱讀，就會害怕書寫的文字。」

「假如我能帶一本書去那裡，在那兒打開，展讀書裡的字句，就跟我沒帶書時所講的話一樣！」

「憎厭。」商路長搖頭。「褻瀆。到時候統領將別無選擇，只能把你送交阿熹神的祭司發落。」

「可是，如果阿茲人決定留在這裡，繼續統治安甦爾，並和其他領地、國家為鄰往來，他們不能繼續厭棄貿易的根本啊——而貿易的根本就是各種紀錄和契約，除此還有外交，歷史與詩歌就更別提了！你們知道嗎？在城市邦聯那裡，『阿茲』的意思是『白痴』。『跟他講沒用啦，他是阿茲（白痴）一個。』當然，夷猷想必已經漸漸看出他們的不利處境了。」

「但願他已經看出來，希望昧中城的新國王也看出來了。」

然而，我卻漸漸對這段談話失去耐心。阿茲人甭想決定留在這裡繼續統治我們、與我們的鄰國交往。那不是由他們決定的事。我發現我自己說出口：「那有什麼關係嗎？」

「對。」商路長說：「假如他們回去的話。」

他們都轉頭看我。我於是說：「他們在阿蘇達那裡可以隨自己高興繼續當文盲呀。」

「我們會把他們趕走。」

「趕到鄉下？」

「對！趕出城！」

「我們的農民有能力與他們作戰嗎？假如我們徹底追趕，把他們趕回阿蘇達的家，到時候，最高統領不會視為是對他新政權的侮辱和威脅嗎？於是派遣更多千軍萬馬對付我們？他有軍隊，而我們沒有。」

我不曉得該說什麼。

商路長接著說：「迪薩克忽略了這些考量。雖說『深謀遠慮，行動之害』，但，假如他能先經過這些考量，才去執行，說不定就沒問題。不過，玫茉，阿茲人自己內部已經起了變化，妳有沒有看出來？所以，我最大的希望是說服他們了解，比起一方受壓制當奴隸，我們雙方聯盟對他們才更有利。但說服他們需要時間。說服的結果是議和，而非勝利。但是，假如我們求取勝利，結果失敗，將很難再找到希望。」

我無話可說。他說的對，迪薩克也對。採取行動的時間在於我們。但要如何行動呢？

「我幫你們去向夷猷統領進言，會比為迪薩克向群眾演說來得好。」歐睿說。「告訴我，假如夷猷同意協商，城裡有人可以進一步與夷猷談判嗎？」

「有的，城外也有。這些年來，我們與安甦爾海濱各城鎮都保持聯繫，包括學者、商人、商路長、市長、還有負責節慶與儀典的官員，各城鎮之間都有信童傳遞訊息，馬車夫運送捲心菜時，會順便送信童一程。士兵很少搜查書寫的訊息，他們寧可不要與褻瀆的事和巫術有任何瓜葛。」

「噢，摧毀之主，求祢給我無知的敵人！」歐睿引用詩句。

「這些年來，我和城裡的一些人談過這件事，其中有的已經加入迪薩克。他們一心一意，無論用任何方法，只要能拿掉阿茲人套在我們脖子上的軛就好。他們已經準備好要戰鬥了，但是，他們可能也願意談談吧。不過也得阿茲人肯聽才行。」

第二天，歐睿沒有被傳喚去宮殿。上午稍晚時，他和桂蕊徒步去港口市場。他沒有事先公告，所以沒有人支搭帳篷，但他一走進市場廣場就有人認出他來，並慢慢跟隨。民眾沒有跟得太近，部分是因為希塔。但大家移動著，圍住他，歡迎他，喊他的名字，並大聲說：「朗誦！朗誦！」其中有個男人大喊：「讀書！」

我沒有與他們在一塊兒。一方面因為我當時是男孩裝扮，跟往常去市場一樣。另一方面是因為我不希望被看出是跟隨桂蕊的馬童孟木，桂蕊那天並沒有喬裝。我跑步到海將塔前那片加高的大理石地，爬上一座馬匹雕像的基座，整個市場一覽無遺。這座雕像是雕刻家雷丹的作品，直接用一塊大岩石雕刻而成。馬匹雕像站得四平八穩，強壯有力，頭部揚起，朝西望向大海。阿茲人摧毀大部分的雕像，這一座卻沒碰，也許因為這座雕像是匹馬的緣故。當然，他們一定不知道安甦爾人都以馬的形象臆想、膜拜海神修昂。我摸摸修昂巨大的左前蹄，喃喃念了祝禱辭。修昂用涼快的遮蔭回報我的祝禱。那天的天氣已經很熱了，之後還會越來越熱。

歐睿找到他的位置，他第一天來這裡開講時，帳篷就搭在那。群眾簇擁到他周圍。我所攀登的雕像基座很快擠滿了男孩和男人，我依舊占據馬匹兩條前腿之間，要是有人擠我，我就用力擠回去。市場內很多攤販拿布覆蓋他們的貨品，暫時休市，加入群眾，聆聽詩人開講。或者乾脆站到攤子上，從群眾頭頂上方張望。我看見五、六個藍斗篷的士兵，而且，一隊阿茲騎兵很快地從議事路騎馬出現在廣場轉角，但就停在那兒，沒有前進到群眾當中。人群吵雜，談談笑笑，大呼小叫。等到歐睿的七弦豎琴響起第一個音符，人聲忽然止息，陷入完全的靜默，那個瞬間真教人震撼。

一開始，歐睿先講帖特莫的情詩〈多摩群山〉，那是安甦爾海濱南南北北各地居民都喜愛的一首老詩。開講時，只要碰到疊句副歌，他就用七弦豎琴伴唱，群眾也微笑著、搖擺著，同他一起唱和。

然後他說：「安甦爾的土地不大，但是，她的歌謠和故事卻在整個西岸地區得到傳唱、講述。我第一次聽說這些故事是在遙遠的北方，班卓門世系。安甦爾詩人的名聲從最遠的南邊，傳到北方的創德河。寧靜和平的安甦爾與萌華這裡向來英雄輩出、勇士輩出，所以有詩人不斷幫他們傳述。接下來，請聽阿德拉與瑪拉在甦爾山的故事歌謠！」

群眾發出一個巨大、奇特聲響，一種融合了歡喜與悲痛的感嘆之聲，聽起來很嚇人。假如歐睿有被嚇到，假如聽眾的反應超過預期，他也沒有顯露出來。他自信地抬頭，用清晰有力的嗓音開始朗讀：「在老甦爾王的時代，從北方的黑許領地來了一支軍隊……」群眾鴉雀無聲。從頭到尾，我一直在跟眼淚戰鬥。對我而言，這個故事和它的話語是那麼珍貴，但我一直都只是默默地、祕密地，獨自在一間隱蔽的房間熟悉它們。如今，聽見有人大聲誦讀，就在這片開闊天空之下，在我城市的心臟，在我眾多族人中間。山巔雪白的藍色甦爾山跨越海峽，矗立在藍色的霧靄中。我緊握修昂的石蹄，與眼淚戰鬥著。

故事講完，在那片靜默中，阿茲人的其中一匹馬發出成串的巨大嘶鳴聲，是那種規律的戰馬呼嘯。聲音打破現場魔咒，群眾笑了出來，也動了起來，並且大喊：「耶呵！耶呵！讚美詩人！耶呵！」有的人則大叫：「讚美馬匹！讚美阿德拉！」廣場東角騎兵動了動，彷彿排好隊列，準備騎進群眾當中，可是群眾完全沒理他們，也沒讓路。歐睿靜靜站著，低頭鞠躬良久。喧囂還是沒有消退。最後，他在嘈雜聲中說話，沒有提聲高喊，只是用平常的口氣，但那嗓音卻奇妙地傳開。「來，跟我一起唱。」他高舉七弦豎琴，大夥兒剛要靜下來時，他唱出了他的〈自由謠〉第一行：「如同置身冬夜黑暗中……」

我們跟隨他同唱，數千人聲。迪薩克說的對，安甦爾的百姓都知道這首歌，但不是從書中得知，因為我們早就沒有書了。我們是從空氣中獲悉，是口耳相傳，一個心靈傳給一個心靈，終於，傳遍整片西岸。

唱完，靜默時分也結束，喧囂又起，人群喝采著，叫喊著再多唱些，不過也有憤怒的叫喊聲。某個地方傳出一個低沉的男人聲音：「樂若！樂若！樂若！」於是，其他聲音也加入了，形成一陣讚詠，大家一齊以快速的合拍組合成疊疊層層的和音。我不曾聽過，但我知道它必定是古時候的讚頌之一，是節慶、遊行、祭祀用的歌曲。以前我們可以自由讚美眾神的時代，往往在街頭就能聽到有人唱。我看見騎兵向前推進到群眾裡，引起相當的騷亂，讚頌因而失去力量而漸漸消散。我還看見歐睿與桂蕊走下東向的臺階，但沒有穿越廣場，反而跟在阿茲騎兵隊後。群眾還在抗拒那些騎兵，但也漸漸讓出路來。我可以作證，一匹馬直衝你而來時要不讓路也很難。我從雕像基座滑下來，蜿蜒穿過群眾，爬上議事路，衝上坡，再橫過海關廳的後面，在要轉上西街的地方看到了我的朋友。

有一群人跟著他們夫妻，但沒有很靠近，而且多數人只跟到北運河橋為止。詩人、歌手是神聖的，不可以隨意打擾。剛才我還在雕像基座上時，看到海將塔石階上鋪石地那邊有人用手觸摸歐睿先前站立的地方，以祈求祝福。而且，那個地點會有一段時間沒人敢跨越。同樣的，他們保持距離跟隨歐睿，喊出讚美辭和玩笑話，也唱著那首〈自由謠〉。而「樂若！樂若！樂若！」的讚頌也再次揚起了好一會兒。

我們爬上山坡走向高華家時，沒人說話。由於疲乏的關係，歐睿棕色的臉龐幾乎成了灰色，而且他只能盲目行走，由桂蕊攙扶手臂。到家後，他直接往校長房走去，桂蕊說他需要休息一下。我這才了解，歐睿的天賦是要付出代價的。

太陽剛下山，我下樓到馬廄院落，跟新一批的小貓咪玩耍。波米的貓群都相當害羞，自從希塔出現，牠們也退隱了，但小貓咪卻毫無畏懼。這群小貓的年齡剛好到了非常好玩的時候，牠們追著、跑著、翻滾著穿過柴堆，有時停下來用牠們圓圓的、專注的小眼睛盯著你瞧，再飛也似的跑開。顧迪把星兒牽出來，到馬匹小徑做做運動，他看著成群的小貓咪，滿臉不以為然。有一隻小貓碰到了麻煩，牠胡亂爬到一根柱子上，卻愣在那兒不知如何下來，只能喵喵叫著。顧迪輕輕把牠從柱子上拎下來，好像提一顆刺果似的，再輕輕放到柴堆上，還數落道：「害蟲精。」

我們聽見馬蹄的達達聲，一名藍斗篷的士官騎馬進來，停在在拱門邊。

「怎麼？」顧迪儘可能把駝背挺直，怒視對方，沒好氣地大聲迎問。若是未受邀請，沒人能騎馬進入他的馬廄院落。

「安甦爾統領的宮殿交代一項訊息，要傳給詩人歐睿．克思。」那個士官說。

「怎麼？」

那士官好奇地注視老人一會兒。「統領要詩人明天下午到宮殿一會。」他十分禮貌地說。

顧迪匆匆點個頭，背過身去。我也望向別處，假意拎起一隻小貓咪。那匹優雅的栗色牝馬，我認得。

「嘿，孟木。」有人出聲喊。我凍結了，不情願地回轉身，西姆在那兒，站在馬廄院落內側。士官已經調轉他的牝馬，離開了拱門。馬匹轉彎時，他對西姆說話，西姆向他敬禮。

「那是我爹。」西姆對我說，驕傲之色溢於言表。「先前我問他能不能跟著一起來，我想看看你住哪兒。」我無言瞪著他，他的微笑漸漸淡去。「這房子，這房子真是大呀。」他說：「可能比宮殿還大呢。」我依舊無言。「這是我見過最大的房子。」他說。

我點頭。克制不了。

「那是什麼？」

他靠近並彎腰看小貓咪。小貓咪在我雙手中扭動，奮力想掙脫。

「小貓。」我說。

「噢。牠是……牠是那頭獅子生的嗎？」

怎麼可能有人這麼蠢？

「不是。這只是一隻家貓。喏！」我把小貓咪交給他。

「喔。」他說著，沒抓好貓咪，牠蹦跳著跑走了，小尾巴當空揚起。

「爪子。」他一邊吸他的手，一邊說。

「是，爪子真的很危險。」我說。

他一臉迷惑。他經常如此。不管是誰，這麼迷惑的人似乎不好占他便宜。

但，占便宜的誘惑卻令人難以抗拒。

「我可以看看這棟房子嗎？」他問。

我站起來，拍掉手中灰塵。「不行。」我說：「你可以從外面看，但不能進去裡面。你不應該進到這麼裡邊來的。陌生人和外地人都是先在前院等候，直到受邀才能再走近一點，懂禮貌的人甚至在街上就下馬，而且在進入前院之前會先摸摸『地基石』。」

「唔，我不知道嘛。」他稍微退後一點。

「我曉得你不知道。你們阿茲人對我們一無所知。你們只曉得我們不可以進到你們屋簷底下，你們甚至不知道，你們也不可以進到我們屋簷底下。你們實在無知得很。」

我試著壓抑在我內心膨脹起來的怒火，那股顫抖的、勝利的潮湧怒火。

「噯，別這樣嘛。我一直希望我們可以做朋友。」西姆說。雖然照舊以他卑躬屈膝的方式說出來。但講那種話是要一點勇氣的。

我走向拱門，他跟上前。

「我們怎麼可能當朋友？我是奴隸，記得嗎？」

「不，你不是。奴隸是……奴隸是那些太監啦、女婢啦，你曉得的嘛，還有……」他所知的定義都已經講光了。

「奴隸是必須遵照主人命令做事的人。假如你不照做，他們會打你或殺你。你們說你們是安甦爾的主人，那當然等同把我們變成奴隸。」

「我並沒有叫你遵照我說的做什麼事呀。」他說：「不管哪一種奴隸，你都不是。」

他這話倒有幾分見地。

我們已走出馬廄院落，正沿著主屋的高大北牆步行。主屋以大塊方形岩石建造，拔高十英尺，十英尺之上是更細緻的石造樓房，有高高的雙拱窗戶，更高處是雕楣，支撐著石瓦屋頂的深簷。西姆抬眼瞥了樓房好幾眼，迅捷、懷疑，就像一匹馬見到了讓他毛骨悚然的東西。

我們繞過外圍，進入與宅邸同寬的前庭。前庭高於街道一階，兩者以一道拱廊石柱區隔，地面鋪了拋光石頭，有灰色和黑色，排列成複雜的幾何圖形：一個迷宮。依思塔曾告訴我，他們以前怎麼在新年第一天、春分和秋分，踩著迷宮花樣跳舞，一邊對祝福植物的迎泥神歌唱。現今，鋪石都髒了，被塵土和落葉等覆蓋，清掃起來是個大工程，我偶爾也試著清掃，但就是沒辦法讓它常保乾淨。西姆踩過那個迷宮花樣。

「不要踩在上頭！」我說。他跳開，隨我步下石柱間通往街道的階梯，用驚異又天真的目光凝視，幾乎和那些小貓咪沒兩樣。

「一堆惡魔。」我咧嘴，笑著叫囂，同時以手指那個灰色暨黑色的石塊圖形。他根本沒看到迷宮。

「那是什麼？」他正望著神諭噴泉的殘骸。

假如你面向前庭大門，噴泉就在你的右方。噴泉的水池橫寬約十英尺，建材是綠色蛇紋石——樂若神之石。以前，水由中央噴口射出，青銅打造的噴口突出於大理石之上。

但如今，它嚴重破損變形，你很難看出它一度是甕缸形狀，外表雕刻水田芥和百合花。

如今只有塵土和枯葉躺臥在水池內。

「一個充滿惡魔之水的噴泉。」我說。「它在幾百年前就枯乾了，但你們士兵照樣破壞它，想把惡魔揪出來。」

「你也不用老是把惡魔掛在嘴邊嘛。」他不高興地說。

「哦。不過你瞧瞧。」我說：「看見底座周圍那些小雕刻沒有？那都是字。那是書寫，而書寫是妖術，書寫的文字都是惡魔，不是嗎？你想不想靠近一點讀讀看？想不想近距離瞧瞧一大堆惡魔？」

「好了啦，孟木。」他說：「別再說了。」他瞪著我，既受傷又生氣。那正是我要的，不是嗎？

「好。」過一會兒，我說。「不過聽好了，西姆，沒有任何途徑可以使我們成為朋友，除非等到你能讀懂那噴泉說什麼。除非等到你能去碰觸那塊岩石，並祈求祝福降臨這宅邸。」

他注視嵌進階梯中央的象牙色狹長地基石。經過數百年來那麼多雙手的碰觸，上頭稍微磨出了一個小坳。我彎下身子碰觸它。

他什麼都沒說，終於轉身離開，走下高華街。我望著他走遠，半點兒勝利都感覺不到，只有挫敗。

◆

那天晚上，歐睿下樓來晚餐，精神恢復，而且也餓了。首先，我們談到他的朗誦。他和桂蕊和我一起告訴商路長他在市場說了什麼，以及群眾對他的話如何反應。

莎絲塔今天也下山去市場聽他開講，這時，她對歐睿比之前更加心醉神迷，一臉溫柔多情地盯著餐桌對面的歐睿，直到歐叡對她產生同情。歐睿試著開玩笑，但這招不管用，所以他改變方針，把她的心思從他身上轉移到她實際的未來：問她結婚後住哪兒。她勉強勉強才說明清楚，她的未婚夫選擇加入我們，成為高華世系的一員。歐睿與桂蕊一向對人做事的方式興趣濃厚，所以就問起我們結婚協議與選擇親屬的習俗，這裡大部分是商路長在回答，而莎絲塔仰慕得啞口無語，只能凝視。但等到依思塔也在桌邊坐下，她便逮住機會吹噓她的準女婿，她總是喜歡這樣。

「結婚前這麼長時間不能相見，對他和她好像都挺辛苦的。」桂蕊說：「三個月呢！」

「以前，已訂婚的男女可以在任何公開狀況會面。」商路長解釋：「但現今我們沒有舞蹈或節慶之類的公開場合，所以，可憐的他們只能在經過時互相捕捉個幾瞥……」

莎絲塔臉都紅了，嘻嘻笑著。每天傍晚，她的未婚夫都會帶幾個朋友固定到宅邸這邊閒逛，依思塔、莎絲塔與波米總是剛好在外頭的側邊院落小坐，面向高華街呼吸新鮮空氣。

晚餐後，我們其餘人走到北側小院落，發現迪薩克已在那裡等候。他走上前來拉住歐睿的雙手，祈禱神明賜福給他。「我就知道你會為我們說話！」他說。「導火索點燃了。」

「我們等著看統領對我的表演有什麼想法。」歐睿說：「說不定得到的是批判的評論。」

「他已派人找你去了嗎？」迪薩克問。「明天嗎？什麼時間？」

「下午稍晚一點──對嗎？玫茉？」

我點頭。

「你會去嗎？」商路長問。

「當然。」迪薩克說。

「我幾乎無法拒絕。」歐睿說。「不過我可以請求延後。」他注視商路長，機敏地想領會出他剛才那個問題的含意。

「你一定要去。」迪薩克說。「這個時間點可真完美。」他的口氣唐突，聽起來就像個軍人。我看得出來，歐睿不喜歡人家叫他一定得去，因此繼續將目光放在商路長身上。

「我推測，延後的話一點好處也沒有。」商路長說。「但，這次去可能會有一些危險。」

「我應該單獨去嗎？」

「對。」迪薩克說。

「不對。」桂蕊說，嗓音平靜且決斷。

歐睿看看我。「玫茉，除了妳和我，大家都只顧著下命令。」

「眾神愛詩人，因為他們遵從眾神所遵從的律法。」商路長說。

「甦爾特，我的朋友，任何行動都有危險。」迪薩克說，帶著一種不耐煩的憐憫。

「你們在高宅深院這裡，遠離街頭生活以及各種社交往來，你們活在古代的陰影中，分享了他們的智慧。然而，時候已到，採取行動才是智慧，謹慎則招致毀壞。」

「時候已到，行動的意志擊敗了思考。」商路長冷然說。

「我必須等候多久？我們並沒有得到答案呀。」

「那答案不是給我的。」商路長匆匆瞥了我一眼。

迪薩克沒注意到商路長的目光，這時，他已經發火了。「你們的神諭不是我的神諭。我並非在此出生，就讓書本和小孩告訴你該做什麼好了。我倒要運用我的頭腦。假如你不信任我是個外人，多年前就應該告訴我。跟隨我的那些人信任我，他們都曉得，我一心盼望安甦爾城的自由，並恢復與桑卓門世系的聯盟。歐睿・克思也曉得。他站在我這邊。我這就走了。等到安甦爾重獲自由，我會回來高華世系。到時候，你必定就會信任我了！」

他轉身大步走出庭院，並沒有穿過宅邸，而是走下北端那些破臺階。他轉過宅邸的一角，隨即消失蹤影。商路長默默站立，望著他離開。

過了很久，歐睿才問：「我是那個點燃這火焰的笨蛋嗎？」

「不。」商路長說：「或許是打火石冒出的火花，不能歸咎誰。」

「假如我明天單獨前往……」歐睿說。但商路長只是微笑望著桂蕊。

「你去，我就去。」她說：「這一點你是曉得的。」

一會兒後，歐睿說：「對，我是曉得。但……」他轉向商路長，「假如今天我走過了頭，統領說不定會被迫懲罰我，藉此展現他的權力。你擔心的是那個嗎？」

商路長搖頭。「假如是那樣，他早就派大批士兵前來了。我擔心的是迪薩克；他不肯等候樂若神。」

樂若神是我們城市所在地的靈魂，古老而神聖。「樂若」是平衡的剎那，樂若是山下港口市場那個大圓石，那麼平穩，以至於它隨時可能移動，卻又從不曾移動。

不久，商路長告退，說他累了。他沒有示意我跟著，也沒要我等一下去祕室會他。

他進屋，跛著腳慢慢走，但身軀仍舊挺直。

那天夜裡，我一而再、再而三醒過來，看見那本書裡的字：破碎修復破碎；還聽見那個聲音讀出那幾個字。我的腦子一直重複回想，重複再重複，試圖想出個意義來。

第十一章

第二天，我趕早把家裡的祭祀工作完成，然後下山去了兩個市場，不只採購家中需要的食物，也去看看城裡有沒有什麼狀況。我原以為一切都會改變，每個人都會和我一樣全心靜候大事發生。但看起來好像沒人在等待任何事情發生。一切如舊，街上行人匆匆，為了避免惹來什麼麻煩，沒有誰互相對望一眼。藍斗篷的阿茲衛兵雄糾糾、氣昂昂地在市場角落看守著。小販各在攤位中，小孩與老婦，討價的討價，採買的採買，結束後就從偏旁小徑躡手躡腳地回家。沒有緊張，沒有興奮，沒有人說任何不尋常的話。只有一次，經過海關街那座橋時，我覺得彷彿聽見有人用口哨吹出〈自由謠〉旋律中的幾個音符。

那天下午稍晚，歐睿與奇以徒步前往議事廳。他們帶了希塔同行，但沒帶我。因為沒騎馬，就沒有理由跟著一個馬童。而且他們擔心此行可能有危險，所以我的職務就解除了。何況，我也不想面對西姆，因為每次想起他我的心都因為羞愧而下沉。但他們一出門，我就知道我無法待在家裡。我受不了坐在家裡等待。我必須靠近他們所在的議會丘。我必須待在他們附近。

我穿上我的女人衣服，頭髮往上攏成髮結，不像小孩或男人那樣披著長髮。這樣一來，我就是女孩兒玫茉，而不是馬童孟木，也不是無名無姓的小男孩。因為我需要做我自己，所以我該當穿自己的衣服。也許，我必須把自己放在一點小危險當中，以便感覺我是跟他們同在一起。

我快步下高華街，像一般女人那樣低著頭，走到橫越中央運河的金匠橋。安甦爾所產的黃金多數都送去增富阿蘇達，橋上很多店鋪因而關門大吉，但仍留了幾家，賣點廉價小玩意兒和祭祀蠟燭等物品。我可以進去其中一家商店，一家不在主要大街上的鋪子，待在裡面留意我的朋友。

兩個市場都沒有一點動靜，靠近議會丘的這座橋也沒有任何擾動，兩名看守橋梁的阿茲步兵就坐在橋階上玩擲骰子遊戲。某種感覺卻揮之不去，好像有大事正在發生，或即將發生，感覺彷彿頭上有個龐然大物一直往下垂、往下垂，就快斷裂了。

我站在一家店鋪門口的陰影裡。剛剛跟店裡的老人聊了一下，告訴他我正在等候會見一個朋友，他理解但又不以為然地點點頭，讓我留在那兒。這時，他在一籃一籃木珠子、玻璃鐲子以及線香的櫃檯後面打盹。外頭沒有多少行人走過，店鋪門框邊有個小神龕，我不時去摸摸它的基座，低聲念誦祝禱辭。

宛如在夢中，我瞥見一頭獅子走過，尾巴在空中揮動。

我走出店鋪，剛好與兩位朋友碰上，他們只流露出一點點驚訝。「我喜歡妳的頭髮綁成這個樣子。」桂蕊說。她仍穿著奇以的裝扮，但已經不扮演那個角色了。

「告訴我事情經過！」

「回家再說吧。」

「不，現在講，拜託！」

「好吧。」歐睿說。當時，我們在那座橋的北端階梯上。我們側轉到鋪了大理石欄杆圍住運河的橋基，從那裡有一排向下的狹窄階梯，通往船隻和漁人使用的碼頭。我們循階梯下行，走到橋梁正下方的運河河岸，街道完全被遮蔽住了。我們首先下到水邊碰觸運河水，為桑笛斯河念誦祝禱辭。桑笛斯河就是形成我們四條運河的主河流。然後，我們就地蹲坐，望著半帶褐色、半帶綠色的半透明河水流動，急迫的氣息彷彿都被河水帶走了。但沒過多久，我就問：「怎麼樣？」

「唔，」桂蕊說：「統領是想聽歐睿昨天在市場講的那個故事。」

「阿德拉與瑪拉？」

兩個人都點頭。

「他喜歡嗎？」

「喜歡。」歐睿說：「他說，他不曉得我們有那樣的戰士。但他特別喜歡老甦爾王。他說，『有一種勇氣，出於刀劍武力；有一種勇氣，出於話語文字。其中比較珍貴稀有的，乃是出於話語文字的勇氣。』知道嗎，我真希望我知道有什麼方法，可以把他和甦爾特．高華聚在一起，他們應該可以互相理解。」如果是沒幾天之前，這番話會讓我深感冒犯，但此刻似乎沒事。

「沒有不尋常的事發生？他沒有要你唱〈自由謠〉嗎？有嗎？」

歐睿笑了起來。「沒有，他沒有要求。但當時出現了一點騷亂。」

「歐睿才剛開始朗誦，祭司們又在帳篷內念誦祭拜起來。」桂蕊說：「很大聲，有鼓聲，還有很多鐃鈸聲。夷猷的臉變得像雷雲一樣黑。他叫歐睿暫停，派一名軍官進帳篷。主祭司隨即出來，一身紅，外加很多鏡子，實在非常氣派，但表情猙獰恐怖。他站定，說焚燒之神的神聖祭拜，不可以被汙穢的不信者中途打斷。夷猷說，獻祭儀式應該在日落時分舉行。祭司說，但儀式已經開始了。夷猷說，離日落還有兩個鐘頭。祭司說，儀式已經開始就要繼續下去。夷猷接著說：『不恭的祭司是國王鞋裡的蠍子！』然後他命令奴隸在東運河的橋拱下用竿子支起毯子遮蔭，我們所有人都移過去那邊，歐睿繼續朗誦。」

「但夷猷輸了這一局。」歐睿說：「祭司們仍然繼續進行他們的獻祭。夷猷最後還是得趕過去大帳篷，免得誤了整個儀式。」

「祭司擅長讓人跳腳。」桂蕊說：「班卓門領地有一大堆祭司，只會作威作福。」

「唔。」歐睿說：「他們地位尊貴，又負責執行重要儀典，所以往往干涉道德、政治……若要對抗這一班祭司，夷猷將會需要大統領的支持。」

「我認為他把你當作支柱。」桂蕊說：「藉此與本地人開始有點連結，不曉得這是不是他派人找你來的原因。」

歐睿露出深思的表情，繼續坐著仔細思考。我們上頭的街道有一匹馬疾馳而過，釘蹄敲在鋪石地上，發出有力的達達巨響。運河平滑的水面起了漣漪，從河中央向外漾開，吹一整天的海風這時停歇了，第一道傍晚的陸風開始吹起。原本伏臥在地的希塔這時坐了起來，發出有韻律的低鳴，脊椎附近的毛略微豎起，因此她看起來毛茸茸的。

水漣漪的波紋輕拍岸邊最底下的大理石臺階和碼頭樁基。城市上方的樹林山坡上，正逐漸消逝的金色霞光摻雜了一點雲煙。水岸邊這裡一切平靜，但彷彿有一口氣憋著。彷彿萬事靜候，蓄勢待發。獅子站起來，警覺地諦聽。

又一匹馬疾馳而過，這回是在我們頭頂上的橋梁。接著是更多匹馬，馬蹄雜沓。然後是腳步奔跑過橋的聲音，還有喊叫，統統在上頭以及遠處。這時，我們起身移步，盯著大理石圍欄和橋上房舍的背後。「出了什麼事？」歐睿說。

我大聲說：「它正在破碎，它正在破碎。」卻不清楚自己在說什麼。

這時，叫嚷與呼喊全部在我們上方。馬匹嘶鳴，腳步踩踏，越來越多喊叫與扭打。

歐睿往上走了幾階，停在那兒，大理石護欄旁邊，好大一群人在打鬥、喝斥命令、驚恐尖叫。忽然有什麼東西衝過護欄，歐睿趕忙閃躲。一大團黑色物體撲了下來，墜落在階梯邊的泥土中，伴隨沉重悶鈍的砰擊聲。

歐睿立刻跳下階梯，他說：「到橋底下去！」我們四個一齊跑去躲在橋下最後一個低圓拱與河岸交會的地方，橋上的人看不到我們。

我看看剛才掉下來的東西。體積很大，原來是個男人，看起來好像一堆髒衣物扔在階梯腳附近。我沒看見他的頭。

沒人跑下階梯。橋上的喧囂突然完全消音。遠處，往議事廳的山坡路上卻傳來巨大沉滯的吵雜聲。桂蕊走向那個墜落的男人，在他身旁跪下，並抬頭看她上方的護欄一、兩次。她跪下的地方有可能被上頭的人看見，所以她很快就回來，兩手黑黑的，沾了泥巴或是血跡。

「他的脖子斷了。」她說。

「是阿茲人嗎？」我小聲說。

她搖頭。

歐睿說：「要在這兒待一下，還是想辦法回高華世系？」

「不能走街道。」桂蕊說。

他們一起看著我，我於是說：「沿堤岸走。」他們不明瞭我的意思。「我不想待在這裡。」我說。

「帶路吧。」歐睿說。

「我們是不是應該等到天黑？」桂蕊問。

「走樹下就不會有事。」我抬手，指著運河有大柳樹突出河岸的地方。我好想回家。我擔心我的商路長，擔心高華世系。我必須在那兒。我邁步，與河水保持距離，緊靠堤岸牆，我們很快就到了柳樹下方。我們曾停下兩、三次看看後面，但從下方這裡，什麼也沒看到，只見橋上眾房舍的背面，以及運河對面的牆、很多樹頂，還有很多屋頂，但沒有誰從街上向我們走來的聲音。空氣厚重，我覺得我聞到煙味。

我們到了堤岸。那片巨大的石牆有如堡壘，約束著從眾山嶺流瀉而下的桑笛斯河。如同所有的安甦爾孩子，我也曾在堤岸上玩耍：我們爬過切入堤岸牆壁的陡峭階級、跳過堤岸的裂口，也在給工人和採撈船使用，用厚板串聯以連結堤岸的窄橋上奔跑。當時有個遊戲是這樣的，我們在厚板上跳躍，讓厚板在水上劇烈彈跳，看你敢不敢這樣過橋。但此時，我們的遊戲是看希塔敢不敢越過厚板橋。她看一眼那一連串脆弱的厚板子，河水時而淹沒它們、時而漫開。她雙肩低伏，尾巴垂下，意思很明顯：才不。

桂蕊馬上在她身邊坐下，一隻手放在她雙耳後面的頭頂上。看起來，她好像在同希塔討論事情，雖然這景象我看過不少次，但由於心急，我自顧自開始越過厚板橋。一起步，就不能停，其中只有一個竅門：一直前進。我沒停步，直接過了橋，在對岸站著，內心感覺可笑又絕望，直到看見桂蕊和希塔雙雙起身，邁步越過運河——桂蕊穩穩地踩踏一塊接一塊的厚板子，希塔在她旁邊游泳，凶猛的頭部保持在水面上。歐睿隨在桂蕊後頭。

到了對岸，希塔抖動身子。但貓科動物不像犬類那麼會抖掉身上的水，所以她的毛依舊溼溼的，在黃昏光線中看起來變成黑色，而且整個縮了水，瘦瘦小小的。她露出一口白牙，發出一聲雄偉的獅吼。

「還要過一座橋、搭船。」我說。

「帶路吧。」歐睿說。

我帶他們穿過橋墩到東運河，用老方法又過了河，登上又陡又窄的側階，爬上區隔東運河與主河流的楔形橋墩，越過它，再一次下到了主河流。天色已經相當暗了，我們利用固定設置在那兒的繩索擺渡過河。擺渡船在我們這一岸，我們上船，拉繩過河。河水流勁強大，得靠歐睿與我合力拉曳。希塔不想上船，也不想待在船上，所以她一路嗥叫，有時還發出咳嗽般的短促獅吼。可能因為寒冷、恐懼或憤怒，她一直打顫。

桂蕊不停與她說話，但大多時候只是一隻手放在她耳朵後的頭頂上。

繩索擺渡船的著陸點在舊公園的山腳。桂蕊解開獅子皮帶，希塔一下子躍入樹林的黑暗中消失。我們跟隨她，穿過樹木找路爬坡，來到之前桂蕊與希塔與我曾經散步的小徑。就這樣順小徑下坡，從東北側回到高華世系。獅子一馬當先，有如大團黑影中的一個小黑影。宅邸聳立，巨大而黑暗，像山丘一樣沉默。

我驚恐地想：「宅邸死了，他們都死了。」

我丟下他們兩人，搶先跑過庭院，衝進屋子大聲叫喚。沒有回應。我跑過商路長的套房，一片漆黑。我又往回跑向祕室。我的手抖得厲害，幾乎無法寫出打開祕室門的文字。祕室裡沒有燈光，只有房頂投射下來暗淡的天光。裡面沒人，只有那些會出聲的書籍，還有洞穴內那個鬼怪。

我關上門，急速跑經黑黑的走廊和房廳，趕往家人居住的區域。大庭院對面有一抹溫暖的光。他們都聚在我們用餐的餐具室——商路長、顧迪、依思塔、莎絲塔和波米，桂蕊與歐睿也已在那裡與他們會合。我猛地在門口止步，商路長向我走來，將我抱在懷中好一會兒。「孩子，孩子。」他說。我用了全身力氣緊緊擁抱他。

我們圍坐在桌子邊。依思塔一直叫我們吃她擺出來的麵包和肉。而我還真的餓極了。我們把所知的情況告訴彼此。

顧迪原本去了中央運河附近的一家啤酒屋，他和一些老朋友，全是馬夫、馬童，習慣在那裡聚會，暢談馬匹。「突然，」他說：「我們聽見吵雜聲從議會丘那邊傳來。接著有煙飄起來，一股巨大的黑煙。」有人吹喇叭，阿茲士兵——步兵和騎兵急忙跑過，全部朝議會路的方向。顧迪和他朋友最遠走到高華街，不過議事廳廣場的入口已經擠滿大批群眾，有阿茲人，也有市民。「喊叫聲持續不斷，阿茲人都拔刀了。」他說：「我不喜歡人擠人，所以決定回家。這是有道理的。」

他原想順著高華街走，但道路已被市民堵塞，而且前方好像有打鬥。他不得不繞道蓋柏街到西街。我們這一側的區域似乎比較平靜，但他看見有人朝議事廳前去。等他爬上高華世系家的山坡時，一隊阿茲騎兵快馬奔馳而過，他們一邊揮舞刀劍，一邊大喊：「離開街道！各自進屋去！街道淨空！」

我們證實高華街確實發生過打鬥，就在金匠橋上，有一個男人從橋上被拋下去摔死了。顧迪返家不久，波米的一個朋友跑來，說「大家都說」議事廳起火了。但有個鄰居跑回家，說是阿茲人那頂設在議會廣場的大帳篷被人縱火，阿茲王和一大堆紅袍祭司在裡面被焚燒。

除了這些，沒其他消息，因為沒人膽敢摸黑上街，何況，現在到處都有阿茲士兵。依思塔很害怕。我猜想，十七年前，這城市陷落的恐怖景象又重回她腦海，而且淹沒了她。她擺出食物，還命令我們吃，但她自己根本沒咬上一口。她雙手抖得厲害，只好把它們藏在膝蓋上。

商路長命令她和兩個女孩去睡覺，並告訴她們，歐睿和桂蕊會看守宅邸的前區。

「有獅子一起。」他說：「妳們不用擔心，沒有人會越過獅子一步。」

依思塔溫順地點頭。

「顧迪照舊跟馬匹，玫茉與我會在舊房區看守。晚上可能會有朋友路過，並為我們帶來新消息。希望。」他說得溫和愉快，依思塔和兩個女孩都振作了起來——或至少假裝振作了。我們收拾好廚房，她們勇敢地道過晚安後，一起離開。她們有看見桂蕊在屋前階梯的最上一階站崗，就在大門內側，任何人、任何東西經過街道或進入前院，她和希塔一定能看見。歐睿在我們其餘人之間擔任聯絡人，偶爾去看看顧迪，有時看看商路長，有時去宅邸南側荒廢的區域巡視。

我們多少隱隱擔憂著同一件事：高華世系將再度成為阿茲人恐懼或報復的目標。夜晚時間悄悄流逝。我上樓去校長房幾次，從那裡可以俯瞰全城。我沒看到任何不尋常的跡象。由於山坡的斜面遮掩，從我們家看不到議事廳。我往那個方向細瞧，希望看見煙飄或火光，但都沒有。我又下樓，到長廳與商路長在一起。我們只講一下話就陷入沉默。今晚很溫暖，是初夏的溫和夜晚。本來，我打算再上樓到窗邊看看，但說話聲吵醒我時，我竟在椅子裡深深熟睡著。

我嚇得跳起來。房間的另一端有個男人，站在通往院落的門口。「我可以留下嗎，你可以把我藏起來嗎？」

「可以，可以。」商路長說：「進來。有人跟你一道嗎？進來。你在這裡很安全。有沒有人跟踪你？」商路長的語氣溫和平靜，也不急於獲得問題的答案。他引導那個男人進入室內。我奔過他們身邊，想看看外面還有沒有其他人。我看見有人站在庭院裡，星光下只見一團黑，我差點開口喊叫警告——結果，發現那是歐睿。

「逃亡者。」他小聲說。

「有人跟踪他嗎？」

「就我所見沒有。我再繞回去瞧瞧，妳看守這裡，玫茉。」

他快步穿過拱廊。我站在出入口向外看，一邊聽商路長與那個逃亡者交談。

「死了。」那男人啞著嗓子小聲說。講話時他一直咳。「他們都死了。」

「迪薩克？」

「死了。他們全都死了。」

「他們有攻擊議事廳嗎？」

「攻擊帳篷。」那男人一邊說，一邊搖頭。「那火——」他被劇烈的咳嗽打斷。商路長從桌上的玻璃水瓶倒水給他，讓他坐下喝。他坐得靠近燈，所以我可以看清他。我不認得這個人，他不是來過宅邸的那些人。他大約三十歲，頭髮蓬亂，衣服和臉孔都是塵土或灰燼或血跡。我明白，他穿的是宮殿奴隸的條紋衣。他蜷縮在椅子裡，拚命掙扎著呼吸。

「他們放火燒帳篷。」商路長說。

那男人點頭。

「統領在裡面嗎？夷猷統領？」

他再次點頭。「死了，他們全都死了。帳棚像麥桿般燃燒，有如篝火，燒得……」

「但迪薩克沒在那頂帳篷裡吧，有嗎？別急，先喝點水，慢點再告訴我。我該怎麼叫你呢？」

「凱德．安卓。」那男人說。

「蓋柏世系的。」商路長說：「我認得你父親，鐵匠安卓。以前我擔任商路長時，蓋柏家常借我馬匹。你父親製作馬蹄特別拿手。他仍在世嗎，凱德？」

「他去年過世。」那男人說。他喝完水，一副精疲力竭的樣子，恍恍惚惚瞪著前方。

「我們放火之後跑出來。」他說：「但阿茲人就在那兒，他們包圍我們，推我們回去，回去火海中。每個人都尖叫推擠。我逃了出來，用爬的。」他迷惑地低頭看自己。

「你有沒有燒著？有受傷嗎？」商路長湊近查看他全身，還摸摸他上臂。「你這兒燒傷了，或是被刀砍傷了。我們來看一下。不過，首先告訴我，你怎麼來高華家的？你一個人嗎？」

「我爬出來。」凱德重複。來這裡之前，他不是跟我們在這個安靜的房間，而是在火海中。「我一路爬……爬到東運河的山坡上，我往下跳。廣場那邊，他們還在打鬥砍殺。我去……下面……繞經濱海區。所有街道都有衛兵騎馬走過。我躲在房子後，不曉得該往哪裡去。我猜想他們可能來這裡，這個神諭宅邸。我不曉得該往哪裡去。」

「你做得很對。」商路長的語氣依然撫慰、實事求是。「讓我把燈弄亮一點，來看看你受傷的手臂。玫茉？妳再拿點水來，還有一塊布，好嗎？」

我原不想擅離看守崗位，但這男人好像是一個人來的，也沒有追兵跟蹤。我去取來一個裝了水的水盆、一塊布，還有藥草油膏，那油膏是為廚房不慎燒傷或切傷預備的。

我幫忙清洗凱德的手臂並敷藥包紮。我做起這件事手比商路長的手靈活。凱德被照料完畢，又喝下一小杯陳年白蘭地——那是商路長為恩努慶典和緊急事故保留的——好像比較不恍惚了。他向我們道謝，並且吞吞吐吐地祈求賜福給這棟屋子。

商路長又問他幾個問題，但他能告訴我們的並不多。迪薩克的人（有些是阿茲人的奴隸，有些人像凱德，是假扮成奴隸）有一小群趁儀式進行中，滲透進入大帳篷，在幾個地方縱火。但那計畫走偏了。「他們沒按計畫來。」凱德一直這樣說。有幾個謀反者，例如凱德和迪薩克，逃離起火的帳篷時被逮著。按計畫，其他人應該在廣場等候，縱火者逃離火場時，他們負責攻擊阿茲人，但他們可能遭到了反擊，或是根本無法去到靠近帳篷的地方。凱德不曉得實際狀況是哪種。他試著回顧時竟哭了起來，而且又咳嗽。「好，好，別再講了。」商路長說：「你需要睡眠。」他帶凱德去他自己的房間，讓他待在那兒。

商路長回來時，我問他：「你認為他們都死了嗎？迪薩克、統領？統領的兒子呢？他那時在帳篷裡。」

「對。」

商路長搖頭。「我們都不曉得。」

「假如夷猷死了，而夷多活著，他會接管，他將統治。」我說。

「他會到這裡來。」

「為什麼來這裡？」

「與凱德來這兒的理由相同，因為這是安甦爾城一切的中心。」

商路長站在門邊，看著星光照耀的庭院，一言不發。

「你應該去那個房間。」我說：「你應該在那兒。」

「去尋求神諭？」

「去尋求安全。」

「噢。」他微微笑。「安全……也許我會去，但情況還沒那麼危急。唔，讓我們靜候度過這段黑暗，看看白日天光會帶來什麼。」白日天光尚未來臨，但我從樓上的窗戶向外望，看見西南方向有火光，位置在大學建築群的廢墟附近。火光亮起，然後消失，之後重又燃亮。山下遠處的街道傳來馬匹騷動聲、喇叭吹號聲、紛紛擾擾的人聲，很多人聲。無論議會廣場剛才發生什麼災難，安甦爾既沒有大受威脅，也沒有得到撫慰。

黑夜剛轉為魚肚白，城市後面山頭上方的天空漸亮時，歐睿進來。跟他一起的是商路長一輩子的朋友，開蒙世系的甦爾善開蒙，他是一位學者，曾經將很多救回的書帶到高華世系。現在，他帶來最新消息。

「我們得到的都只是傳聞，甦爾特。」他說。甦爾善年約六十，謙恭有禮，謹言慎行，非常自愛自重，也期望別人自愛自重。商路長曾說這位朋友是「徹頭徹尾的開蒙人」。即使是現在，他講話依舊有條不紊。「但不只一個消息來源都說夷猷統領死了，換他兒子夷多統治。我們死了好多人。南方人迪薩克和我的親戚亞爾莫死於帳篷大火。阿茲人依然掌控全城。昨天整個晚上，暴亂、縱火、街頭巷戰四起。居民從屋頂和窗戶向經過的阿茲士兵丟石頭。問題是，攻擊阿茲人的攻擊行動沒有半個領導人，而且沒有我們認得的人。全是偶發、零散的攻擊。再說，阿茲人有一整支軍隊，我們沒有。」

我想起來，好像是幾天前，還是幾個月前，有人說過一樣的話。講的人是誰呢？

「那麼，就讓夷多繼續對他的軍隊信心滿滿吧。」商路長說：「我們擁有一整個城市，他們沒有。」

「說得真勇敢。可是，甦爾特，我替你擔心、替你全家人擔心。」

「我了解你的擔心，我的朋友。我明白你冒著生命危險來這裡的理由，我很感激，願我家和你家所有神明及祖靈與你同在。好了，你快回家吧，趁現在天還沒大亮！」他們緊緊握住對方的手，然後，甦爾善．開蒙怎麼來的，就怎麼回去。商路長去探看那個逃亡者，看到他正熟睡，就依著每天早晨的習慣，轉往後面中庭的小水盆漱洗，也依著每天早晨的習慣，開始每日例行的祭祀。起初，我以為我不可能照舊祭祀，但我彷彿受到召喚。所以，我到外面摘幾片迎泥神看顧的葉子，放在祂的祭壇上，擦拭每一個神龕，並念誦祝禱辭。

依思塔已經起床，在廚房忙碌了。她說兩個女孩還在睡，因為差不多半個晚上都睡不著。我走到宅邸前面，聽見內層的大庭院有不止一個人的聲音。

桂蕊站在較遠的那一頭，正在與一個女人講話。在這個開濶的庭院上空，可以看到第一道陽光剛剛觸及屋頂，空氣清甜，有涼夏之感。兩個女人站在牆邊的陰影裡，一個穿白衣，一個穿灰衣，花朵綻放的藤蔓在她們上頭，看起來有如一幅畫中的兩個人影。

讓人感覺一切熱切鮮活，蓄勢待發。

我穿過庭院，走向她們。「這位是雅芭．亞克。」桂蕊對我說，然後對那個女人說：「這位是玫茉．高華。」

雅芭三十多歲，嬌小纖秀，雙眼明銳。她穿的是宮殿奴隸穿的灰色條紋衣。我們戒慎地與對方打招呼。

「雅芭帶來宮殿的消息。」桂蕊說。

「是緹柔差我來的。」那個女人說。「我捎來夷猷統領的話。」

「他死了？」

她搖頭。「他沒死。他在那場大火中受了傷，他兒子令人將他帶進宮中，然後告訴士兵他快死了。我們猜，他兒子會宣布夷猷的死訊。但他根本沒死！祭司把他和我們夫人送進宮中監牢。所以夫人目前和他在一起。假如夷多殺了統領，夫人會與統領同盡。假如將官們知道他還活著，可能會把他們救出來。但在宮中那邊，我無法告訴任何人這件事。昨天我躲藏一整晚，最後穿過山中小路走來這裡。夫人說：『去找商路長，告訴商路長，統領還沒死。』」她說話平穩輕柔，但我發現她在顫抖——講這段話時，她整個身體都在抖。

「妳很冷吧。」我說：「整個晚上待在外頭。快到廚房來。」

她順從地跟我走。

我把她的名字告訴依思塔，依思塔將她從頭到腳打量一遍，然後說：「妳是碧楠的女兒。當年妳母親結婚，我有參加婚禮。妳母親和我是朋友。我還記得，妳小時候總是最得緹柔夫人寵愛。坐下、坐下，我馬上弄點熱的給妳吃……怎麼，妳的衣服都是溼的！玫茉！帶這女孩去我房間，幫她找些乾衣服換穿。」

我帶雅芭去換衣服的同時，桂蕊跑去找商路長和歐睿，把雅芭帶的消息告訴他們。

沒多久後，我去找他們，把雅芭留給其他人好好照料。我順便從廚房帶了一籃麵包和乳酪，因為我自己餓了，猜想其他人可能也一樣都餓了。我們坐下來邊吃邊談：雅芭帶來的消息有什麼意義？我們能做什麼？「我們需要知道狀況！」商路長挫敗地表示。歐睿則說：「我出去弄個清楚。」

「你別想到街上露面。」桂蕊不客氣地說：「每個人都認識你！我去。」

「他們也認識妳。」他說。

「沒人認識我。」我說。我嚥下最後一口麵包和乳酪，站起身。

「這城市，每個人都認識其他每個人。」歐睿說。這話多少是真的。然而，不管是幫高華家採買的半混血男孩或女孩，我被認出來的危險性不大，何況，對阿茲士兵而言，我毫不重要。

「玫茉，妳應該留在這兒。」商路長說。

假如商路長下令，我會遵從；但我認為，他那句話是一種抗議，不是命令。或者說我是那樣理解的。「我會小心，一個鐘頭內回來。」我說。原本我就已經換好了男裝，這時又把頭髮放下，綁在後面，隨即動身，從北庭院出門。桂蕊跟隨我出來，給了我一個擁抱，她低聲說：「獅子，路上小心。」

第十二章

經過馬廄，我瞧瞧裡頭。顧迪沉著臉，牽布藍提在庭院散步。他朝我點點頭。乾草叉及其他工具都已經拿出來預備當武器用。為了守護高華世系的馬廄和馬匹，他甘心一死。穿越前院時，宅邸和高山背著陽光投下的陰影猶覆蓋著那兒，我的呼吸竟鯁在喉嚨，因為我彷彿看見這個禿額駝背的老人努著他的乾草叉，迎戰一整支騎兵隊，騎兵個個長矛在握、刀劍出鞘，我看見他被砍殺，看見他陣亡——如同那些古代的英雄，如同甦爾山的眾戰士。

經過北運河橋時，空蕩蕩的高華街在我前後伸展。整座城市似乎非常闃寂，我的呼吸再一次卡住：難道是死亡的寂靜嗎？儘管清晨陽光如此甜美？樹木開花如此芬芳？我的族人呢？

我取捷徑，穿過蓋柏世系的後巷，再順著老街的坡道，往港口市場走去。我不敢去議會丘。快走到市場那一帶時，我還在為整城的死寂毛骨悚然，卻忽然聽見叫嚷聲，從還有點距離的議會路那個方向傳來，接著，我聽見阿茲軍隊的喇叭重複發出尖銳召集令，趕忙跑上西街，四周沒半個人，有如在荒郊野外。一直到我往回走到蓋柏街，才看到下坡處來了兩名阿茲騎兵。如同波米早先所描述，他們策馬小跑，揮舞亮晃晃的刀，大喊：「街道淨空！各自進屋去！」

我躲到一個破恩努神神龕後，他們沒見到我。他們繼續往前騎，沒多久，我聽到馬蹄聲和遙遠的喊叫聲從山下路傳來，接著經過山腳市場。我摸摸恩努神神龕的基座，念了祝禱辭，然後穿行房舍之間的小路，又爬坡回到高華世系。我原以為這一趟出門可以神不知鬼不覺地混入群眾中，藉機打聽狀況。結果發現根本沒有什麼群眾，只有大批士兵。這就是我探查到的全部，真是沉重的消息。

桂蕊和希塔在高華世系的前門等我。她說，剛才有四個男人進去宅邸的後棟，他們都認得商路長，也是迪薩克的同謀者。昨天，他們原本被安排帶一批隊伍駐守東運河，等候大帳篷起火時，去攻擊議事廳前庭的阿茲士兵，但帳篷比原定計畫早起火，他們的人員還沒有全部到齊。阿茲士兵很快集合起來，先守衛，後出擊。反抗軍被打散，想逃走時被抄截，落得散兵游勇，滿城飄零。這四個人前一天晚上藏身在大學廢墟，曾對阿茲軍隊發動游擊式的攻擊。他們之所以尋路來到高華世系，是因為全城都在謠傳，凡是想為安甦爾城作戰的人，都應該到高華世系，到商路長的家，亦即神諭宅邸。

「是避難？還是想要抵抗？」我問桂蕊。

「我不知道。他們不知道。」她說。「看。」

有七、八個人從西街轉角向我們這邊跑過來。是市民，不是阿茲人。其中一個人的手臂有包紮，一整群人看起來都非常狼狽。我走出去，迎向他們。「你們是想來我們這裡嗎？」我大聲問。

「阿茲人往這裡來了。」先到的那個人回答。他停下來觸摸地基石。「祝福這家人的祖靈——包括現在活著還有以前活過的。士兵們在議事廳，他們很快就要過來了。人家是這樣告訴我們的，叫商路長把所有門都鎖好！」

「我很懷疑他會那樣做。」我說：「你們願意幫我們看守門戶嗎？」

「我們正是為此而來。」其餘人陸續抵達，每個人都摸了地基石。其中一人說：「看，有一頭獅子。」

「各位要進來嗎？」我說。

「不。我想，我們就留在外面等他們吧。」為首的說。他是個黑臉的男人，髮帶早已不見，黑密的長髮飄散，看起來有點野蠻，說起話卻十分文靜。「還會有更多人來，假如你們有水可以……」他憂愁地注視破噴泉的乾水池。

「繞到屋側，馬廄那邊，」我說：「那兒有水，叫顧迪讓你進去。」

「我認識顧迪。」其中一個人說：「他是我爹的朋友，來吧。」他們快步拐過彎往馬廄走去。這條街的另一個方向，也就是山下路那邊，有更大一群人順著街道走來，大約二十個人或更多些，他們有的手拿鋒利的工具，其中有個人揮舞阿茲人的軍刀。我們欣然接納他們。其中一個人說，他們經歷了「一整個酷熱夜晚的工作」，也口渴極了。所以我們照樣讓他們去馬廄喝水。

最起碼，這讓顧迪不至於如我想像的那樣，孤伶伶伴著他的乾草叉站在馬廄邊。我跑進屋子告訴商路長我安全回來，並向他報告，整座城市好像空了一樣，高華世系的前院卻越來越擁擠。且有傳聞說，阿茲人正往這裡來。

到來的所有人都證實這個消息。他們陸續抵達，一次幾個人，有的是迪薩克的共謀，有的是議會廣場起義計畫流產後才加入他們的男人和男孩。他們都說，迪薩克和統領都在大火中喪生。有的人說，數千士兵在議會廣場被殺。有的人說，死的都是市民，所以阿茲軍隊還是同之前一樣強大。

早晨時間繼續推進，來到高華世系的人群當中也越來越多女人，她們成群結隊，有人手裡拿著捲線桿，少數幾個用吊帶背著嬰兒。有一群是五個年長婦人，全部拿著結實棍棒，板著臉顧盼四方。其中四個俯身觸摸地基石，第五個老婦由於患風溼，不便俯身，只好用她手中的棍子輕輕拂過地基石，外加短促的禱辭。只是聽起來倒比較像咒罵。

我站在宅邸門口階梯的最上層，心想，這真像個市集、或朗誦會、或節慶——那種我迄今未能恭逢其盛的舊時代神聖儀式，很多市民聚集、交談、聊天、閒晃，等候，雖然激動，但不失耐心。不過，假如是參加節慶，他們會穿比較體面的衣服，假如是參加節慶，他們會攜帶開花的小樹枝，而不是刀劍、匕首、剪枝鐮刀、棍子。兩名帶十字弓的男人自動在門口兩邊站哨。

高華街南向的下坡路段傳來喧鬧聲，那是議事廳的方向：刺耳的喇叭聲與號角聲，以及鼓聲咚咚，人聲鼎沸。喧鬧聲持續好一段時間，停了一會兒，又響起來。有個七、八歲的小男孩跑過街道，兩腳在飛，頭髮也在飛。「是新統領！」他大喊。

「他和全部士兵在那邊！還有紅帽子在演說！」

所有人都圍上前。有個男人把他抱起來，讓他跨坐肩上。男孩劈哩啪啦地陳述他聽到的消息，那些話用他細甜的嗓音說出來給人一股奇異之感：「夷猷統領死了，夷多統領統治！萬眾擁立太陽之子、阿熹神之箭、夷多國王！他將征服阿熹神的眾敵，並且摧毀安甦爾的群魔！」

遠處街道上，喇叭與號角再度響起，人聲如雷，鼓聲震天，有如回聲應和男孩的話。

高華世系周圍的民眾發出一陣嗡嗡回應，不安地動來動去。我看見幾群人爬越矮牆，進入對街的廢棄庭院，不想遭受波及。

我轉身再跑回屋子，穿過院子和走廊到老廳房區域，歐睿與商路長都站著，與佩爾亞克以及亞克家的其他男人談話。他們轉頭過來看我，我說：「歐睿，你也許可以對民眾講講話。」

他們全部瞪著我看。

「新統領和軍隊正往這裡來。」我說：「大家不曉得該怎麼辦。」

「你應該走。」商路長向歐睿說：不是要他走去民眾那兒，而是指爬到山裡去、逃走。「現在。」

「不，不。」歐睿說著，伸出一隻手放在商路長的臂膀上。

兩人默默站定一會兒，商路長轉身走開。

「一切都將消逝。」他以全然的絕望和悲痛高聲說：「書籍失落，詩人死亡。」他將臉埋在毀損的兩手中。

我們深受商路長的哭喊打擊，全都靜立無言。

商路長終於抬起臉，注視我。

「玫茉，妳願意跟我來嗎？我能不能救妳？至少救妳一個。」

我無法應答。但也無法跟他走。

他明白了。他過來親吻我的前額，並且祝福我。然後走開。他跛得厲害，走向後廳房，走向那個隱藏的房間。

「他會安全嗎？」歐睿問我。

「會。」我說。

這時，即使是在高華家的層層牆壁之內，我們也能聽見喇叭吹響的聲音。再也沒什麼好說的了。我們往宅邸前側走，穿過大庭院和高廳，走到宅邸的前門。桂蕊和希塔站在那兒，宛如一尊女人和獅子的雕像。

我走向桂蕊，單手摟著她——因為我需要有人讓我擁抱。我已經讓我親愛的商路長離開，沒有擁抱他，我讓他單獨走掉，以保安全、以求生存、只願不會再一次受傷害。

但我實在需要有人來擁抱。

桂蕊也單手摟著我。我們站在宅邸的大門出入口，佩爾與其他人出去外面，但歐睿一直留在我們後面。他知道，他一旦踏上那個階梯，讓民眾看見，他就必須有所行動，他就必須講話，而他還沒準備好要行動或講話。時候未到。民眾前來，繼續湧入這條街道和對面的幾處庭院。安甦爾居民越來越多，我甚至無法看見前庭那個灰色與黑色構成的迷宮，外頭成了一塊會動的人體鋪地，那是終我一生尚未見識的場面。民眾聚集又聚集。我視野所及，高華街南北向都擠滿了人。

喇叭再度響起，噪音在血液中戰慄，鼓聲比之前更近了些。

我們南邊街上的群眾掀起一股波動，宛如從河口湧進運河的怒潮，推開擋在前方的一切。人群嘶喊尖叫，攀爬人行道護欄和牆垣，以便讓路給驅迫他們、把他們推到路邊的那支武力：那是一隊阿茲騎兵，他們當空揮掃彎刀，胯下的馬匹人立，前腿鐵蹄揚起攻擊。他們直接穿過街道上的民眾，在高華世系前面停下來，總共有五十名左右或更多騎兵。有八至十名紅帽紅袍的祭司混跡其中，受騎兵保護，祭司成群圍繞一個戴寬邊帽、披金斗篷的阿茲貴族。

在這一隊騎兵的後面，民眾還是驚恐萬分，有的拚命想逃離街道，有的奮力幫助那些被馬匹踢倒或被鐵蹄踐踏的人。現場無比混亂、恐懼。但我視野能及的整條街道，男男女女全部都是安甦爾人。假如騎兵隊後面還有更多阿茲士兵，他們必定不是排開這些民眾而來。

前院的騎兵隊四周形成一個環形空間，有如桂蕊和希塔頭一回出現在市場那次，只是，這個空間大了許多。在噴著鼻息、躁動不安的馬匹圍起的圓圈中間，我才看得到鋪石地上的迷宮。

紅袍祭司群騎到宅邸的階梯前，金色斗篷的男人在他們中間更往前騎一點。他是統領的兒子夷多，一個壯碩英俊的男人。他的斗篷閃耀著，宛如陽光本身。他站在馬蹬上，手中彎刀高高舉起，大聲喊出什麼，但被士兵的喊叫和民眾呻吟般怒號的奇異噪音蓋過，所以聽不出內容。

突然間，近處的所有聲音頓時消失，只剩下遠處人群因為看不到發生了什麼事，仍舊鼓譟喧譁。

我、士兵們、近處的民眾以及夷多，我們看見的是，桂蕊偕同沒繫皮帶的希塔一齊走出大門。女人與獅子大步向前，緩緩步下寬闊的階梯，直直走向夷多。

他後退了。

也許因為他無法教馬匹不退縮，也許他拉了韁繩，總之，也披著金披風的白馬和耀眼得讓人昏眩的騎士一齊向後退一步、再退一步。

桂蕊靜立，獅子在她身側也站住不動，發出低吼。

「你不能進這宅邸。」桂蕊說。

夷多沒說話。

群眾開始發出輕聲嘲弄的耳語，此起彼落。

街道的遠端傳出喇叭聲，打破這個僵局。夷多的馬又退後一步，然後站穩。夷多站在馬鐙上，以有力的聲音高呼：「夷猷統領死了，被造反者和叛亂者謀害了！我，他的繼承者，夷多，安甦爾的統領，宣告復仇。我宣布這宅邸受了詛咒，將被摧毀，它的疊石要敲落，屋內的所有惡魔將與它一同消滅。邪惡之口將被封閉，不再出聲。唯一的神將統治安甦爾全境！神明與我們同在！神明與我們同在！神明與我們同在！」士兵們跟著他喊：神明與我們同在！神明與我們同在！神明與我們同在！但，他們喊到後面，聲音裡卻出現雜音，另一個小聲音冒出來，很快傳遍群眾：「看！看！看那個噴泉！」

當時我依舊站在甬道口，就在守衛著高華世系大門的兩名十字弓手中間。弓手的箭在弦上，對準夷多。有個男人過來站在我旁邊，起初我以為是歐睿，後來發覺，我不曉得這人是誰——是個高個子男人，舉著一隻手，直指神諭噴泉。噴嘴已破的水池正好就在阿茲騎兵衛隊圍起的環圈內。

然後，我看出這人是誰了。就這一次，我看出他原本的模樣，如同我心裡向來所知的他：一個高大挺拔的出眾男子，面帶微笑，眼裡燃著火焰。我循著他的手指，看見階梯下方那些民眾看見的景象：一小注噴水躍入光中，懸在那兒，然後下墜，注入枯乾的水池，碎成銀色水花。它沉落，又再升起，躍得更高、更強勁，泉水墜落的聲音充盈空中。

「噴泉，」群眾大喊：「神諭噴泉！」大家或為了看清楚些，或為了碰觸噴泉，統統移步上前，擠向騎兵隊的環圈。一位軍官大聲號令，騎兵們於是調轉馬頭，面向群眾。但他們緊密的行列已被打破，軍官的聲音也被又一波高喊淹沒。商路長把手放在我肩上，說：「攻茉，隨我來。」

桂蕊與希塔已向旁邊移動，站在噴泉上邊的階梯。我與商路長走出去，踏上寬闊臺階的最上層。他止步，開口說話。

「昧中城的夷多，夷猷之子。」和歐睿的嗓音一樣，商路長的嗓音盈滿空中，教耳朵服於聆聽，並攫獲人心。廣大民眾安靜了。「你說謊，你父親還活著。你將他關進監牢，篡奪他的權力。你背叛你父親，背叛忠心耿耿的士兵，背叛你的神明。阿熹神沒有與你同在。祂憎惡叛徒。至於這宅邸，它不會陷落。這是噴泉之家，泉源之主保護著它，把祂的水與祝福送給這一家。這是神諭宅邸，你的命運與我們的命運，全寫在這宅邸的書冊內！」

他左手拿著一本書，一本小小的書。這時，他把書本舉起來，步下臺階。他沒有跛，他的步履輕盈敏捷，我在旁邊跟隨。經過希塔時，我聽見她發出笑聲似的咆哮。我們在距離鋪石地迷宮幾步遠的地方停住，平視坐在馬背上的夷多。商路長舉著那本打開的書，剛好正對夷多的臉。我看得出，這個金斗篷閃閃發光的男人正克制著自己，強迫自己別被嚇跑。

「你會閱讀嗎，夷猷之子？不會？那麼，就讓別人讀給你聽。」

接下來，我耳朵轟轟作響，說不清楚到底聽見了什麼。那天早上，在場也沒有任何人能說明白自己聽見了什麼。只曉得彷彿有個聲音在大聲呼喊，那是個嘹亮奇特的聲音，在所有人身周旋繞，又越過噴泉躍動的前庭院，高華世系宅邸的所有牆壁響起共鳴。

後來，有人說那是書本自己大聲呼喊，我認為是這樣沒錯。有人說，那是我，是我的聲音。而我很清楚，我當年並沒有讀出那本書裡的文字——當時我無法看見書頁。大聲呼喊的究竟是誰的聲音，我至今不知。那是不是我的聲音，我也至今不知。

我當時聽見的話語是：讓他們自由！

但別人聽見的是其他話語。還有的人，只在群眾的巨大沉默當中聽見噴泉水濺落的聲音。

夷多聽見了什麼，我不曉得。

他發抖著閃避那本書，在馬鞍上縮成一團，雙肩隆起，彷彿在抵拒什麼攻擊。他兩隻手必定拉緊了韁繩，策動馬匹向前或向後，結果，大概出了差錯吧，那匹馬竟然人立了起來，而且猛地拱背，想甩開背上的騎士。身穿金色閃亮華服的夷多猛地一震，滑出鞍座，然後又滑了一下，跌落地面，尖聲嘶鳴的馬兒後退再後退，連帶夷多也被又拖又拉。我們站定在臺階上。桂蕊與希塔早已走過來我們這邊，歐睿也已經在我們身邊。

祭司們團團圍住夷多，有的人試著幫他擺脫馬背，有的人倒是自己先落馬了。在這個混亂打結的時刻，商路長的嗓音清晰地響起。「阿蘇達人，夷猷統領的士兵們，你們的統領被羈押在宮殿的監牢中。你們願意去放他自由嗎？」

緊接著，傳來歐睿的聲音。「安甦爾百姓！我們要不要彰顯正義？我們要不要一起去讓牢裡的人和奴隸重獲自由？我們要不要把自由掌握在我們自己手中？」

這話引起了狂熱的迴響，群眾開始湧下街道，朝議事廳出發。「樂若！樂若！樂若！」深沉的頌讚響徹人群。他們湧過那隊騎兵，有如海洋淹過岩石。軍官大聲號令，喇叭吹出短促的指揮信號，騎兵們有的集體行動，有的落了單，都跟著群眾走，夾在他們之間，被他們帶著，一起走下高華街，向議事廳前進。紅帽祭司已將夷多扶上他的座騎。他們朝彼此呼喊，並跟隨著群眾。原本護送他們的士兵，沒有一個留下來等他們。

歐睿簡短對桂蕊說了一會話，隨即加入佩爾及稍早來到臺階旁，與商路長和我站在一起的那些人。「去，跟著他們！」商路長急忙說，歐睿等人於是動身跟隨夷多與祭司群。

並非所有人都跟著一起沿高華街趕去宮殿。有的人還留在街上或是前庭，大多是女人和老人。這群人似乎被高高噴起的水柱和瘸腿的男人震懾了。瘸腿的男人蹣跚步下臺階，走向水池，在它的寬邊緣艱難地坐下。

他變回我素來認識的他了，不再高大挺拔，而是彎腰瘸腿，但，他是我心之主，當時是，永遠都是。

水柱越過宅邸的影子，捕捉到早晨的陽光。他抬頭仰望躍動飛濺的水柱，臉上閃爍著水或眼淚。他俯身把手伸進水裡，積水在寬闊的石造水池裡越升越高。我剛才跟隨他走過來，站在他近旁。他小聲念誦對樂若神和泉水之主的讚美辭，一遍又一遍。其他人怯怯地聚攏在噴泉邊緣，他們也伸手碰水，抬頭仰望陽光照射下的水柱，一邊對安甦爾眾神說話。

桂蕊向我走來。她用短皮帶牽著希塔，一隻手放在希塔頭上。獅子依舊咆哮著、打著呵欠，依舊因為喧騰和群眾而興奮激動。我明白桂蕊為什麼沒有跟隨歐睿去宮殿，但我知道她一定渴望跟去，於是我說：「桂蕊，我可以在這裡看守希塔。」

「妳應該去。」她說。

我搖頭。「我留駐於此。」我說。這幾個字出自我心、發自我聲。說這幾個字時，我因喜悅而微笑。

我仰望水柱，水從青銅製的圓柱體躍出，高高升起，在最頂端分散成一大朵有如璀燦陣雨般的水花。銀鈴般的濺落水聲十分美妙。我在水池的寬邊緣坐下，也學著商路長：兩手先放在水面上，再伸入水中，任由水花灑在我臉上，同時感謝並讚美我宅及我城的眾神、亡魂與祖靈。

顧迪手中拿了一柄乾草叉，從庭院的轉角走過來，他停步，環視四散的安靜百姓。

「哦，他們走囉？」

「去宮殿，去議事廳。」桂蕊高聲應答。

「有道理。」老人說完，轉個身，準備走回馬廄。可是馬上又轉身回來，盯著噴泉。

「慈悲的恩努神。」他好不容易才說出口：「噴泉又重新流淌囉！」他搔搔臉頰，再凝視一會兒，隨即回頭找他的馬兒去了。

第十三章

事後，歐睿與佩爾告訴我們議事廳發生的種種。不用說我也知道，祭司團圍住夷多，護著他擠過高華街的民眾。歐睿與佩爾設法緊跟在他們後頭。一行人到了議會廣場時，站崗士兵高喊：「讓夷多統領通過！」並幫祭司團開道，由於群眾漸稀，夷多與他的紅帽群直接策馬加速騎過。歐睿原以為他們要前往伊斯瑪橋、逃離城市，他們卻繞到議事廳後面，往阿茲營房上方另一個較遠的出入口前進。議事廳的後庭院有四英尺高的石牆為界，並有士兵看守。夷多一聲令下，士兵打開後門，祭司團策馬進入。

途中，有一群市民加入歐睿與佩爾，也跟著祭司團通過出入口，進入議會廣場。眾人湧進大門、翻過高牆時，橫遭士兵攻擊，但市民不甘示弱，也群起攻擊士兵。夷多與祭司群突破這團混亂，縱身下馬，從後門鑽進議事廳。歐睿與佩爾趁著混亂，始終跟在他們後面。歐睿說，那場混戰是掃把星的尾巴。

因此，他們糊里糊塗地置身議事廳內，而且還是緊跟在夷多和祭司團後腳。那群人過於專注所要前往的目標，根本沒注意後頭還有人。他們急速走過一條很高的走廊，再經過一道階梯，最底下是一個地下迴廊，很暗，只有幾扇與地面同高的小窗透進微弱光線。迴廊通向一個低矮的大守衛室。祭司與夷多止步，吼出命令——是對在那兒站崗的守衛？還是對來自廣場，負責守衛的官兵？歐睿說，反正只聽見好一陣子的喊叫和混亂，阿茲人對阿茲人咆哮。他與佩爾本來守候在後面，這時小心地向前走到甬道口。

紅帽祭司面對一隊官兵，軍官要求見夷猷統領，祭司說：「統領死了！你們不能玷汙哀悼儀式！」祭司團一個個背部抵住一扇門，堅定站立。在這群人中間，幾乎看不出哪個是夷多，因為他的金帽子和金斗篷早已不知去向。一名祭司向軍官逼近，紅色高帽和紅袍的烘托下，他看起來威風凜凜。他舉起雙臂大喊，如果官兵不解散，他會以阿熹神之名詛咒他們。士兵們備感威脅，不由得倒退。

就在這個時候，歐睿陡然大步向前，走到那位祭司旁邊，高聲說：「夷猷還活著！他在那個房間裡，還活著！神諭已經開口了！祭司們，打開這監牢的大門！」佩爾轉述的話大略是這樣。歐睿則只記得他高聲說夷猷沒死，軍官們則大喊：「開門！開門！」歐睿告訴我們，那時「我趕快閃到後面」，因為兩邊刀劍齊發，士兵攻擊守護那扇門的祭司團，把他們驅趕到遠處的走廊。有一名軍官一躍上前，拔掉門閂，啪地開了門。

裡面沒有點燃燈火，黑漆漆的。只能藉由甬道天窗的微弱光線，見到一個鬼魅身影出現了：黑暗中出現一個白衣人影。

她穿著阿茲奴隸的條紋袍子，血跡和髒汙使袍子顯得破舊不堪。她的臉青一塊、紫一塊，一隻眼睛腫得張不開，頭皮有硬掉發黑的血塊，因為那個部位的頭髮被一把扯掉了。她手上抓著一根棍子。歐睿說，她站在那兒，有如燭焰般發光顫抖著。

她看見站在歐睿旁邊的佩爾．亞克，表情慢慢轉變。「表弟。」她說。

「緹柔夫人。」佩爾說：「我們來解救夷猷統領。」

「那麼，進來吧。」她說。歐睿表示，她說話輕柔有禮，彷彿正在歡迎訪客進她家門。

走廊上的打鬥原本很激烈，但這時安靜了下來。有一名士兵從守衛室拿來一個燈籠，軍官們踏入牢房，一時光影綽綽。佩爾與歐睿隨他們入內。牢房雖空闊，但低矮，泥土地板發出一股潮溼濃重的惡臭。夷猷躺在一張長櫃子或長桌子上，雙手雙腿被鏈住。他的頭髮和衣服有一大半燒得焦黑。兩腿和兩腳有血跡和燒傷結痂。他昂起頭說話，嗓音像一根金屬線拂刷黃銅。「幫我解開鏈子！」

軍官忙著幫他解開鏈子時，他看見了歐睿，不由得瞪大眼睛。「詩人！你怎麼來這裡的？」

「跟隨你兒子來的。」歐睿說。

聽了這話，夷猷環視一周，用他被濃煙燻壞的嗓音勉強嘶啞著說：「他在哪兒？他在哪兒？」

歐睿、佩爾與軍官們看看四周，跑回守衛室。有四名祭司被士兵押在那兒，其餘祭司逃走了，夷多也在其中。

「統領殿下，」一名軍官說：「我們會去找他。而現在，但願您能出面對全體士官兵說話，他們本來都相信您已經死了——」

「那就動作快！」夷猷咆哮。

軍官們一解開統領手臂的鏈條，他隨即伸手握住默默站在一旁那個女人的手。等他們把腳鏈也解開，他試著站起來，但燒傷的兩腿無法承受體重。他咒了一聲，頹然坐回去，但仍抓著緹柔的手。軍官圍著他，準備扶他坐進一張椅子，大家合力抬他出去。「她也一起。」他急躁地指指緹柔，然後又指向歐睿和佩爾，「還有他們！」

於是，這群人簇擁著他，一起爬上階梯，來到環繞議事廳的高廊，再順著走廊前行，穿過前廳，來到了這棟雄偉建築的前方列柱廊道。列柱下，陽光耀目，他們站上俯瞰議會廣場的演講陽臺。

寬闊的廣場現在整個布滿數量浩大的民眾，而且還有人陸續從每個出入口湧入。人數之眾，是歐睿生平未見：市民超過阿茲兵力已有數千人之多。

稍早，夷多騎著馬從議會路經過出入口時沒有給守衛的士兵任何信號，士兵們原本以為他就是新統帥、新君王。現在，不明所以的士兵間有越來越多人聽說了夷猷統領還活著的傳聞。於是，忠誠擁戴的心混亂了、分離了。効忠夷猷與効忠夷多的阿茲人互指對方為叛徒，隊伍秩序因而打破。湧進廣場的市民都攜帶各式各樣能取得的東西當武器。軍官們明白，雙方數量懸殊，趕忙在真正開打前速速整頓士兵，把他們從群眾中找出來。所以現在絕大多數阿茲人都站在議事廳的臺階和前方鋪石地上。藍斗篷形成一個穩固的半圓，面向安甦爾民眾。他們刀劍出鞘，沒有直接攻擊的赫赫威勢，也沒有要投降的歸順姿態。

民眾儘管騷亂，仍能自持，在前面幾排市民與阿茲士兵之間空出一條參差不齊的無人地帶。

「現場有股可怕的燒臭味。」歐睿告訴我們：「難聞極了，簡直無法呼吸。灰燼和炭屑被群眾踩踏，陣陣飛揚，空中浮懸著黑色的細灰塵。擁擠騷動的人群中，我看見一樣奇怪的東西，好像一艘觸礁的大船船頭。後來我終於明白，那是大帳篷的部分骨架，燒壞的帆布黏附在上頭。人海中有好幾處漩渦，是前一天硬闖廣場，結果被殺或受傷的起義者躺臥的位置。有的人繼續擠著，越過他們；有的人則停下來，想保護他們。現場喧聲雜沓，以前我不曉得人類能製造那樣的吵雜聲，因為實在太可怕了，而且不曾稍息，像某種巨大的嚎叫怒吼……」

他當下暗忖，強迫自己到前頭去面對那樣的群眾是不行的。由於心慌，他早已感到暈眩。與他一起的軍官顯然也都驚疑不定，但他們仍堅定地抬著統領向前，並大聲宣告：「夷猷統領在此！他仍活著！」

下方的士兵都轉身抬頭看望，一見到統領，紛紛高喊：「他仍活著！」

夷猷急躁地對抬他的人說：「放我下來！」那些人遵命。夷猷一隻手穩穩抓住其中一人的臂膀，另一隻手放在緹柔的肩膀上。他勉力向前一步，臉孔露出疼痛的扭曲表情，最後面向群眾站好。好一會兒，士兵致敬的高呼壓過了群眾的鼓躁，但很快地，之前那個可怕的喧囂又再度高升，「暴君去死！阿茲人去死！」的咆哮，淹沒了「他仍活著！」的吶喊。

夷猷舉起一隻手。他雖衣裝襤褸、遭到火吻，還站不穩，但他的權威讓現場安靜下來，他說：「阿蘇達眾士兵，安甦爾的市民！」

然而被濃煙燻啞的嗓音沒能傳遠，大家都聽不見他說什麼。一名軍官向前一步，夷猷命令他退回去。「他，他！」夷猷用手勢要歐睿上前。「他們會聽他講話！詩人，對他們說吧。讓他們安靜下來。」

群眾見到歐睿，揚起一陣歡呼聲。他們大喊：「樂若！樂若！」以及「自由！」

在那片騷動中，歐睿對夷猷說：「假如我對他們說話，我會為他們說話。」

統領焦急地點頭。

於是，歐睿抬起一隻手，示意安靜。下頭的人紛紛咕噥著安靜，寂靜在廣大群眾中散播開來。

歐睿告訴我們，當時，該怎麼由前一個字進到下一個字，他完全沒有頭緒，而且，事後也不記得自己說了什麼，但別人卻記得很清楚，而且還把那段話寫下來：「安甦爾居民，剛才我們已經看見枯竭的噴泉重新流淌，我們已經聽見原本沉默的聲音說話。神諭吩咐我們，解放他們。今天我們已經照做了。我們解放了主人，也解放了奴隸。讓阿蘇達的男人都知道，他們已經沒有奴隸，讓安甦爾的居民知道，他們已經沒有主人。讓阿茲人保持和平，那麼，安甦爾人也將與他們保持和平。讓他們尋求結盟，那麼，我們也會同意結盟。為了給予和平與結盟一個活生生的憑證，請聽夷猷統領之妻，安甦爾的市民，緹柔・亞克說話。」

統領就算有被嚇到，也沒有表現在那張憔悴又炭黑的臉上。他站在那兒，除了盡力保持站立，並在緹柔說話時撐住自己以外，也沒能力多做什麼了。緹柔的嗓音既清晰又勇敢，但非常虛弱。整個廣場的民眾肅靜地聽她說，只是，鄰近街道仍有持續的喧嘩聲傳來。

「願安甦爾眾神明再受祝福，祂們將保佑我們享有和平。」她說：「這是我們大家的城市，讓我們像昔日一樣，合法守護它。讓我們再一次成為自由之民。願幸運神、樂若神，以及我們的眾神，都與我們同在！」

群眾隨著她的話語，揚起了「樂若！樂若！」的深沉頌讚。接著，群眾當中爆出一個男人的高喊：「還我們城市！還我們議事廳！」

當時在場的人都說，那是最危險的時刻：假如群眾挾持無可抵擋的巨大蠻力，硬擠上前占領議事廳，碰到堅守在那兒的軍隊，雙方必然開戰，而阿茲士兵將戰鬥至死方休。是夷猷向軍官發令，防止了一場大屠殺。而軍官又向士兵大聲下令，並以喇叭傳令，重新整頓士兵，迅速將他們從議事廳的臺階移到東邊，淨空臺階，讓狂野的群眾潮湧般奔入議事廳。歐睿說，是軍紀救了他們自己，也救了數千市民，否則所有人都將在雙方迎戰下共赴黃泉。當時，統領所下的命令是：「放下武器。」結果，即使被激動亢奮、有意報復的市民碰撞、推擠或攻擊，都沒有一個士兵刀劍相向。

為了躲避亂民急流，歐睿與佩爾跟一小群軍官聚在一起。這小群軍官再度將統領抬起來，跑向演講陽臺的東端，由側梯下樓，與正在樓下重整的軍隊會合。緹柔、佩爾和歐睿跟隨他們。大家為統領找來一頂轎子。等眾人將他安頓好，統領突然召喚歐睿。

「詩人，剛才你講得很好。」他說話雖然讓人聽不大清楚，但確實帶了致敬之意。「只是，我現在沒有權力可以與安甦爾結盟。」

「您最好把權力要回來，吾王。」緹柔銀鈴般的嗓音說。

老統領抬眼看她，顯然他終於看清楚她臉上的瘀青、腫起的眼睛、被扯掉的頭髮和頭皮上的血塊。他挺直上身，注意看、怒目看，然後喃喃低吼：「那該死的——該死的叛徒！讓阿熹神把他擊斃吧！他在哪兒？」

軍官們面面相覷。

「把他找來！」統領氣喘吁吁，咳了起來。

緹柔．亞克在轎子旁跪下，一隻手放在他一隻手上。「夷猷，你必須安靜一陣子。」她說。

他邊咳邊笑，同時抓緊她的手，他抬頭看歐睿，說：「你已經幫我們完婚了，不是嗎？」

好像經過很長的時間歐睿才返回高華世系，實際上，那才不過是當天下午稍早一點，但感覺如同過了一整年那麼久。

由於我的強烈要求，商路長曾進屋子吃點東西並稍事休息。但他隨即又回到接待廳。接待廳在宅邸的前棟，大家稱它做「高廳」。我這輩子從沒見它被使用過，它也完全沒有家具陳設。高廳有幾扇門，就是高華世系的前門，現在都打開了。商路長要求搬些椅子和長條椅擺在裡面。願意幫忙的人手可多了，不只從別的房間搬來，也有人從附近住家搬來。商路長在那兒坐下，以便所有來客都可以找到他。

他們果真來了，幾十人、幾百人。大家都來看神諭噴泉，來聽在場人士暢談神諭如何說話、說了什麼。就在那個時候我才頭一回明白，大家聽到的話語都不相同——要不然就是由於不斷重述，導致它一再被更改。人們來看望商路長，看望高華家的「神諭讀者」，跟他打招呼，向他諮詢。來者很多是勞工，有男有女，有些則曾經是商人、文官、市政區區長，以及議會成員。他們現在都窮，因為我們大家都窮。你無法根據穿著分辨誰是鞋匠、誰是船長。有的工人進來，只為了向宅邸的神明祝禱，向神諭讀者致意，他們表達完喜悅的敬意，隨即離開。但有的工人待著，與列位區長、議員、商人、大世系的成員一起談論所發生的事，並就「能做」與「該做」的事務，發表他們的意見。因為這緣故，我也頭一回明白當一個市民的職責是什麼，當一個商路長的職責又是什麼。

我陪同商路長待在高廳，一方面便於隨時聽候差遣，一方面也因為他要求我待在那兒。可是我卻發現待在那兒很難，因為其他人會以敬畏、懼怕的眼光看我。其中甚至有人對我做出膜拜的動作，我覺得那是毫無根據又可笑的舉動，而且我完全不知道要對他們說什麼。好在他們可以跟商路長談話，也幸好我得不時進廚房幫依思塔。依思塔簡直快要因興奮與不安而發瘋，因為宅邸終於又裝滿來客。「就像昔日好時光！」這話她一說再說。但她沒食物讓來到宅邸的這些客人享用。「我甚至沒辦法給他們水喝。」她說，忿懟的淚水湧上雙眸。「也沒有足夠的飲水杯！」

「去借吧。」波米說。

「不行，不行。」依思塔說，覺得被這想法冒犯了。但我說：「有何不可呢？」於是，波米飛奔去向鄰人搜羅飲水杯。我重返接待廳，談話對象是恩努蘿．開蒙，她是甦爾善．開蒙的妻子。甦爾善昨天晚上才來過——竟像一年前似的！——現在帶了妻子、兒子來坐坐，與商路長及其他人談話。我向恩努蘿說明我們的需求，結果很快地，開蒙世系兩個男孩搬來了五十個高腳杯給我們，並按吩咐告訴依思塔：「算是我們世系致贈給受祝福的神諭宅邸的禮物。」依思塔雖然繃著臉，但很難拂逆這樣的好意。有了杯子後，她又幾乎把波米和莎絲塔逼瘋，因為她們得端水給每位來客，然後把杯子撤走並清洗。依思塔還想要提供食物——當然是給每個人。但我想不出有任何方式可以要到那麼龐大的分量，於是我告訴依思塔，客人是來談話，不是來吃東西的。她再度沉下臉，咬咬嘴唇，轉身走開。那時候我突然醒悟，我等於給了她一道命令，而她默默承受了。

我走上前展臂擁抱她。好多年了，她不曾再賞我巴掌，但是，她也不曾獲得過我的擁抱。「遞補母親，」我說：「別犯愁！與我們宅邸的神靈與亡魂喜樂共處吧。客人所要的不多不少就是神諭噴泉的水啊。」

「噯，玫茉，我實在不曉得怎麼思考了。」她說著，離開我的擁抱，匆匆拍了拍我的肩膀。

那一天，我們沒一個人曉得怎麼思考。

等到歐睿終於回來時，他不是掃把星的尾巴，而是掃把本身：一長串民眾從議會廣場跟隨他來到我們家。他成了本城英雄。他在神諭噴泉旁止步，仰望不停歇的銀色水流，臉上浮現很多人臉上同樣有的驚奇笑意。桂蕊走過去迎接他，希塔關在校長房裡（桂蕊告訴我，希塔在房裡生氣地撕著又舊又髒的地毯）。歐睿與桂蕊擁抱了很久才步上臺階，走進接待廳。

每個人都來圍住他。他先向商路長致意，接著應眾人要求，敘述早上在議事廳的整段故事——就是我前面所寫的經過。其中有些段落，曾在高華世系和議會廣場之間來去的一些人已經告訴我們了，但追趕夷多和祭司團到囚房，找到夷猷與緹柔的部分，我們之前沒聽過，夷多的消失也同樣沒聽過。

假如歐睿沒辦法告訴我們他對群眾說了什麼，現場倒是有很多人可以講：「他那時候說：『讓他們乞求結盟，而我們准予結盟！』」一個老人大聲說：「以山帕神的耙子起誓，讓他們來乞求！讓他們爬著來！至於我們要不要批准，看我們什麼時候高興而定！」

那就是城市當天的情緒：凶悍的快感，好戰之情，幾乎無法克制的復仇意圖。

夷猷下令士兵遠離街道，留在議事廳南邊和東邊的營房區，四周派了哨兵站崗守衛。士兵們想到議會馬廄找他們的馬和同伴，試圖在營房和馬廄之間隔出一條通路，但廣場內的群眾不避醜行，亂擲石頭。於是統領下令部下留在自己的崗位——不管是營房或馬廄院落都一樣。

阿茲人謹慎地不挑釁、也不流露懼怕。他們所處的位置太容易變作圍城——可能早就是了。而懼怕的習慣一旦打破，市民就會醒悟，阿茲征服者當他們的主人這麼久，反倒是依賴市民供應日常所需；而且，不管阿茲人有多麼難對付、配備了多麼優良的武器，他們的人數畢竟少很多。假如夷猷對他手下施加的約束被誤解為軟弱、不願意作戰，很可能會引起一場大屠殺。

大家在接待廳談論這些。他們也談及迪薩克和他的同謀，說他們的計畫原本如何，後來怎麼出了差錯。而凱德．安卓——那個逃難到我們家的男人也在接待廳，他的親身經歷有人加以證實，並加入更多細節：負責縱火的那幾個人是安甦爾出身的奴隸，是阿茲朝臣的僕人和清潔工。燒掉大帳篷的主意就是其中一個奴隸率先提出。其他謀反者扮成奴隸，但配備武器，他們偷偷放這些真奴隸進入帳篷，大家一起準備，以便縱火計畫可以同時在幾處引燃，讓整頂帳篷頓時吞沒於火海當中。同時，迪薩克的人從兩個方向衝進廣場，攻擊守衛士兵。這些行動全部預計在黃昏祭典時執行，如此一來，火勢爆發時，夷多、夷猷父子和很多文武官員都會在帳篷裡。

可是，由於夷多想干擾歐睿朗誦，祭司們把祭典時間提前了。因此，襲擊時間也必須改變，但改變的訊息沒有傳達到所有的共謀者耳中，以至於縱火時祭典早已結束。夷猷因為遲到的關係，還在帳篷內祈禱，但夷多和主祭司團已經離開帳篷。火勢蔓延迅速，令人懼怕。在場的迪薩克人馬出手襲擊，但阿茲士兵很快集合，而且好像一點也不怕火——那是焚燒之神應允的擁抱啊。在打鬥、濃煙與混亂當中，夷猷狼狽地逃出火窟，這顯然只有夷多和祭司團看見。他們抓住他，把他帶進議事廳。那時候，士兵們正忙著把想逃跑和想攻擊的謀反者揪進那個大火爐，活活燒死。迪薩克是其中一人。我只想到歐睿告訴我們的，灰燼和炭屑構成的黑臭煙塵被群眾踩踏得到處飛揚。

一同聆聽這段故事的人陷入沉默好一會兒，才又把話談開。

「所以，夷多看到了他的機會。」有個男人說：「要是老統領死掉，好機會就來了。」

「為什麼他把夷猷關進牢裡？為什麼不乾脆把他解決掉？」

「畢竟是他父親嘛。」

「父子關係對阿茲人有什麼意義？」

我想到西姆，他是多麼以他父親為豪，連父親的馬匹也讓他自豪。

「他打算從那個老傢伙身上掙回自己的地位。他苦候十七年啦！」

「還有那個老傢伙的安甦爾情婦。」

「他以折磨他們兩人為樂。」

這句話讓大家沉默了。大夥不自在地瞥瞥商路長。

「那現在，他和他的紅帽子到哪裡去了？」一個女人問。市民痛恨阿茲祭司比痛恨阿茲士兵還要強烈。「我說啊，再怎麼躲藏他們總會找到他的。街上那麼多人，他們那一幫人別妄想活著逃走。」

她說的對。那天稍晚，我們就聽見了消息。因為不斷有一身灰塵、疲乏但激動的民眾從廣場穿過街道帶消息給我們。這些市民湧入議事廳，為這座城市奪回了議事廳。他們把阿茲文武官員使用過的物品和家具等等都扔出去。想不到，在那棟建築的圓頂小閣樓裡，撞見了夷多和三個祭司。他們被逮到樓下，鎖在地下室的房間——就是行刑室，夷猷和緹柔曾經被鎖上一晚，甦爾特・高華則在裡面被鎖一整年的地方。

那消息讓我們大家都放了心。夷多的信仰讓我們吃足苦頭，他自認上天派他來驅逐惡魔、摧毀邪惡，如今被關進牢裡，蒙羞受辱，我們都覺得，那個信仰的力量就此被打破了。雖然我們依舊有個敵人要對付，但那是一個血肉凡夫，而不是一尊精神錯亂的神。

也讓我們放心的是，湧進議事廳的民眾發現那幾個祭司之後沒把他們碎屍萬段，而是鎖起來，聽候某一種正義的發落——不論是我們這邊的正義，還是阿茲人那邊的正義。

「我們或許會比他父親更善待他。」甦爾善說。

「我猜統領不會溫和待他。」歐睿挖苦道。

「不會比你夫人和她的獅子更溫和。」佩爾說。他與歐睿會合後也來到這裡，整個下午協助歐睿對新抵達、想聽他們英勇功績和冒險的來客重述故事。「夷多面對神諭之書，在眾人面前退卻的膽小表現開啟了他的末日！桂蕊夫人，妳的獅子呢？她應該在這裡接受大家讚美啊。」

「她在大鬧脾氣呢。」桂蕊說。「今天是她的斷食日。所以我把她留在內室。恐怕，她已經吃下一小塊地毯了。」

「給她來頓饗宴，不要斷食了吧！」佩爾說完，大家都笑了，嚷著要獅子出來。

「她是唯一跟我們站同一邊的『阿茲』哪。」於是，桂蕊去把希塔帶出來。她真的情緒不佳。前天晚上的游泳過河和搭船過河，還有今早的群眾場景，她都不喜歡。她覺察到城裡持續不斷的緊張迫力。如同所有貓科動物，她也討厭騷亂、激動、變化。她走進接待廳，一邊哇啦哇啦哇啦低吼著，一邊怒瞪雙眼，露出猜疑神色。每個人都讓大位給她。桂蕊帶她去商路長面前伸展鞠躬。所有人又笑了，紛紛讚美她。大家要她重複敬禮的動作，對歐睿、對佩爾、對跟隨父母前來的三個小男孩的其中一人。結果希塔獲得好多好多款待，這才慢慢開心起來。

傍晚來臨。大廳漸暗，依思塔以及雅芭（就是緹柔的女伴）破曉時分捎來重大消息的女孩——拿著點燃的燈進來。依思塔曾經告訴我，在古代，那一向是請客人離開的信號。而今天，彷彿我們過去的習慣和做法再次重返，所有來客全部起身，一個個陸續向商路長告辭。他們也向歐睿、桂蕊，還有我告辭。經過門口時，他們也對宅邸的神靈和亡魂告辭。他們經過噴泉，望著水柱躍入傍晚的空中，也對泉與水之主祝禱。跨越地基石時，他們都彎腰觸摸地基石。

第十四章

那天夜裡，我躺在床上，睡眠離我之遠，似乎同於月亮。於是，我把這漫長的一天重新活過一次。我看見桂蕊與她的獅子立定，面對祭司團、士兵、還有那個金斗篷男人。我看見泉水躍入陽光。我看見商路長在我身旁邁開大步，步下我身邊的臺階，看見他在夷多和我們大家面前舉起一本書，然後聽見那個奇異又有穿透力的聲音：解放他們……這句話，與我自己曾經高喊的那句話，或曾藉由我發聲的那句話，一起在我腦海迴響：破碎修復破碎。有那麼一瞬間，我認為我懂了。

然而，我也再一次困惑了，我想起我到宅邸前廳與歐睿他們待在一起時，商路長曾回頭走向祕室，似乎是因為絕望而去那裡尋求慰藉。但他不可能深入到最裡面的神諭洞穴，因為那段時間不夠他走到那麼裡面。他必定是直接走到暗影端，從那裡的書架拿了那本書，然後就折返，穿過許多房間、走廊、宅邸的庭院，再邁開大步走去面對夷多。出去時不是個瘸子，不是個傷殘人，而是一個業已痊癒、業已完整的人。為了那個短暫時刻，為了那個時刻所需。

那時他已詢問過神諭了嗎？他早知道那本書說了什麼嗎？那是什麼書呢？

當時我所見的只是一本小書在他手中，並沒有看清它的書頁，所以我沒有、也無法閱讀書中內容。也因此，當時說話的確實是那本書，不是我。甚至，連它當時說了什麼我也無法確定了。到底是解放他們？或解放自己？或者僅僅是解放？我當時在腦海可以聽見那聲音，但苦於聽不見話語。我拚命想聽個明白，然而它們就是清清如水，悄然溜走。我那時望著噴泉，晨光照耀高華宅邸每一片屋頂，高揚的水花更顯燦亮……

然後，早晨真的到來了。清晨的日光在我小房間的牆壁朦朦亮開來。

這一天是恩努神的節日。恩努神讓旅人的道途輕省，使工作加速，使爭吵修復，並引導我們進入死亡。人說祂化身一隻黑貓，走在垂死靈魂的前方，假如靈魂有所猶疑躊躇，祂會停下來回顧，耐心坐著等候靈魂跟上。我們的神明沒有幾個具有形體或形象，只有樂若神是在石頭裡，迎泥神在橡樹或柳樹裡。但恩努神常常被雕刻成小貓咪的樣子，鑲上貓眼石的雙眼微笑著。我有一個這樣的雕像，曾經是我母親的，就放在我床邊的神龕內，我每天早晨夜晚都親吻它。高華世系宅邸內的恩努神神龕安置在內層庭院裡，曲形岩石置於一個基座上，基座表面還刻了貓咪走過的足跡。數百年來祝禱時的觸摸已經快把雕刻的淺淡紋理磨平了。

我起身著衣。拿了一只碗，到神諭噴泉取水。再去廚房拿少許餐點。然後到神龕，向恩努神獻祭。我在那兒遇見商路長，我們一同頌讚恩努神。

依思塔已為大家備好早餐。接著，與前一天相同，商路長依然去高廳坐在他的老位子，人們來與他談話，也與別人相互交談。整天如此。安甦爾共同體正在自形編織重塑，地點就在高華世系。

商路長希望我留在那兒跟他一起。他跟我說，族人希望我在那兒。那倒是真的。雖然除了問候之外沒多少人與我交談，但他們的問候帶著極深的敬意，我不禁以為我正在假扮某個重要人物。有幾次，大人叫小孩上前來送花給我，孩子把花放在我膝上或我腳邊，然後跑開。不消多久，我就被花飾淹沒了，覺得自己好像路邊的神龕。

我試著理解我在他們眼中是什麼模樣。他們在我身上看見昨天所發生的神祕現象——噴泉，神諭之聲，而我就是那個奧祕。商路長是他們的熟朋友和領袖，一個與昔日的連結，我則是他們當中的一個新角色。他是高華，我是高華的女兒，眾神已透過我說話。

但是，對於我的不言不語他們也相當滿意。我一逕微笑，未置一辭。充分的奧祕就已足夠。

他們想找商路長談話，想彼此交談、想爭議、想辯論、想打破十七年的沉默，所以才有滿滿的話語、熱情、爭執。他們就這麼做了。

有的來客說，他們應該去議事廳，會談應該在那裡進行。這主意讓他們興奮，大家躍躍欲試，想立刻抽身去議事廳，宣布議事廳是我們的政府所在。但，甦爾善·開蒙與佩爾·亞克輕鬆平靜地談到：行動前需要先凝聚力量，還需要擬訂計畫，並確實按計畫執行。假如不先進行選舉，如何召開議會？他們說，對於那種聲稱「權力乃個人權利」的人，安甦爾城向來戒慎恐懼。

「在安甦爾，我們不占用權力，而是借用權力。」甦爾善說。

「而且要向借貸者索取利息。」甦爾特不動聲色地補充。

老一輩人所說的話對年輕一輩是有分量的。年輕一輩對於安甦爾過去如何自治，要不是僅有很少的記憶，就是全無記憶。至於他們已不復記憶的政治體制，要怎麼著手恢復，他們也不確定。他們聽取佩爾的意見，因為他是歐睿的夥伴，是阿德拉的瑪拉，是本城的第二位英雄。我還發現，四大世系的任何人說話，其他人都懷著敬意聆聽。這份敬意的基礎無他，不過是習慣、傳統，以及響噹噹的姓氏罷了，這些現在大有用處，因為它們構成若干結構及尺度。否則，出現的狀況極可能是一場意見叫囂的競爭。甦爾特·高華在四大世系當中最受敬重，但他其實很少說什麼，反而讓別人說出他們的熱情和他們的理論，他自己只專心諦聽，默默處於核心。

他時常以目光向我徵詢，或是轉頭看我在哪裡。他希望我在他附近。我們的無聲默默牽起連結。

那天的時間持續過去。高華世系的來客當中，多了些有武裝的人：一大群男人，有的只是拿根棍子、棒子。但有的拿長刀、長矛（套著新鍛的矛頭），或是阿茲人的刀劍——那是兩個晚上之前，在街頭巷戰中從阿茲士兵取得的。現場進行一場沒完沒了的爭議時，我出去呼吸新鮮空氣，看看噴泉。之後又繞去馬廄探望顧迪，發現他在馬廄的鍛鐵區，正在鎚製一只矛頭，一個年輕人拿著一枝矛柄，站在一旁等候。

又回到前屋的高廳時，關於開會、選舉、法治的討論漸息，被突襲、攻打、屠殺阿茲人的多種計畫取代——只是沒有把「屠殺」公開說白而已。他們大談聚集力量、集結城市武力、儲備武器、發出最後通牒。

我不時思索聽見的內容，以及他們使用的語言。我納悶，是否男人比女人更容易不從身體與生命的角度去思考人，他們比較容易從數字、計量、心智玩具這些角度去思考人。玩具可以放在心智戰場上左挪右移。擺脫具體能帶給他們愉悅，讓他們振奮，並獲得解放，他們得以為了行動而行動，純粹為了操控數字、操縱遊戲棋子而行動。如此一來，對國家、榮譽或自由的愛，就可能只是徒託空名，只是使前面提到的那種愉悅有個堂而皇之的名目，以便對神明，對那些在遊戲過程中受苦、受害、受死的人有個正正當當的理由交代。所以，諸如愛、榮譽、自由等詞彙，真實意義都被降格了，最後被視作無意義的東西而輕蔑以待，詩人得拚上全部力氣，才能找回它們的真實意義。

近傍晚時，這些團體的首領之一，蓋柏世系的瑞特・蓋柏，一個鷹臉、帥氣的年輕人，極力主張採用他的計畫，把阿茲人全部趕出城。在場有人持反對意見，他於是轉向商路長求援：「高華！難道你沒有把那本神諭之書拿在手中，難道我們沒有聽見它說解放嗎？只要還有阿茲人在眼前奴役我們，我們要怎麼解放族人？那句話還不夠清楚嗎？」

「有可能。」商路長說。

「那麼，假如還不夠清楚，就再去詢問神諭呀，神諭讀者！去問它，現在是不是我們掌握自由的時刻！」

「你可以自己拿去讀。」商路長溫和地說，一邊從口袋拿出那本書遞給瑞特。他的動作不含威脅，但那個年輕人卻開始後退，然後站住，盯著那本書。

他是相當年輕的，也就與阿茲人統治下的很多安甦爾人一樣，也許從未碰過一本書、從未見過一本書——除了被撕碎、被扔進運河的那些以外。不然就是他被畏懼折服——畏懼不可思議的事和神諭。最後，他只沙啞地回答：「我不會讀。」然後，可能是出自羞愧，也想要恢復原本的挑戰態勢，他先速速瞥我一眼，然後說：「你們高華家的人才是神諭讀者。」

「閱讀曾是我們大家都具備的天賦。」商路長的聲音不再溫和：「也許，我們重新學習的時候到了。但無論如何，尚未理解我們已獲得的答案之前，再提出新問題是沒有用處的。」

「我們不懂的答案又有什麼用處？」

「在你看來，神諭噴泉的水還不夠清楚嗎？」

我從沒見過商路長如此生氣，那是一種冰冷如刀刃般的怒氣。那個年輕人又退了幾步，稍稍停頓後，他微微頷首，說：「商路長，我請求您原諒。」

「瑞特．蓋柏，我請求你運用耐心。」他回應，冰冷依舊。「在那噴泉流血之前，讓它先流水一陣子吧。」

他把那本書放在桌上，站起來。那是一本小書，暗褐色的布面裝禎。我不曉得給我們神諭的是這本書或者是別本書。

依思塔和莎絲塔提了燈進來。

「祝大家晚安，並祝好眠。」商路長說完，又拿起那本書，跛著離開眾人，走向幽暗的走廊。

大家溫順地向我道晚安，陸續離開宅邸。但很多人走到庭院的鋪石地迷宮，又在那裡逗留、交談。不安不寧的感覺瀰漫全城。溫熱、起風、漸暗的空氣中有股擾動。

桂蕊從屋裡出來，用皮帶牽著希塔，對我說：「我們散步去議會丘吧，看看事況如何。」我欣然答應。她說，歐睿在屋裡寫東西。這一整天他幾乎都關在房裡。她說，歐睿不想參與那些討論與爭辯，一則因為他不是安甦爾市民；再則，他明白不管他說什麼，大家都會熱切地抓住，並賦予其過多的分量。「那讓他很煩憂。」桂蕊說：「讓他同樣煩憂的是，感覺像要發生大事、要發生暴力事件、要發生致命而無從挽回的事情……」

散步時，碰到不少民眾向我們招呼致意，並向桂蕊和她的獅子敬禮，因為是她們連袂帶頭勇敢面對夷多與祭司團。桂蕊微笑，簡短靦腆地回應那些招呼，不至於引來進一步交談。

我說：「當個英雄讓妳惶恐嗎？」

「是啊。」她說。她微微笑，並投來一瞥。「妳也一樣吧。」她說。

我點頭，帶路走出高華街，轉到一條偏僻小路，不會碰到別人，可以一邊散步、一邊安靜講話。

「起碼妳習慣了這些民眾。啊，玫茉，真希望妳見過我的家鄉！安甦爾這裡光是一條街的房子，就比整個高山區的全部房子還要多。以前，我習慣好幾個月、好幾年碰不到一張新面孔，也習慣一整天沒講半個字。我以前不是跟人類居住，而是跟狗兒、馬兒、野生動物還有群山一同居住。至於歐睿……我們都不曉得如何與外人共同生活，除了歐睿的母親湄立。她來自平地，德利水城。她好慈愛啊……我認為，歐睿的天賦來自他母親。她以前常跟我們講故事……不過，若說像誰，歐睿與他父親最像了。」

「怎麼像呢？」我問。

她深思一下才說：「凱諾是個出色又勇敢的男人，但他畏懼他的天賦，所以把自己的心藏了起來。有時候我看歐睿也做相同的事。即使現在也一樣。承擔責任很難的。」

「卸除責任也同樣難。」我想到商路長的人生，想到我這麼多年來所認識的他。

我們走到金匠橋時重回高華街，從那裡上坡，就到了議會廣場。廣場好多人四處遊走，大部分是男人，很多帶了武器。有個人正在議事廳的陽臺上對群眾滔滔不絕演講，但沒有很成功，因為聽眾都只過來聽一下就離開。廣場東側有一條堅固的防線，組成分子有男有女，有的人走動著，有的人坐在地上。大家並肩守護那地盤，並且保持高度警戒。我走過去跟一個女人談話，她是我們的鄰居瑪俐。瑪俐告訴我們，大家在那兒是為了「看著小孩，免得他們鬧事」。他們這條線再過去的下坡，有火炬提供足夠的照明，可以清楚看見，那是阿茲士兵的封鎖線，守衛著營房。組成防線的市民把自己當作群眾與士兵之間的路障，阻隔想找機會打鬥或隨意亂丟石頭的年輕人，免得他們臨時起意突襲或羞辱阿茲人。要是有誰想刺激士兵發動暴力之舉，都得突破這條市民同胞組成的防線。防線橫越廣場，一直連到馬廄那邊，就是我曾經與西姆坐著閒聊的地方。

「你們實在是卓越非凡的族群。」回程穿越廣場時，桂蕊對我說：「我認為你們骨子裡一直是和平的。」

「希望是。」我說。我們走到廣場中央，原本大帳篷就是搭在這兒。火燒後的殘骸已經不在，不見帳篷的蛛絲馬跡，只除了發黑的鋪石地，還有腳踩時稍微作響的灰燼和炭屑。我們正走在迪薩克身亡處——他活活燒死在自己所安排的大火中。我全身發抖，希塔則是揚起頭，發出一聲長長的呼吼。我仍記得她如何瞪視迪薩克，如何不喜歡他。

我看見他在世時的樣子，背脊挺直，英勇熱情，與商路長談話時顯得自負——「我們將再相會，以自由民的身分在自由城相會！」他曾經這麼說。他的亡魂在我們左右。回程，我們過橋後，在運河護欄稍停。我們曾經在那裡目睹一個男人被拋下去摔死。我們低頭看暗黑的運河，河面反映橋上幾戶人家透出來的一、兩盞微光。希塔低吼幾聲，告訴我們，她不想再下去運河那兒，不想游泳回家。一群男孩從我們身旁跑過，一邊喊叫那天我曾在街頭聽過幾次的話：「阿茲人滾蛋！阿茲人滾蛋！阿茲人滾蛋！」

「我們下去樂若石那兒吧。」我說，我們前進。在這個奇異的夜晚，整座城市不眠不安，我們誰都不想進入城區。而且散散步很好，尤其安靜坐了一天聽人談話之後。我們走捷徑，從蓋柏街上的斜橋走到西街，再走到樂若石。那裡已聚集好多人，大家安靜等候，準備做我們也同樣要做的事：觸摸樂若石，向支撐平衡的樂若神祝禱。

我們往回爬上西街時，我說出沒料到自己會說的話：「桂蕊，妳和歐睿一直沒有小孩嗎？」

「有，我們曾經有個女兒。」她回答時嗓音平靜。「她在美生城死於熱病，只活了半年。」

我語塞了。

「算起來，現在她應該是十七歲。玫茉，妳多大啦？」

「十七歲。」我覺得很難說出口。

「跟我猜想的差不多。」桂蕊說著，朝我微笑。我在高橋的暗淡燈火下望著她的微笑。「她名叫湄立。」她說。

我念那個名字，並去感覺那個小亡靈的觸摸。

桂蕊向我伸出空著的那隻手，我們手拉手向前走。

「今天是恩努神的節日。」走到高華街轉角的地方時，我說：「明天是樂若神的節日，平衡即將返回。」

才早晨而已，平衡就好像已經返回：一大早，我們就聽說大批群眾齊集議會廣場，倒是沒有出現暴力，但很吵鬧，而且堅定要求阿茲人當天離開安甦爾城。商路長與歐睿稍作協商，然後兩人一起走進高廳。歐睿表情緊張壓抑，先對桂蕊講了一下話，桂蕊隨即把希塔牽去鎖在校長房內，同時，顧迪牽出他們的兩匹馬。歐睿登上布藍提，桂蕊登上星兒，我則跟在她後面跑，一起隨歐睿穿過高華街的群眾。大家都樂意為我們讓路，還高聲呼喊歐睿的名字。

廣場上，士兵陣線前方那條市民防線依舊固守著。歐睿直接騎馬到防線旁。他詢問市民和士兵，能不能與夷猷統領對談。他們馬上讓他通過。歐睿下馬，跑下直通阿茲人營房的臺階。

這時，我置身群眾當中，牢牢抓著布藍提的轡頭，像個真正的馬童。布藍提其實不大需要抓牢，因為他穩定站立，保持警戒，不受周遭騷亂所擾，我努力模仿他。星兒不時搖頭，假如民眾靠得太近，她就又是噴氣又是跺腳——我試著不模仿她。應該說，我很高興兩匹馬幫我們在周圍留下一點空間，畢竟這麼多人實在讓人吃不消。我無法清晰思考，各種情緒在我心中奔流：得意、擔憂、激動。這些情緒其實流經我們全城每個人，宛如陣風——暴風雨將臨之前穿透樹木枝葉的陣風。我抓牢布藍提的轡頭，望著桂蕊平和沉靜的臉龐。

議事廳臺階附近響起低沉的高呼聲，每個人都轉頭看那方向，但，那麼多人頭和肩膀橫在前面，我什麼也看不見。桂蕊碰碰我的手臂，示意我跨上布藍提。「我不行！」我說。但我連自己的聲音也聽不見，而她已伸手要充當馬鐙，附近一個男人說：「上去吧，女孩！」於是，忽然間我莫名其妙就坐在布藍提的馬鞍上了。桂蕊自己躍上我旁邊的星兒。「看！」她說，我依言遠望。

有人站在演講陽臺上：一個女人穿著暗褐色和白色的條紋袍子，歐睿穿黑色的外套和褶襉短裙。在我眼裡，他們有如肖像，很小，但很明亮。群眾正在高聲唱頌。有些人喊的是：「緹柔！緹柔！」我們附近一個男人卻憤怒地喊：「阿茲人的妓女！統領的妓女！」不過馬上就引起一些人以相同的怒火對他咆哮，另一些人則試著安撫並分開他們。

我在馬背上踩不到馬鐙，高高坐在馬鞍上，我覺得非常沒有安全感，但布藍提立定如岩石，讓我在群眾的推擠及踩踏之間還有最起碼的安全。吵雜聲漸漸平息，歐睿舉起他的右手。「讓詩人說話。」群眾高聲說，於是，安靜慢慢在人群裡擴散開來，有如噴泉的水擴散在那個寬水池內。等他終於開始說話，聲音響遍廣場，雖然遙遠，但清晰嘹亮。

「今天是樂若神的日子。」他說，但很久無法再進一步說什麼，因為全體群眾開始了那個深沉緩慢的頌唱「樂若，樂若，樂若！」這時，淚水盈滿我的眼眶，呼吸卡在我喉嚨裡，我也跟著大家一起頌唱「樂若，樂若，樂若！」最後，歐睿又抬起他的手，頌唱於是在廣場周邊的街道漸漸散去。

「我不是安甦爾市民，也不是阿蘇達人——各位願意讓我再次對你們說話嗎？」

「願意！」群眾高吼，接著：「說！讓詩人說話！」

「緹柔．亞克，安甦爾的女兒，阿茲統領的妻子，現在同我站在這裡。她與她丈夫要我對各位說：阿蘇達士兵不會攻擊你們，他們不會干涉你們，他們不會離開他們的營房——以上是夷猷統領的命令，他的士兵會遵守。可是，假如沒有昧中城國王的同意，他無法命令士兵離開安甦爾。因此，他在等候昧中城捎來消息。而他本人，以及緹柔．亞克，還有我，乞求各位的耐心，並以和平的方式，而非以流血的方式拿回你們的城市、宣布你們的自由。我，親眼目睹那位被背叛、被監禁的統治者獲得解放。我，與各位目睹枯竭二百年的噴泉湧出泉水，還與各位一起聽見那個出自沉默的高聲呼籲。我，你們的客人，與各位一起等候樂若神向我們彰顯『平衡』如何降臨，並看看我們是要摧毀或重建，要陷入戰爭，或是走入和平——在這段等候期間，緣於各位的待客隆誼，以及安甦爾城的眾神恩典，就容我以一個故事回報大家，這是一個戰爭與和平的故事，一個奴役與自由的故事！各位想聽《先邯集》的故事嗎？各位想聽邯達在安邊被迫當奴隸的故事嗎？」

「想聽。」群眾的聲音有如青草地上一陣美妙的和風，大家都可以感受到我們內在的緊繃鬆弛了，每個人都心懷感激，感激那道讓我們擺脫恐懼、激動、不理性的聲音。即使只維持一下，只維持說個故事的時間。

西岸全境其他地方的人早就知道那個故事。即使在書籍已遭摧毀的這兒，群眾當中還是有很多人知道那個故事，或者，起碼都知道那位英雄的名字。可是也有很多人從沒讀過那個故事，也沒聽人講過。至於在廣大人群中聽它被人公開大聲講述，更是前所未有的大事，是歐睿送給我們的大禮，代表我們的傳承乃是我們的權利，我們的英雄屬於我們自己。歐睿講述時，彷彿自己以前從來不曉得那故事，直到現在才突然發現它。彷彿邯達被埃洛克背叛也讓他驚駭莫名，彷彿他與邯達一同被鏈、被打，並在遭苦刑、在老亞弗歸天時，與邯達一同哭泣。又彷彿奴隸們冒生命危險，協助英雄逃亡時，歐睿也一同擔憂。歐睿說到在安邊宮殿內對峙的段落，講到邯達解開暴君尤蒽的鎖鏈，要他離開安邊，對安邊的叛軍說：「自由是一頭鬆綁的獅子，是正在升起的太陽：不管在哪裡，你都無法攔阻它。給人自由，自己才有自由！解放別人，自己才得解放！」這些已不是我曾經展讀的《先邯集》故事，而是歐睿用他自己的話語講述他自己的故事。

打從那時，我總聽到人們堅稱，神諭之聲在高華臺階上說的是：解放別人，自己才得解放。或許真的是那樣。

無論如何，議會廣場上的群眾聽到這裡，發出如雷聲響。廣大群眾聽到了想聽的話，都會發出這樣的聲響。歐睿把故事講完時，群眾不是沉默，而是報以高聲讚美。他們情緒歡快，彷彿親身經歷被人從拘禁或懼怕的桎梏中解放，自由了。大家蜂擁上前，團團圍住議事廳陽臺上的歐睿，桂蕊與我根本沒半點兒機會靠近他。不過，從馬背的高度，我們可以瞧見他和緹柔。緊接著就看見群眾開始圍繞他們兩人，抬起他們，慢慢走向高華街。桂蕊躍下星兒，過來幫我把馬鐙的長度縮短，再重新躍回她的馬鞍，大聲對我說：「兩膝夾緊，別管韁繩。」於是我們啟程了，周遭淨是屬於我們自己的讚美和玩笑和呼喊。這是我生平第一次騎馬，我們離開廣場，穿過高華街的三座橋，返回高華世系。

群眾都讓路給我們，所以我們很快就追上歐睿和緹柔。我們在自家馬廄下馬，我奔回宅邸，剛好及時看見緹柔與商路長在高廳相會。一見到她，商路長站起來，她則伸出兩手，跑過去呼喚他的名字：「甦爾特！」兩人相擁，流下眼淚。年輕時，他們曾是朋友——說不定還是戀人。昔日年輕、富有、快樂時，他們已認識彼此，如今分開多年，各自經歷了羞辱和痛苦。他瘸了殘了，她剛被打過、頭髮被硬扯掉。我還記得，很久以前，商路長曾經溫柔地對我說：「人生有很多可哀泣的事，玫茉。」當下，我也哭了，為他們兩人而哭，為塵世傷悲而泣。

我站在甬道內側，想掩藏我的淚水。歐睿來到我身邊。他臉上仍有不知所措的光采，因為大受讚揚，也因為群眾的力量讓他失了神。但這時，他伸出一隻手臂摟摟我雙肩，柔和地說：「哈囉，偷馬賊。」

好像歐睿與樂若神合作輕觸了「平衡」。那天以及隨後幾天，城內仍相當不安，但已不那麼劍拔弩張、不那麼一觸即發了。憤怒的話語仍多，但揮舞的武器少了。議事廳已經開放，供作選舉計畫的議辯場所。

持續有人來到高華世系，有的在高廳談話，有的去庭院跳迷宮舞。我目睹一些女士在迷宮鋪石地上跳舞，總算見識到這種舞步。一、兩天後，依思塔也置身其間，手上還拎著廚房擦碗巾呢，但她表情不悅，說：「你們都跳錯啦。唱『耶呵！』的時候要在這裡轉方向，跳到那邊的時候再轉一次。」她示範給那些女士看，教她們怎麼把「祝禱舞」跳對。示範完、教導完，她又回廚房去忙了。

依思塔賣力工作。波米、我，甚至莎絲塔也一樣。人們持續帶禮物來到宅邸。都是食物，因為大家曉得，訪客川流不息，以我們世系慇懃好客的門風，食物必定吃緊。對這些禮物，依思塔勉強自己接受了，但她倒不是把它們看成禮物、尊榮或進貢，而是看成積欠商路長與世系的債務：過去沒有清償的債務，現在來還了。因此，她的腦筋開始運轉，安甦爾城很多人也一樣。如果說我們骨子裡有和平，我們骨子裡也有貿易交流。

雅芭隨緹柔回去幫忙照顧夷猷，他的燒傷很嚴重，痊癒緩慢。第二天，緹柔從營房差派三個女人過來宅邸，協助宅邸的家務。她們與緹柔一樣都曾是安甦爾的民女，但被抓去營房給阿茲士兵當奴隸。由於緹柔贏得統領的喜愛，她才能幫她們從純粹的壓榨狀態解脫，成為體面得多的奴役。其中有一個在十或十一歲就被抓去供人差遣，她的腳有點跛，人有點蠢，但只要交代給她可以單獨進行的清潔活兒，她都很認真並且很滿足地工作。另外兩位過去出自赫赫名門，本就曉得怎麼整理家務，所以成了我們的有力幫手。

一開始，依思塔打定主意冷淡對待她們，而且想防止她們跟莎絲塔和我說話——嗳呀，看看她們這些年來是什麼身分嘛。當然，那不是她們的錯，但無論如何，她們就是不宜當好人家女孩的朋友……等等。然而，她們和我可都不管這些。其中一位有個男朋友，是她當奴隸期間認識的。他跟隨女友也搬進宅邸，宅內一些粗重活兒就由他接手。

顧迪與他很合得來，因為他也曾經是個車匠，有本事利用兩輪車和四輪貨車壞掉的零部件，拼湊出一輛四輪馬車。那些壞掉的零部件，顧迪已陸續收藏好幾年了。

因此，不出幾天，宅邸一下增添不少人丁、不少人氣，我喜歡這樣。人聲多一些，亡靈少一點。秩序多一些，灰塵少一點。現在，不只我的手觸摸神龕，很多隻手也觸摸那些神龕，傳達信仰。

但這些日子裡，我很少見到商路長，頂多只有群眾在場的公開碰面。

自從神諭透過我說話那一晚，我也沒再進去祕室了。

我的生活突然全面改觀：我活在街道上，不在書本中。而且整天跟好多人說話，不再只是夜晚與一個男人說話。而且，我心裡被歐睿與桂蕊塞滿，有時甚至都沒想到商路長。當我為此感到慚愧，我也有理由原諒自己：與他親近的只有我一個人時，我對他而言是重要的。但現在，他再也不需要我了。他又變成真正的商路長，有一整座城市與他作伴，他沒有時間可以給我。

而我也沒有時間進祕室，無法如同過去許多年那樣，在夜晚進入祕室。現在，我白天忙碌，晚上疲倦。親吻了我的小恩努神，我倒頭就睡。我的城市死亡時，祕室中的書本讓我活著；如今，這城市正在回復生命，我就不再需要書本了。沒有時間，沒有需要。

如果說，我害怕去那兒，害怕那個房間，害怕那些書本，我也沒有讓自己發現。

第十五章

初夏那段期間，彷彿我們把阿茲人遺忘了，彷彿他們繼續留在城裡也沒有關係。在營房區還有議事廳的馬廄，日夜有武裝市民志願者密切看守，他們形成類似民兵部隊的團體，接力負起守衛責任。就算在議事廳裡，所有談話也都是關於安甦爾，無關阿茲人。每天有會議進行，參加人數雖然眾多而且喧嘩，但都由昔日對治理有經驗的人帶領，他們決心恢復安甦爾的權力與政府。

佩爾．亞克是這些計畫和會議的核心。他三十歲不到，但天生具備領導風範。他的活力與智慧使那些長者不至於太快落入「我們一向那樣做」的窠臼。他質疑「我們一向那樣做」的方式，並問，是否可能有更理想的方式。因此，逐步成形的議會組織章程得以擺脫很多無用的傳統特權和統治方式。我時常前往那些開放參加的會議，聆聽他和別人談話，大夥兒都精神奕奕，充滿希望。佩爾每天來高華家向商路長請益。甦爾善．開蒙帶他兒子甦爾特．開蒙同來，他們經常主張，每件事都應該按照過去的做法，但他妻子恩努蘿卻支持佩爾的各項提議。商路長也一樣，只不過，他比較婉轉迂迴，總是努力取得共識，不致陷入空泛的意見之爭。

一個陽光普照的早晨，他們正在為「選舉日」訂定計畫，有個消息不出一個鐘頭傳遍了全城：一支阿茲軍隊正穿越伊斯瑪丘陵前來。

起初，這只是個可信度不高的傳聞，起於某個牧羊人說他瞧見阿茲士兵。後來，有個船夫從桑笛斯河順流而下，進城證實了這個傳聞：他看到一隊士兵，行軍經過伊斯瑪丘東麓，現在可能已經進到河流源頭上方的鞍部了。

於是驚慌四起。民眾跑經宅邸，高喊：「阿茲人來了！」群眾不斷湧入議會廣場和各條街道，各種武器又紛紛出籠。男人趕到沿東運河外緣興建的舊城牆，趕到伊斯瑪丘陵進入城市的道路大門。舊城牆在阿茲人取城時，已毀掉大半，現在市民趕緊設置路障，橫跨道路和伊斯瑪橋。

那天，來到高華世系的民眾都驚駭莫名，人人尋求指引。十七年前城市陷落的情景，太多人還記得清清楚楚。佩爾與其他能陪他們談談的人都在議事廳。商路長一直安撫他們，所幸他們還肯聽他的安撫。但過不了多久，商路長就叫我去走廊私下談話。

「玫茉，我需要妳協助。」她說：「歐睿無法穿過群眾，因為大家會把他攔下來，要他告訴大家怎麼辦。所以，妳能不能設法突破種種防線，去找緹柔、夷猷，弄清楚他們對這支士兵武力有什麼了解，是否統領改變了他給軍隊的命令？然後傳話回來給我好嗎？」

「好的。你有什麼話要帶給他們嗎？」我問。

他注視我。之前翻譯雅力坦語的書時，如果我碰巧翻譯得十分正確，他也是這樣注視我。並不吃驚，反倒極開心、極讚賞。「到時候，妳自然知道該說什麼。」他說。我穿上我那件男孩裝扮的束腰短袖外衣，還把頭髮綁在後面。現在百姓認得我了，但我不希望被認出來、不希望被攔下來問問題。所以，我以混血男孩孟木的身分前往。

我順著高華街走一會兒，該閃的時候閃、該擠的時候擠，沒什麼問題。但過了金匠橋就沒輒了——群眾擠得水洩不通。我跑下那天晚上我們走過的階梯，一邊回想當時聽見的踩踏聲、呼喊聲，還有濃煙氣味。我順著運河跑到堤岸，越過堤岸，下到運河的東岸，從那裡可以取捷徑到運動場和競賽場。兩個場地現在都空蕩蕩沒人使用，但我看見阿茲士兵的守衛線，沿著馬廄後面議會丘的長緩坡延伸。所以我唯一能做的就是爬過議會丘，直接朝他們走去。我的心臟怦怦怦，越跳越猛。

士兵們站著沒說什麼，只是望著我。兩把十字弓弩瞄準我。

我走到距離他們十英尺的地方止步，努力平穩呼吸。

那些阿茲人的容貌，比我此生這些年來見到的所有阿茲人都更陌生。他們氣色很差，淡色短鬈髮在帽盔底下冒出來，眼睛顏色很淡。他們盯著我瞧，面無表情，不發一語。

「統領的馬廄裡有沒有一個名叫西姆的男孩？」我說。我的聲音非常微弱。那條防線內，最靠近我的六、七個士兵，過了很久都沒一個人移動或說話，我以為他們不打算回答了，最後，我正對面那一個說話了——他沒有十字弓弩，只有腰帶上一柄刺刀，他把一隻手放在刀柄上：「有又如何，小鬼頭？」

「西姆認得我。」我說。

他的表情顯示了他的疑問：那又怎樣？

「我的主人，高華商路長有個訊息交待我，要傳給夷猷統領。我沒辦法通過路上的群眾，也沒辦法通過防線。但訊息很緊急。西姆可以為我擔保。告訴他，孟木來了。」

士兵面面相覷。他們協商了一會。「讓這小鬼過去吧。」其中一個說。但其他人說不可以。最後，最靠近我的那個刺刀手說：「我帶他進去。」於是，我隨他兜一大圈，走過馬廄後面頗長的一段路。對這過程，我未能每時每刻都記得清楚。當時全心投注在目標上，至於怎麼到達，無關緊要。細節被凌駕一切的緊急吞沒了。但我確實仍記得這幾件事：刺刀手帶我到他長官的小辦公室，西姆進來，向那位長官敬禮，然後僵硬立定。「你認得這個男孩？」那位長官問。西姆沒有轉頭，但視線移到我這裡。他的表情整個變了，變得柔和，有如莎絲塔注視歐睿時的表情。西姆的嘴唇顫抖，他說：「是的，長官。」

「唔？」

「他叫孟木，是個馬童。」

「誰的馬童？」

「詩人和獅子女人。之前，他曾跟隨他們來過。他住在惡魔宅邸。」

「很好。」那長官說。

西姆站立沒動。他的視線又飄向我，帶著乞憐的意味。他看起來比之前蒼白，也沒那麼多痘痘了，但顯得疲倦，與我這輩子見到的很多安甦爾百姓一樣。此外，他也顯得飢餓。

「你攜帶一份訊息，是詩人克思要給夷猷統領的。」那長官對我說。

我點頭。用詩人克思這大名做為通關語，可能比高華商路長的名字安全些。

「把訊息告訴我。」

「不行。訊息是給統領的，或者給緹柔．亞克。」

「惡霸熹！」那長官說。過一會兒我才了解，他是在咒罵。他又上上下下打量我全身。

「你是阿茲人。」他說。

我沒說話。

「關於有一支阿茲軍隊正通過鞍部的事，外面那些市民怎麼說？」

「他們說是有一支軍隊沒錯。」

「軍力有多大？」

我聳肩。

「惡霸熹！」他又講一次。他是個矮小，容貌滄桑的男人，年紀不輕，同樣顯得飢餓。「注意聽好，我沒辦法通過防線到營房，因為營房和馬廄之間有市民防線。假如你走得過去，那就去吧。也幫我帶個口訊，告訴統領，我們這兒有九十個男丁和馬匹，飼料充足，但糧食不足。你們兩個都去吧。聽見了嗎，見習生？」

「是，長官。」西姆說。我可以看見他的胸部因為一個深呼吸而飽滿。他再次敬禮，就地旋轉回身，大步走出去。我跟隨他後面，那軍官跟隨我後面。軍官帶我們穿過哨兵防線，然後我領頭穿過那條與他們相對的市民防線，尋找認識的面孔。瑪俐不在那兒，但她妹妹蕾米在。我輕輕鬆鬆說服她讓我們通過，只說：「商路長有個訊息要給緹柔夫人。」

一走到外頭空濶廣場的市民群眾當中，我們就暢行無阻了。所幸西姆沒穿制服，僅一邊肩上有個藍色繩結。只有一個人看到我們的頭髮，說：「那兩個小孩是阿茲人嗎？」不過我們已經混跡人群中了。我們推擠、被咒罵，繞過馬廄東端，橫越議會廣場下方的臺階，靠近營房區時，必須再度面對市民防線。我又一次找到一張認得的面孔，顧迪的老朋友之一，丘銘，但我已不記得我說什麼話獲得通行。丘銘與他對面的阿茲衛兵說話，我記得經過好一段討論。反正，我們通過了兩方防線。一名守衛帶我們橫越營房區的閱兵操場，一邊呼喊西姆的父親。

我看見西姆的父親跑過來。西姆停下來站定，正準備向長官父親敬禮，他父親一把將兒子抱進懷中。

「爹，勝利的狀況很好。」西姆說。他在哭。「我盡可能帶她做運動。」

「好。」他父親依舊抱著他。「做得很好。」

從營房裡一下出來好多士兵和軍官，我們經過那長串建築物和附屬建築物時，一路有大隊護送。每逢有軍官攔下我們，西姆和他父親都在場證實，我的確來自惡魔之家，就是歐睿克思詩人目前下榻的地方，帶著詩人的口信。最後，來到了這排建物的最後一棟，士兵和軍官都退下。我單獨繼續前進，發現西姆盯著我看。我先經過一名門口守衛，接著進入一個狹長房間，房間有長窗俯看東運河的河彎。緹柔．亞克迎上前。

一開始，她認不出我，我還得自報姓名。她拉起我的雙手，接著擁抱我。而我，純粹因為寬了心，差不多也要哭了。但我得傳遞訊息。

「商路長派我來。他切望知道，統領對於正從阿蘇達前來的軍隊知道些什麼。」

「玫茉，最好由妳親自對夷猷說。」緹柔說。她的臉孔依然腫脹、無血色，頭部包紮著，可是那繃帶也成了她身體的一部分，像頂小帽子，沒有什麼東西能使她變醜。她具有一種甜美自在的氣質，僅僅是談話也能安撫人心。因此，她帶我穿過那房間，到夷猷統領床邊時，我沒有如同預料的那麼害怕。夷猷統領背靠一大堆繡花枕頭而坐。有一塊紅布從天花板垂到床頭，因此，靠近那張床有如進入一頂帳篷。統領的雙腿和雙腳都從被罩底下伸出來，布滿皮開肉綻的燒傷和黑色疙瘩，看起來就覺得痛。他像一隻被鏈住的隼鷹般瞪著我。

「你是誰？你是阿茲人還是安甦爾人，男孩？」

「我叫玫茉・高華。」我說：「派我來找你的是商路長，甦爾特・高華。」

「哈！」統領說。原本的瞪視變成審視。「我見過你。」

「歐睿・克思來為你朗誦時，我曾經跟著一起來。」

「你是阿茲人。」

「假如我為你生個孩子，你很可能同樣認為那孩子是阿茲人。」緹柔說話，既溫柔又十足女人味。

他扮個鬼臉，明白了意思。

「假如是詩人派你來，你帶了什麼訊息？」

「是商路長派我來的。」我說。

「夷猷，如果說安甦爾有領導人，那就是高華商路長了。」緹柔說：「歐睿・克思是他家的客人。如果你和他能保持連繫，那就再好不過。」

他嘀咕一聲。「為什麼他派你來？」他追問我。

「派我來問明：你是否知道，為什麼有士兵從阿蘇達過來，他們有多少人？還有，他們抵達後，你是否會改變之前下達給軍隊的命令。」

「說完了？」統領說。他看著緹柔說。「神明在上，這小孩可真沉著冷靜！肯定出自你們家族。」

「不是的，吾王，玫茉是高華世系的女兒。」

「女兒！」統領說。審視又變成瞪視，瞪視最後轉變成瞇眼。「原來如此！」他說，幾乎是投降的語調。他不舒服地扭動，臉部痛苦地皺起，然後搔搔燒掉一半的鬈髮。「妳認為，我應該讓她帶著一長串我的策略和意圖回高華家，是不是？」

「玫茉，」緹柔問：「市民打算攻擊營房嗎？」

「假如他們眼看一支軍隊從東路下山來，我想他們會攻擊的。」我說。那天早上，我的確聽到有人再三主張那樣的提議：「增援部隊抵達之前，先將本地的士兵清除！」

「在他們又拿走城市之前，我們得搶先奪回！」

「那又不是軍隊！」夷猷幾乎動怒了。「只不過是統領的統領派來的信使而已。兩週前，我先派去一個信使。」

「我想，市民們最好知道這件事。」緹柔說，溫和依舊。我補充道：「要快！」

「怎麼，你們以為我的羊群起來造反了，是不是？」他語氣尖刻、譏嘲、挖苦，也許是針對他自己吧。

「對，他們是造反了。」我說。

「連獅子群都被他們扭轉方向了，是不是？」他仍是剛才的語氣，而且又瞥了我一眼。他沉思半晌，接著說：「假如情況有那麼糟，我倒希望來的是軍隊……但我很懷疑。」

「吾王，最好了解一下。」緹柔說。

「我沒辦法去了解呀！現在我們被監禁在這裡。你們那群在山下趕築工事、強固橋梁的白痴大可派遣幾個偵察兵，騎馬到東路查明這支軍隊有多少人吧？」

「他們肯定那樣做了。」我說著，心中一痛。「也許阿茲士兵把他們殺了。」

「唔，事實未知之前也只能賭一賭。」統領說：「但我要賭的是：並沒有軍隊，而是一名信使，帶著十五至二十名衛兵。就這樣告訴妳的商路長吧。也告訴他，要是他能夠，別讓他的獅子羊受到驚嚇、東逃西竄。叫他來這裡吧，來廣場。要是他願意的話，跟詩人克思一起來。到時候，我會叫人把我抬出去，我們可以向群眾說話，讓他們平靜下來。我聽說，前幾天，克思就那樣做了。應用尤葸與邯達的故事讓民眾平靜下來。神明在上，他真是個聰明的男人！」

我還記得，公開與歐睿和文武百官談話時，統領多麼有禮，甚至講究詞藻修飾。可是現在，他講話直率粗糙，想必是身體疼痛的關係。另外，也可能因為他此刻談話的對象只不過是兩個女人罷了。我努力想以僵硬的禮儀應答，但一開口，火氣就上來了：「閣下，商路長不是隨時聽候你吩咐。他一直在家，假如你想要他協助維持和平，就親自去找他。」

「夷猷，甦爾特．高華跟你一樣瘸腿。」緹柔說。

「他是嗎？他是嗎？」

「酷刑造成的。」我說：「你兒子囚禁他時對他施刑。」

這個老男人本來被我的無禮激怒了，但聽完這話，他注視我良久，然後才把頭轉開。一會兒後，他說：「很好，那麼，我去他那邊。下令準備一頂轎子、一張椅子或什麼的。告訴他們，我們想來個公開會談，地點在那邊，你們是怎麼說的——在高華世系那邊。拋開一切是沒有用的……已經有足夠的……」他沒把話說完就倒回枕頭堆，面無血色，表情獰厲痛苦。

城市正值神經敏感的混亂期，安排會談本身就需要一番會談。夷猷與幾名將官談話，給他們一些指示，同時我們都聽見東邊遠處，運河的對面傳來高亢悅耳的喇叭聲。

營房區這兒也立即吹響喇叭，做為回應。

不出幾分鐘，就有人來報告，說阿茲軍隊已在視線可及之處。一如統領所言，是一支騎兵隊伍，約莫二十人，掌著旗，正騎馬走出丘陵區。我們聽到議會丘以及通往東運河的幾條街道傳來群眾高揚的嘈雜聲。但由於騎兵隊伍後面沒有跟隨大批軍武部隊，群眾的喧囂聲終究沒有繼續擴張。

從營區的東南窗望出去，可以看到水門和伊斯瑪橋。緹柔與我遠望騎兵隊抵達，停在那堵半毀的城牆外，與持續看守並築工事強化橋梁的市民談話。他們談了好一會兒。

最後，一名阿茲士兵獲准通過水門，由三、四十個市民護送。士兵走過伊斯瑪橋，沿著東路，直直走往負責守護營區的哨兵線。我看見他握著一根白色的木製杖子。根據歷史書籍，我知道那是使節的信物。

「你的信使來了，吾王。」緹柔對領統說。

沒多久，那個藍斗篷的軍官手持白杖，大步走進來，現在護送他的是一隊士兵。他向統領敬禮：「統領中的統領暨太陽之子，至高祭司暨阿蘇達國王，阿克雷王上，有訊息向安甦爾的夷猷統領布達。」他說。阿茲人發表公開談話時一貫是這樣慎重有節的隆隆嗓音。

靠在枕頭上的老統領讓自己坐高一點，咬著牙做出像鞠躬的模樣，並且說：「最尊貴的阿克雷王上，太陽之子的信使，歡迎。波利，你可以退下了。」他對護送團的隊長說。然後他環顧一圈，依序看了緹柔、我，以及也在場的雅芭，然後說：「出去。」

我很想學希塔那樣咆哮。但最後，我順從地跟隨緹柔出去了。

「等那個信使一離開，他會告訴我們那人說了什麼。」她對我說：「得等一下。既然我們有一點點時間，妳餓嗎？」

經過了穿越城市的困難旅程，我又餓又渴。緹柔拿出他們可供應的現有東西：水、一小片乾硬的黑麵包、兩顆乾黑的無花果。「圍城配給糧。」雅芭微笑道。我小心翼翼、謹慎專注地吃，一丁點渣滓也沒浪費，得自貧窮的禮物就該這樣對待。

我們聽見那位信使離開了。很快地，夷猷大喊：「來！」

我心想：我們是狗嗎？然而，我還是與緹柔和雅芭一起「來」了。

夷猷正試著坐直，他那張氣色不佳、皺紋重重的臉孔，看起來像在發燒。「神明在上，神明在上。緹柔，看來我們擺脫困境了。」他說：「讚美神！聽好了，我要妳們兩個去宮殿或惡魔之家，隨便哪一邊都行，只要找到管得了暴民的首領就好。告訴大家這些話：沒有軍隊從阿蘇達來。而且，只要城市保持和平，以後也不會有軍隊從阿蘇達來。告訴他們：統領的統領願意他的安甦爾子民完全免進貢，從此以『阿蘇達之保護領地』的地位，課稅上繳至味中城的財庫。太陽之子已賜我榮譽頭銜，擔任這個保護領地的『親王暨總督』。我將儘快邀請安甦爾城的首領們前來與我共商大計。並聽取我們的條令——攸關城市政體以及與阿蘇達貿易的條款。若干士兵將繼續留在這裡，擔任我建議的守衛職務，並保護城市，以免市民不守規矩，也以免遭桑卓門或其他人入侵。等確定了安甦爾順從我們的條令，大多數軍隊將返回味中城。好啦，在這座該死的城市裡，有沒有任何人能夠回應上述各點、並據以行動？」

「我可以將訊息帶回去給商路長。」我說。

「那麼就帶回去吧。那實在比拖著我穿過街道來得好。去吧，然後把接受的訊息帶回來。回來時，帶些可以商談的男人來吧。神明在上，為何他們淨派兒童和女孩來找我？」

「因為在此地，婦女和小孩也是市民，不是小狗和奴隸。」我說：「還有，假如你懂得怎麼書寫，你可以親自傳送你所謂的條令給商路長，並且自己閱讀他的答覆。」我氣得發抖。

統領朝我銳利一瞥，做出一種解散的手勢。「緹柔，妳願意去嗎？」

「我願意和玫茉一起去。」她說：「我想，那樣最好。」

的確是最好。在統領的訊息中，我所聽見的——我能聽見的，只有我們受命向阿蘇達繳稅，順服於保護國的地位，而不是一個自由的國度。而且不管阿茲人說什麼，我們都得照做。回到高華世系後，那一整天的時間，我必須仔細聽緹柔對商路長說什麼，商路長對民眾說什麼，以及民眾怎麼反應。直到那天末了，我總算能理解，事實上，阿蘇達給了我們自由——但要付出某種代價——而且，顯然我的族人真的認為這是一種勝利。他們之所以能那麼清楚地看出自由之所在，也許是因為那個自由是要付上代價的。藉由金錢和貿易協定，而那些是我族人能理解的事。

我之所以那麼大費周章才終於看出來，也許是由於，為了爭取那份自由竟然沒有半個人必須勇敢犧牲赴死。甦爾山上沒有眾英雄開戰，廣場上沒有更多場犀利的演說，反而只不過是兩個中年人，還都是瘸子，在一座城市互送訊息，小心謹慎地商議出一個協定——頂多加上議事廳裡的爭論，以及市場內許許多多談論、爭執和抱怨。以及神諭宅邸的前庭噴泉繼續噴水。以及安甦爾的眾多神廟，眾神和眾靈的小房子、每個街角和橋梁的神龕都將重建，不再隱匿，可以清理乾淨，重新雕刻，並以花朵裝飾。樂若石前擺滿奉獻，有時候根本看不見石頭本身了。夏至是迎泥神的節日，男人與男孩到市郊找尋橡木和柳木，列隊進城，遊行各街道，最後掛在各家各戶門上。女人就在市場和廣場跳舞，並高唱〈迎泥神之歌〉。年長婦人教導像我這樣不懂舞步和歌謠的女孩。

那整個夏天，人群從安甦爾其他地區進城來。他們多半跟隨從北方城鎮撤離的阿茲騎兵，士兵被翻山越嶺送回東方的阿蘇達以前，暫時都在城裡集合。市民進入首都，來看看這裡有什麼大事，而且也來參與選舉，商人和貿易經辦也跟進。早秋時，托芒的商路長來訪，在安甦爾商路長的宅邸停留兩週。那兩週時間，依思塔過得焦躁不安，因為她拚命想確定是否已經使盡各種辦法款待來賓，以期合乎高華世系的體面榮耀。

到了這個時候，議會已經定期召開集會，高華世系也不再是政治計畫和決策的中心角色。商路長的宅邸仍有許多議談，但都環繞貿易、乾草運輸、牛隻市場，還有用杏桃乾和塩鹵橄欖可以在昧中城或杜耳城交換什麼貨品。新選上的議員第一次執行的選舉是選安甦爾商路長，結果由甦爾特．高華無異議當選。有了這職位，議會提撥基金，供商路長待客及修繕宅邸。基金並非可以濫用無度，但對我們這些持家的人來說已是無上財富，而且其中還有個振奮人心的意義：身為必須納貢給阿蘇達的附屬國，與身為只需繳交稅金的被保護國，兩者地位原來大相逕庭。

我曾經將統領的訊息完完全全理解錯誤。我錯誤判斷了訊息，也錯誤判斷了統領。我曾經想拒絕庇護、控制、妥協這些政治運作。我曾經想儘快擺脫所有束縛，曾經想公開反抗暴君。我曾經想痛恨阿茲人，驅逐他們，摧毀他們……那是我九歲那年立下的誓言、承諾，我曾經以所有神明和我母親的亡魂起過誓。

後來，我打破了那個承諾。我必須破碎它。破碎修復破碎。

我攜帶訊息給夷猷統領之後數天，最高統領的信使返回昧中城。護送團超過百名士兵，全部由西姆的父親指揮，西姆騎馬隨父親回家。我曾經請雅芭和緹柔告訴我她們所能找到關於他們父子的所有消息，而上述就是她們告訴我的全部。自從與西姆一同穿過那兩道防線之後，我再也沒見過他。

護送信使返回昧中城的騎兵隊，同時負責押解一名囚犯：用一輛糧車，押解夷猷之子夷多。我們聽說，他被套上鎖鏈，穿上奴隸衣，頭髮和鬍子都留長——那是阿茲人代表恥辱與蒙羞的記號。

緹柔告訴我們，夷猷自從兒子背叛後再也沒正眼瞧他，也不准任何人問起如何處置的事，不准別人提起他兒子的名字。然後，他卻下令釋放牢裡的祭司，甚至包括與他兒子同時被逮捕的那幾個祭司。祭司們看夷猷寬大為懷，曾企圖為夷多說情，佯稱他們與夷多把夷猷藏在行刑室，純粹是為了讓他免於被叛變的暴民報復。夷猷要他們閉嘴並離開。

由於夷猷曾遭火吻，被焚燒，但倖免大難，所以在士兵眼中，他分明是焚燒之神的寵兒，與任何一位祭司同樣神聖。祭司們明白自己的劣勢，多數決定跟隨第一批軍隊返回阿蘇達。因此，夷猷手下的指揮官只好自行裁決：那個棘手的囚犯，統領之子，也應該送回阿蘇達，讓最高統領決定如何處置。

這個可恥又沒明確下文的結果讓我失望透了。我想確定夷多必會受到應得的懲處。我曉得阿茲人厭惡背叛，若聽說兒子背叛父親，他們會大為震驚。夷多這個背叛父親的兒子會被酷刑折磨嗎？像他折磨甦爾特．高華那樣嗎？他會被活埋，如同許多安甦爾人那樣嗎？被拖到城南的泥灘，踩進又溼又鹹的海泥裡，讓人窒息而死嗎？

我希望他被施以酷刑、被活活燒死嗎？

我想要什麼？為何我這麼不快樂地度過這個燦爛夏天？這個重獲自由後的夏天？為何我覺得沒半件事情塵埃落定，也絲毫沒有獲勝之感？

◆

歐睿正在港口市場說書。那是個金色秋日的下午，無風。白皚皚的甦爾山矗立在湛藍海峽對面。城裡每個人都到港口市場聆聽詩人說書。歐睿今天講《先邯集》的一些故事，大家嚷著要多聽一些，不肯放他走。我站得太遠，加上煩躁不寧，沒能聽清楚。於是，我離開聽眾，單獨爬上西街坡道。街上沒半個人，每個人都在我後頭的市場，齊聚聆聽。

我碰觸地基石，走進家門，長驅直入，經過商路長的套房，走到後面黑暗的走廊。

我在牆壁前面的空中寫畫那些字母，門打開，我走進那個書籍與亡靈匯聚的房間。

幾個月沒來這裡了。一切如舊：高高的天窗灑下清澈均勻的光線，氣氛寧靜，書籍耐心而有說服力地排列著；假如我細聽，可以聽見暗影端洞穴內的潺潺水聲。桌上沒擺書。無任何跡象顯示這祕室內有任何鬼怪。但我知道，這房間充滿詭異的存在。

我原本想讀歐睿的書，但站在書架旁邊時，手卻伸向春天讀過的那一本，就是桂蕊與歐睿到來的前一晚讀的那本以雅力坦語寫的《輓歌》。全書以短詩哀悼並讚美千年前死去的人，每首詩幾乎都沒寫作者姓名，而對於詩中所提的那些人，我們也只能藉詩人所言去認識。

其中有首詩寫著：「善於理家的素拉，展示有圖案的鋪石地，如今守著寂靜之屋，我聆聽她的腳步。」

另一首詩讓我暫停閱讀，努力想了解其中含意。它是在寫一位馴馬師，第一行寫：「他所在之處，鬃毛長長的馬靈必環繞。」

我坐在桌旁，我的老位子，前面放著那本書和雅力坦字典，書本的頁邊空白處有數百年以來許多隻手所寫的註記。我努力想弄明白接下去幾行的意思。等我盡可能了解那首詩的意思，並將它默背在心時，天光漸漸暗淡了。樂若日即秋分，這天已經過去，白天將越來越短。我闔上書本，依然坐在桌旁，沒把油燈燃亮，只是坐著，好久沒覺得這麼安詳、這麼平適了。我讓那感覺貫穿我，滲透我，並在我內在安頓。等它安頓好，我就能思考了，緩慢但清晰的思考，沒那麼大量使用字詞，只知道什麼是重要的，以及該做些什麼，這是我思考的方式，只不過我好久沒這樣了。

所以當我起身準備離開房間時，我帶走一本書，那是我以前不曾做過的事。我拿的是《若思坦》，小時候拿書本搭建圍牆和熊穴那陣子，我把它叫做「亮紅」。

不久之前，我聽到歐睿熱切地提及它，說它是詩人如歌里一部失落的作品。商路長當時沒作什麼回應。他完全沒對歐睿提到祕室內的書籍。就我當時所知，只有商路長與我兩個人知道祕室。

神諭透過書本說話，過去大家對這件事只模模糊糊略知一二，如今實際親耳聽到它出聲，他們沒有要求進一步了解這奧祕，他們不想深入窺探，只順其自然。畢竟，這麼多年了，書籍本身一直遭詛咒、被禁止，連知道一點有關書籍的事都是危險的。我們安甦爾人雖然安處在已故祖先的亡靈當中，但我們不是喜好神怪的民族。

大家對神諭讀者甦爾特·高華懷抱敬畏，對我也一樣。但他們更喜歡接觸身為商路長的甦爾特·高華。神諭已經完成它的任務，我們已經獲得解放，大家可以回頭忙各自的分內事了。

然而，我的分內事有一點點與眾不同。那天我坐在書桌旁，雙手捧著著一本闔上的書，終於心領神會。

第十六章

那天下午稍晚，歐睿、桂蕊和希塔從港口市場回來。歐睿累垮了，先去睡一會兒，如同每次公開表演之後情況許可時一樣。我來到校長室時，他已恢復元氣，正頂著一頭亂髮赤腳漫步。他說：「哈囉，偷馬賊。」桂蕊說：「妳來了！我們剛說到想趁天還沒太黑，到舊公園散散步呢。」

希塔不像很多狗兒，能聽懂「散步」這種單詞，但她往往能在人意會到自己想做什麼事之前，就覺察到他們的意向。所以她已經起身，低頭垂肩，優雅地走到門邊坐下等候我們，羽毛般的尾巴前後掃動。我搔搔她耳朵四周，她把頭伸進我手中，打起呼嚕。

「歐睿，我帶這個來給你。」說著，我遞出那本紅皮金字的大書。他走上前來，有一點鬆散，還一邊打著呵欠，他接過我手中的東西。等他發現那是一本書，打呵欠的嘴巴立刻緊閉，整張臉繃緊。接著再看清它是什麼書時，他一動不動站著，過了好久才恢復呼吸。

「噢，玫茉，」他說：「瞧妳給了我什麼？」

我說：「我必須給。」

他的目光從書本移到我的臉上，兩眼發亮。除了帶給他喜悅，也給了我自己很大的喜悅。

桂蕊走到他身旁，注視那本書。歐睿讓她看那是什麼書，動作如同情人般小心，並稍稍朗聲讀出第一行。「我就知道，」他說：「我就知道它們一定在這裡，昔日那座大圖書館的一些書一定在這裡。但是這本──」他又抬頭注視我。「這是以前──這宅邸裡有很多書嗎，玫茉？」

我遲疑未答。桂蕊就像希塔，善於快速覺察他人的感覺與意向，她這時伸出一隻手放在他手臂上，說：「等等，歐睿。」

我必須想一想，而且要快。要想清楚我確實的意向。我有什麼權利與責任。

我可以把這本書當作我的、並送給歐睿嗎？假如是，那麼，其他那些書呢？還有其他的愛書人怎麼辦？

我明白我不能對歐睿說謊。這一點答覆了關於我責任的疑問。至於權利，我必須去要。

「是的，宅邸裡有很多書。」我說。「但我不知道能不能帶你去藏書的地方。我會問明商路長。但我猜想，除了商路長與我，其他族人也都不知道。我猜，是我們的守護神使它一直隱藏著。我們的守護神就是宅邸的神靈和祖先。還有那些在我們之前住在這兒、叫我們留駐於此的人。」

歐睿與桂蕊毫無困難就理解了。他們的確具備了他們世系的天賦。我們血裡、骨裡的眾亡魂，居所的眾神靈加在我們身上的重擔和機會，他們都懂。

「歐睿，我要去告訴商路長我給了你這本書。」我說。「我沒事先問他是否可以這樣做。」歐睿露出憂慮的表情，我說：「沒事的。但我還是必須和他談談。」

「當然。」

「他不曾向你提起那些書，因為知道那些書的存在會有危險。」我說。我覺得必須為商路長的沉默不宣辯護。「這已經很久了，他必須把那些書都藏起來，遠離每個人。阿茲人永遠不可能在這裡找到它們。所以那些書是安全的，其他人也不至於因為擁有它們而置身危險。但大家曉得這件事。他們利用晚上時間祕密帶書來。藏在一包包的蠟燭、舊衣服、柴捆、乾草捆裡，他們冒生命危險帶書來這裡，他們知道我們可以保護書籍的安全。像開蒙世系、蓋柏世系他們家也曾經藏匿書籍。還有我們不認識的人，就是發現了某本書而保留它，不讓它落入阿茲人之手的那些人。他們都知道把書帶到高華世系。但現在，我們不需要再隱藏它們了，不是嗎？你能不能……歐睿，能不能請你在朗誦之外找機會讀給百姓聽？好讓他們知道，讓他們明白，書籍不是惡魔，讓大家明白，我們的歷史、我們的心靈、我們的自由都寫在那裡面。」

他注視我，起先是一抹和緩喜悅的微笑，後來幾乎變成大笑。「玫茉，我認為應該是妳讀給他們聽才對。」他說。

「哇啦哇啦啦！」希塔說。她終於失去耐心了。

桂蕊與我把歐睿留在家裡與他的寶物相處。我們兩個讓希塔帶頭，引領我們就著薄暮微光，爬坡到德寧士噴泉。希塔在那裡漫步，踩過落葉、磨擦灌木，弄出窸窣聲響，尋找山老鼠。我們兩個坐在噴泉旁一張老舊的大理石長椅上說話。山下房舍的燈火陸續亮起來。遠處海峽，落日的最後餘暉之下，我們看見夜間漁船的微光。甦爾山背襯著漸逝的陽光，聳立如一個暗黑的圓椎毬果。一隻貓頭鷹俯衝經過我們身邊，我說：「那個好兆頭是給妳的。」

「也是給妳的。」桂蕊說：「妳曉得嗎？在創德領地，那裡的人稱貓頭鷹為厄運。那片領地是一塊陰鬱消沉的土地。太多森林，太多雨水。」

「妳旅行過全世界了。」我的語氣如夢似幻。

「哦，沒有，還沒有。比如，我們就沒去過桑卓門領地，或是萌華岬、梅冷岬。至於城市邦聯，我們只見過申塔斯和帕格底，而且僅從瓦得瓦領地的一角經過……再說，即使妳對一塊土地有相當的認識，也總會有妳沒見過的城鎮或山丘。我不認為我們有生之年可以窮盡全世界。」

「妳認為，你們什麼時候會繼續前進？」

「唔，本來，我猜歐睿可能正在想，冬季之前或明年春天要繼續旅行到桑卓門領地。他希望看看他們有什麼樣的詩作，然後返回美生城。但現在……我不信他會就這樣走掉，除非他見識過所有妳能展示給他看的書。」

「妳會遺憾嗎？」

「遺憾？為什麼呢？妳已經給了他極大的快樂，而我愛看他快樂。歐睿要快樂不容易。他有一顆難以取悅的心……妳知道他有辦法面對群眾，宛如水到渠成那麼容易，妳也知道民眾如何愛他。說書時，他全然投入，奮不顧身。但事後，他總會有落拓虛妄之感，他會說，那根本不是我，而是神聖的風吹透我，把我吹個精光，留下如同乾草的我……然而，假如他能寫、能讀、能在靜默中追隨他自己的心，他就變成快樂的男人。」

「就是這樣，所以我愛他。」我說：「我自己也像那樣。」

「我知道。」她說完，伸出一隻手臂攬著我。

「但妳自己可能想要前進吧，桂蕊。不想只是一整年待在這裡，與一大堆書籍和政治為伍。」

她笑起來。「我喜歡這裡，我喜歡安甦爾。但如果我們待到冬季過完——看來我們會待到那時候——我也許能找到個需要訓練馬匹的幫手的人吧。」

「他所在之處，鬃毛長長的馬靈必環繞。」我念完，又應她要求，把那首詩的剩餘部分也告訴她。

「對。那個詩人寫得對。」她說：「我喜歡。」

「顧迪一直盼望為商路長張羅幾匹馬來騎。」

「說不定我可以為他訓練一匹小雄馬。有道理……不過，無論如何，我們最終是要離開的。然後遲早會回去峨岱，把歐睿所學的東西帶回去給住在美生城的學者。從現在起，他會忙著抄寫那本書、以及妳給他任何一本書。」

「我可以幫他抄。」

「妳一說要幫忙，他準會把妳累垮。」

「我喜歡抄寫。抄寫的時候，順便學習。」

她沉默了一會兒，才又說：「如果我們明年春天或夏天返回峨岱，不管什麼時間，妳會不會想跟我們一起走？」

「跟你們一起走。」我跟著重複一遍。

記得初夏那陣子，有時候我做白日夢，夢到目前就在我們馬廄裡的那輛帆布馬車，夢想著星兒和布藍提拉著它，穿過某個長長的金色平原，陽光在平原上投射出白楊樹樹影。或者馬車駛入山中道路，由歐睿駕駛，桂蕊和希塔與我跟在後頭，順著道路散步。那陣子正值大火、群眾和恐懼的期間，這遐想讓我提振精神，心思得以轉離焦慮。

而現在，她把那個白日夢變成真的了。那條道路在我前方鋪展開來。

我說：「我願意和你們去任何地方，桂蕊。」

她的頭靠過來依偎著我的頭好一會兒。「那麼，我們可能就這樣辦囉。」她說。

我在心中思考，努力釐清什麼事攸關緊要、什麼事是我必須做的，最後說：「至終我還是要回來這裡。」

她仔細聽。

「我不能丟下商路長，從此不回來。」

她點頭。

「但更要緊的是，我屬於高華世系。我認為我就是神諭讀者，而不是他。責任已經傳承了。」我把內心思考講出來，我了解她不能明白我的意思。我嘗試解釋：「這裡有一個聲音，它必須透過一個能提問、能讀懂的人說話。商路長之前教了我、把那個竅門給了我。過去他為我保存，然後傳遞給我。如今他卸下了責任，由我承接。所以我必須回來聲音的所在，留駐於此。」

她再次點頭，很鄭重，又完全認同。

「不過，歐睿也可以教我。」我說完，實在覺得自己說太多、也問太多了，於是縮回自己裡面。

「那會讓他的快樂更完整。」桂蕊回答。她寧靜地這樣說，而且將它視為理所當然。「擁有他所渴望的書籍，又有妳陪伴閱讀……噢，玫茉，妳應該不需要為離開高華世系的事操心。該操心的恐怕是怎麼讓他動身離開……我猜妳會喜歡我們旅行的方式。我們在某個城鎮或鄉村停留一段時間，尋訪當地的詩人和音樂家。他們會為我們朗誦或歌唱，他們會把自己的書拿出來給他看。當地可能有小男孩能朗誦邯達的誓詩，而年長婦人知道一些老歌謠、老故事……然後，我們總是回美生城，那是個雅緻的城市，全城都是建在山丘上的塔樓。我曉得到時候歐睿會很高興能帶妳去那兒，因為他曾經跟我提過。在那裡可以會見他認識的學者，與他們一起讀書。妳可以教他們認識安甦爾，把他們教妳的知識帶回來高華世系……最棒的是，妳將會一直陪伴我。」

我低頭，用力親吻她強有力的小手，她親吻我的頭髮。

希塔跳躍著跑過我們，她是漸黑夜晚的一頭野獸。

「一定已經到了晚餐時間。」桂蕊說著，站起來。希塔立即來到她身邊。我們下坡回家。歐睿當然整個人仍沉浸在《若思坦》裡，得硬把他拉開，他才能離開書本。我們三個人上桌遲了，差不多在依思塔終於入座時才進餐廳。

用餐地點已經不在餐具室，我們現在改在餐廳用餐。因為我們通常會有十二個人或更多人一起用餐，有增加的家人、莎絲塔的新婚丈夫，還有訪客。我還沒提到莎絲塔的婚禮呢。

為了那場婚禮，我們清掃大庭院，把當年被劫掠燒毀所遺留的石頭和垃圾搬走，重新設置大理石製的植花箱，讓黃瓶藤蔓沿各牆攀爬，把紅黃兩色石頭鑲嵌的鋪石地也打掃乾淨。慶典在夏末一個溫熱的下午舉行，那天是帝瑞神的節日。雙方家人的朋友全部到齊，依思塔擺出盛宴。月亮高掛在庭院上空時，大家還在跳舞。依思塔看著那些舞者，說：「很像那個時候，那個昔日好時光！很接近了。」

這個晚上，我們家沒別的訪客，只有佩爾．亞克一個。由於經常到訪，佩爾在我們家的時間和在他自己家的時間一樣多。他已被選為議員，由於他表姊緹柔的緣故，他與夷猷統領的關係特別受大家重視。夷猷統領如今是「親王暨總督」了。緹柔本人的角色特別難扮演：一度是暴君的奴隸臣妾，如今是總督夫人——曾被敵人欺凌，後來反征服了敵人。安甦爾依舊有人喊她「不要臉的妓女」，但崇敬她的人還是比較多，他們就稱她「自由夫人」。而不管是哪種稱呼，她一概以穩定的溫和領受，宛如根本沒有分裂的忠誠這回事。多數人最後都相信，她是個被苛待，但行事高貴、天性溫柔的女子，充分善用了她奇特的命運。她雖然是那樣子沒錯，但其實還不只。佩爾是個活潑多智、又有野心抱負的男人，連他也經常找緹柔諮詢，如同找商路長諮詢一樣。

這天晚上，他捎來緹柔要他傳達的訊息。晚餐後，在商路長的套房裡，他把訊息告訴我們。感謝宜桑梗商路長的饋贈，這些天，我們晚餐後都有酒喝。我們喝了一點宜桑梗葡萄園出產的黃金白蘭地，酒色如火如蜜。我們依序走到神龕，獻杯，喝下祝福，接著坐下來談話。

「我表姊終於說服阿蘇達親王暨總督，他將來請求拜訪安甦爾商路長。」佩爾說：「所以，我現在就是那個請求的信差，雖然是請求，還是以阿茲人常見的粗魯來表達。不過，我想，那請求的含意是謙恭有禮的。」

「那我就禮貌接受。」商路長略略露齒微笑。

「坦白說，甦爾特，你可以忍受見到他嗎？」

「我對夷猷沒有任何反對之意。」商路長說：「他是軍人時服從命令，是信徒時服從祭司團，直到他遭背叛。他本人到底怎樣，我不知道。但我有興趣認識認識。你表姊敬他愛他，對他是很有利的加分。」

「我們總是可以跟他談詩。」歐睿說：「他有絕佳的耳朵。」

「但他不會閱讀。」我說。

商路長抬頭看我。身為置身於成年男女當中的一個女孩，有耳無嘴依然是我的特權，而我也多半喜歡保持沉默。但我最近漸漸了解，每次我開口說話，商路長都用心聆聽。

佩爾那雙明亮的深色眼睛也看著我。佩爾喜歡我，常揶揄我，假裝被我的學識嚇倒。而且常忘了他三十歲，我十七歲，總把我當同齡人說話。有時甚至會不自覺地跟我調情，至少我覺得他是在跟我調情。他為人親切和善，長得又帥氣，我一直對他有點愛意。我常想有一天我會嫁給他。假如我想要，是可以嫁給他的。但是我還沒準備好投入那種事情，我還不想成為一個女人。身為高華家的女兒和繼承人，我得到大量的愛，但我不曾擁有桂蕊和歐睿所給我的「自由」，那是當小孩、當妹妹才會有的自由。

我一直渴望那種自由。

佩爾這時問我：「玫茉，妳想教統領閱讀嗎？」

他的揶揄和商路長的專注讓我有了勇氣。「阿茲人可能讓女人教他什麼嗎？不過，假如統領有心與安甦爾人來往，他最好學會不要害怕書本。」

「在這宅邸也許不是那麼適合證明這一點。」佩爾說：「但這裡至少有一本書，會讓任何人都打從心裡畏懼眾神。」

「聽說，最後一批祭司今天與軍隊開拔回去了。」桂蕊說。她聯想到什麼，我們都明白。

「夷猷保留了他的家庭祭司。」佩爾說：「三、四位吧，負責祈禱和儀典。我猜，必要時也得負責驅趕惡魔。反正，他在這裡找到的惡魔不會有他兒子找到的多。」

「惡魔才找得到惡魔。」桂蕊說。

「心中有神，在石頭裡也見到神。」歐睿喃喃道。那是如歌里所寫的一行詩，歐睿改用我們的語言念誦。

商路長沒聽他引用詩句，因為他仍在深思，接著他問我——彷彿從剛才佩爾開玩笑地提起後他一直在思考這問題：「玫茉，假如夷猷統領同意學習閱讀，妳願意教他嗎？」

「只要想學，不管是誰我都教。」我說：「如同你過去教我一樣。」

然後談話轉到其他主題。親王暨總督及其同僚拜訪高華世系的日子訂在四天後，這件事一安排好，佩爾就告辭了。歐睿又打了好大一個呵欠，他與桂蕊很快就告退就寢。我起身問商路長，我回房之前，有沒有什麼事需要代勞。

「多待一分鐘，玫茉。」他說。

我欣然坐下。自從我重訪祕室，並且在那裡面更新了我與過去歲月的連繫之後，我覺得和商路長之間又一切如常了。我原以為我們的連繫日漸薄弱，但一經更新，它又與往常一樣牢靠從容。現今，他與許多人有連結，不單單只有我，我除了他，也同樣還有些別人。我們不再像過去那麼急迫地需要彼此，希望從對方身上獲得力量和寬慰，而這樣有產生什麼不同的結果嗎？無論是藏身於孤獨困乏，或是在富裕繁忙的環境中置身人群當中，我們祖先的亡魂、我們共有的力量和他給我的學識，以及愛與榮譽，依舊維繫著我們的連結。

「妳最近有進祕室嗎？」他問我。

我們果然有著緊密連結。

「今天去了。頭一次。」

「好。這些日子以來，每天晚上我都想去那兒讀點書，可是沒辦法拖得動自己。啊，像依思塔講的，昔日好時光。我承認，當年的日子比較輕鬆自在。我沒辦法一整天談些芝麻蒜皮小事，然後半夜展讀如歌里的詩作。」

「我今天把《若思坦》給了歐睿。」我說。

他抬頭看我，沒能意會過來。我於是又說：「我把那本書拿出祕室。我想，是時候了。」

「時候。」他跟著說了一遍，望向別處，思考著，最後卻只說：「對。」

「是否確實如我所想，只有我們兩人有辦法進那間祕室？」

「對。」他幾乎是心不在焉地說。

「那麼，我們不是應該把那些藏匿的書籍拿出來嗎？那些普通的書籍。我們過去之所以把它們藏起來，不就是為了讓人再擁有它們。」

「而現在是時候了。」他說：「對。我想妳說的對。只是……」他又想了一會兒。

「來，玫茱。我們到祕室去。」他說著，從椅子裡撐起身子。我拿著小油燈，隨他行經毀損的走廊，走到似乎是宅邸背面牆壁的地方，那面牆壁完全沒有門。他在空中寫畫了意思是「開啟」的字母，那是來自日昇之處的先祖們使用的語言。門開了。我們走進去。我轉身關門，它變回那面牆。

我點亮閱讀桌上的大油燈，它柔和的光線霎時使房間好像開花般亮起來。書背上的金字這兒那兒閃耀著微光。

他摸摸神龕，小聲祝禱。他先站著環顧全室，然後在桌邊坐下，揉揉僵硬的膝蓋。

「我們讀什麼書好呢？」他問。

「《輓歌》。」我走到書架取來書本，放在他面前。

「妳讀到哪兒了？」

「〈馴馬師〉。」

他打開書，找到那首詩。「妳能讀讀看嗎？」

我背誦十行雅力坦詩句。

「還有呢？」

我把跟桂蕊說過的感想說出來。他點頭：「很好。」他壓抑著一抹微笑。

我在他對面桌邊坐下，一小段沉默之後，他說：「玫茉，妳曉得，歐睿·克思來得正是時候。他可以教妳。妳已經差不多要發覺其實妳有資格教我了。」

「噢不！讀《輓歌》時我多半是用猜的，我也還沒辦法讀如歌里。」

「但現在妳有個能讀懂如歌里的老師了。」

「這麼說——你沒有不高興？我把《若思坦》送給他，是對的？」

「對。」他深吸一口氣，「我認為那是對的。不過，若我們不了解自身擁有的力量，怎麼知道什麼是對的？我恆是個盲人，卻被要求解讀上天給我的訊息。」

他翻了幾頁桌上那本書，然後輕輕將它闔上，目光移向祕室尾端光線逐漸消失之處。

「當時我告訴夷多我是神諭讀者。然而，若不懂所要閱讀的語言，那閱讀又算什麼？玫茉，現在妳是神諭讀者了。對這一點我毫不懷疑。妳懷疑嗎？」

這問題來得真突然，但我毫不遲疑就回答：「不。」

「好。好。既然這樣，這就是妳的房間，由妳支配。眼盲如我，我只是為妳代管，也是為當年把他們的財寶——把這些書帶來交給我們的那些人代管。未來我們要怎麼處理這些書，玫茉？」

「造一座圖書館。」我說：「像曾經在這裡的那座舊圖書館。」

他點頭。「那似乎正是這宅邸本身的意願，我們只是遵從。」

我也有同樣的感覺。但我仍然有幾個問題。

「商路長，那天……噴泉又噴水那天。」

「噴泉。」他說：「是。」

「那個奇蹟。」我說。

他臉上浮現相同的隱約微笑，說：「不是。」

我或許吃了一驚，但也或許沒有。

他的微笑漸漸拉開，也更加愉悅。「早些時候，泉源之主有把一些方法顯示給我看。」他說：「等妳想看時，我會讓妳看。」

我點頭。我的心思不在那兒。

「玫茉，就像當時那樣，奇蹟可能出自人手操控，這件事讓妳感到悲傷或震驚嗎？」

「不。」我說。「那個奇蹟倒是沒有。但另一個……」

他望著我，等候下文。

「當時你不瘸了。」我說。

他低頭看自己的雙手、雙腿，表情變嚴肅了。「他們也是那樣告訴我。」他說。

「你不記得？」

「我記得懷著恐懼和憤怒來到這房間。一進來，我馬上想到一個主意，我應該讓噴泉重新噴湧。於是我急忙動手，沒探究其中的理由，彷彿只是在聽命行事。然後我又想到一個主意：我應該從書架拿一本書。我也這麼做了。當時時間緊迫，所以我……我是否因此跑了起來？我不知道。一定是這樣。祂們需要我沉默時，就使我沉默。而當時，祂們需要我去喚醒妳的嗓音。」

我望向房間的暗影端，他也一樣。

「當時你沒有詢問那……」

「當時沒時間詢問神諭了。而且它也不會回答我。神諭現在是在對妳說話，玫茉，不是對我。」

雖然我已承認我是神諭讀者，但不想聽他接下來要對我說的話。我的心因畏懼、因感到受辱而抗議。「神諭不是對我說話！」我說：「它是利用我！」

他簡短地點頭。「如同我以前被利用。」

「那甚至不是我的聲音——那是嗎？我不知道！我不明白！我覺得丟臉，我害怕！我再也不想進入那片黑暗中了。」

他許久未發一語，最後溫和地說：「它們利用我們，是的，但它們沒有利用我們作惡……玫茉，假如有一天妳必須進入那片黑暗，把它想成是個母親、祖母，她正努力把我們不了解的事告訴我們，她說的語言妳還不大懂，但妳終究能學會。以前我必須進去那裡面時，都這樣告訴自己。」

我思考商路長的話，並漸漸從中得到安慰。那片黑暗不再那麼詭異了，就想像我母親的靈魂在那兒，還有我族人的其他母親也在那兒，而且，她們不會想方設法來驚嚇我。

但我仍有一個疑問。

「那本書，你當時拿在手中那本書，是神諭書架上的書嗎？」

他的沉默不同了，這問題似乎很難回答。最後他說：「不是。我拿了當時看到的第一本書。」

他站起來，瘸著走到附近一個書架，最靠近門的一個。從眼睛的相同高度，取了架上的一本書。我認得那個暗褐色，封面裝禎上沒有字。他把書本拿回書桌邊，默默遞給我。我害怕去拿，但還是伸手拿了。一會兒後，我打開書本。

我認出來了。那是一本識字書，一本兒童讀本，《野獸故事集》。多年前我剛學閱讀時讀過它，就在這裡，在這間祕室裡。

我翻動書頁，手指僵硬笨拙。我看著那些木刻印刷的小兔子、小渡鴉、小野熊。我讀其中一個故事的最後一行：「於是，那頭獅子回到沙漠，然後告訴沙漠的野獸，那隻老鼠是最勇敢的生物。」

我抬頭看商路長，他回望我。他的表情以及微小的動作都在說：我不知道。

我注視那本解放了我們的小書。我想起德寧士的詩句，並大聲念出來：「『每片樹葉裡都有一個神；張開手，神聖即在握。』」

過一會兒，我補充：「而且，世上沒有惡魔。」

「沒有。」商路長說：「只有我們。我們做惡魔的工作。」他又一次低頭注視殘壞的雙手。

我們都沉默無語。我聽見黑暗中傳來微弱的流水聲。

「來，」他說：「晚了。送夢者四周環繞，我們讓他們順心如意吧。」

我左手拿著小油燈，右手在空中寫畫那幾個明亮的字母。我們穿過那扇門，然後沿暗黑的走廊前行。經過他房間時，我祝他好眠，他俯身親吻我的前額。於是我們暫且別過，有夜晚的祝福相隨。

譯後記

「自然」與「大音」

——勒瑰恩詮釋《道德經》，對翻譯及人生的啟示

譯者／蔡美玲

人法地　People follow earth,
地法天　earth follows heaven,
天法道　heaven follows the Way,
道法自然　the Way follows what is.

（老子《道德經》二十五章末節，勒瑰恩英譯）

本書作者勒瑰恩不諳中文，卻從二十幾歲開始著手英譯老子的《道德經》，斷續進行，直到一九九七年出版時，已將近七十歲了。勒瑰恩在版本說明中表示，該譯作參酌了至少

八大譯家的書，並意外獲得一份寶貴助力才完成。寶貴的助力來自北卡羅萊那大學中文教授J. P. Seaton，她除了表示永遠感激，並說那是自己「不配得」的好運，而好運乃因追隨「道」而來。

勒瑰恩說，很多學者翻譯道德經，著重在理性意義，他們專注於把意義收納入網，因而把經句之美漏掉了。她個人採取「詩意（poetical）」的美感風格，希望捕捉那個恆在對我們靈魂說話的嗓音，以供有心聆聽這獨特發聲的讀者——當然，對象主要是歐美人士。不過，她特別指出，這本英文版道德經不是翻譯，而是詮釋，那些詮釋不只展現於正文的經句中，她還在附註裡寫下個人所思所感。勒瑰恩希望，透過她的詮釋，英語世界的讀者能明白為何好多人深愛這本古代遺著，愛了兩千五百年。

勒瑰恩說，她與道德經已經相處一輩子了，因為她很幸運，幼年時代就在家裡的書架發現《道德經》。那本道德經是她父親的藏書，由美國知名哲學家Paul Carus翻譯，一八九八年出版。勒瑰恩的父親還在世時，不但經常翻閱（她父親也常讀中庸、印度的吠陀經和奧義書、日本的神道典籍，以及各類文學作品），晚年更為某些章節做了標記，盼望在葬禮中朗誦——後來，兒女們確實在追思會中完成父親的願望。勒瑰恩說，現在，換成她自己也在那本超過百齡的舊書上作記號，希望日後在自己的葬禮中朗誦。

勒瑰恩讚賞《道德經》，說它是世上所有玄深的靈思泉源裡面，最精純、最深妙的一個。本文起首分享老子的名章名句，其中，「道法自然」的「自然」，勒瑰恩詮釋為「what『is』」，實在是筆到意到神也到的「神來之筆」。

說到神來之筆，不免聯想起聖經「出埃及記」，摩西請上帝賜知名字，祂當下及永恆的回答，如假包換就是神來之筆，英國欽定本聖經將希伯來原文譯為：「I AM THAT I AM」（中譯版本很多：我是那我是、我乃我是者、我是自有者、自有永有者、我是創始成終的主宰）。

英文be這個動詞，具備了「是／在／生／有」的寬廣意義，涵容無限，奧妙無窮。《天賦之子》第七章，少年歐睿弄不清楚自己何以拒用天賦，只能猜測其中一個緣故是，他抗拒讓那種具殺傷力的天賦變成他的存在質地（原文I……refused to let it be what I was.）。《沉默之聲》十四章，神諭已經發聲，玫茉事後回顧卻感到困惑，無法確定神諭講的是：解放他們？或解放自己？或僅僅是解放？（原文：Let them set free, or Be set free, or only Set free?）

另外，時下深受青少年朋友熱愛的歌唱團體五月天，主唱阿信與團員瑪莎、怪獸合寫過一首歌曲〈約翰·藍儂〉，除了歌頌夢想，也表達他們對英國披頭四合唱團的崇拜。早年，約翰·藍儂曾與團員保羅·麥卡尼合寫一首歷久不衰的老歌〈Let it be（順其自然）〉也是一個例子。莎士比亞四大悲劇之一《王子復仇記》的名句「to be? or noto be?」（著名譯法為：「生耶？死耶？」）是另一個例子。

這裡讓我們看見，為了表達天地間那個無法言傳的終極，古今中外「藝界和譯界」高人卯足全力，合作締造了文化及文字勝景。現今，勒瑰恩的《道德經》詮釋，將老子的「自然」與英文的「be」對應起來（其他譯家的譯法都比較繁冗），更讓我們瞥見人類內在的豐富層次——又一個「至大無外，至小無內」飄然來到我們面前。「奧妙與奧妙」怡然對坐，兩造穿著不同衣裳的「複製人」，正在相視而笑，也恆在相融為一。

做為道家和易經哲學的崇仰者，勒瑰恩在一篇談論奇幻作品與科幻作品的文章*Dreams must explain themselves*中說，她多數作品的情節和行動，與易經及道家哲學同出一源。她深悉道家的世界是有序的，但，那個秩序並非得自外在。此外她還認為，無論是美感真律、或者是非真律，都無法由上或由權威強行加諸，而是一概自存於事物中，等著被尋獲、被發現。

勒瑰恩的寫作，見證上述事實。她經常說，她的作品，不管是角色或情節，都是從潛意識裡找來的，從沒刻意去設計或擘畫，她只當探索者，放懷去尋找發現他們——包括角色的心思、相貌、過去……

也許拜同樣的途徑之賜，翻譯這個系列作品時，我也是「發現了」三部曲裡一些角色及事物或神名的譯法：有的第一眼就直覺譯出，相當神妙；有的稍加尋索即定案；有的在譯畢修改時，靈思啟動；也有的在校對期間才臨門一腳。審視那些切合發音與意涵，並且大致呼應勒瑰恩作品內在精神的譯名，不由得心生不可思議的驚嘆。這種「不配得」的好運，並非譯者具備什麼功夫，而是它們自己揭露自己。與勒瑰恩一樣，我找到它們，聽見它們。不僅譯名如此，作品文句及意象的揣摩與把握，很多也是如此。限於篇幅，以下僅擇要分享三個譯名實例——

第一部：Melle／湄立（綜合德語及法語發音）：男主角母親的名字，她很早死於非命，家鄉是「Derris Water／德利水」。（《道德經》第八章：「上善若水。水善利萬物而不爭，處眾人之所惡，故幾於『道』。」「水」的意象貫串道德經，也貫串三部曲，在作品裡涵意極深。還有，「母親」的意象，也貫串道德經及三部曲。《道德經》五十二章：「天下有始，以為天下母。既知其母，以知其子。既知其子，復守其母；歿身不殆……」及其他）。第二部提到，第一部男女主角早夭的女兒也叫湄立。到了第三部，它又是另一個小女孩的名字，而且那個小女孩由男主角揹著，一起渡越死亡河與重生河。（三部曲中，男女主角正向的特質反映了《易經》乾坤二卦指涉的「行健不息」、「厚德載物」。）

第二部：Lero／樂若：濱海居民自古崇拜的一個神明，人稱「那聾者」，以一顆小圓石為象徵，是市場神，也是幸運神，專司「平衡的剎那」。

第三部：Miv／明福：一個很年幼、戲分很少的小男奴，在第二章就死於意外。到了全書接近尾聲的十四章，Miv這名字再度出現，卻是那個叫湄立的小女孩短暫使用的假名。（《道德經》廿八章：「知其雄，守其雌，為天下谿，常德不離，復歸於嬰兒。」勒瑰恩譯作的註記裡有提到，在老子的認定裡，「嬰幼兒」是個隱喻，恆為「起始」或「萌芽」的體現，也是永不乾涸的泉源，是重新開始之福。

此外，這裡還要特別提一下，勒瑰恩的青少年文學作品有個特色，常藉動物與角色的互動，來傳達非屬語言的深度奇妙與溫暖。在這三部曲裡，勒瑰恩甚至不太用「it」指稱動物，而是改用「he／she」這樣的人稱。拙譯尊重特色，下筆按照原文，也是不大用動物的「牠」（即使閱讀時可能造成小困擾），以便讓勒瑰恩所懷抱「萬有同一」的觀念依然可以在譯文中流動。

秉持道家隨順自然的原則，但下筆用心的勒瑰恩，十分重視與讀者的關係。她將讀者視為「合作者」及「分享者」：合作完成作者的視象；分享那些本來就存在於事物中，只是經由她這個媒介而展現的故事禮物。她說，故事藉著語言、句法、意象、概念、及情感等五個管道說出來，但，就算是技巧最高明的作者也永不可能使那些視象完全具體化；而視象所承載的真理，透過書籍走到即使最能感同身受的讀者面前，往往也是步履踉蹌，很難充分展露真貌。但無論如何，作家還是要放手讓作品飛翔，飛到遠於預期、遠於所能想像的所在。而在那許多誰也無法預知的所在，作品在讀者心中與精神層面上，或許能自己長大到與事物內含的真理齊高。當然，作者（還有譯者與編者）的勤謹努力，是產生那種好果子的起始關鍵。

很感謝（原）繆思的慶雯總編輯給予機會，讓我先後翻譯勒瑰恩的「地海系列」前三部曲以及目前的「西岸三部曲」。誠如（原）編輯湘吟說的，這是個圓滿的象徵。真的很開心，大家能夠一起為這個圓滿共同努力。過程中，特別感謝辛苦為出版品仔細把關的湘吟。至於譯者那沉重又有時限的文字任務，真的衷心感謝有形無形的助力，以及家人的支持。深層的點滴難以盡述，因為每個譯者都曉得，翻譯是「戴著手銬腳鐐跳舞」。下筆時如何拋開綁手綁腳的束縛，盡力求得與原著相契，這種以傳神為上的考驗，可以說已接近某種修練邊緣了。不過，既然抱著與勒瑰恩相仿的心志，同樣關注生命的成長，那麼，想必或早或晚，所有勞累都將因筆下文字增益了青少年讀者的精神層面，而消散至九霄雲外。

勒瑰恩從小到老，閱讀不倦。她一生的閱讀體會，或許融於下面這句話：「偉大作家與我們分享的，是他們自己的靈魂。」譯者做為「媒介的媒介」，深盼這三部曲四十多萬字，起碼有牽動大家跟隨主角，陪同行走他們的磅礡心路；此外，在聆聽所有角色的笑與淚之際，也能將遠在太平洋彼岸、近在我們心中，那個溫暖且智慧的靈魂，傳送給共同行止於這個塵世的親愛讀者您。

也願我們善用創造天賦，追隨「what is」暨「I AM」，繼續講故事，講我們如何跌倒，如何爬起來，並燦然發光的生命故事。誠如歐睿的母親，那位天下的母親，宇宙天心的母親，在作品中代表勒瑰恩發聲的囑咐：「別停」。

對，別停。所以，歐睿在《天賦之子》裡記敘年少時期的高山歲月，如何以行動表白「道法自然」的心志；離家後周遊天下時，從深心出發，撰寫並出版《混沌與靈性：宇宙演化》一書，特別在扉頁留字，紀念已故的摯愛母親。玫茉在《沉默之聲》裡娓娓細述十七年的起伏，並把她的生命故事題獻給早逝的母親，全篇深刻動人的追憶與省思，引領我們共同驚喜於那個悟道之旅——對利用靜寂向人發出巨音的神諭、也對她自己。我們可以在道德經四十一章末兩節找到精神上的呼應。勒瑰恩的詮釋及原文如下：

The great square has no corners.　大方無隅；
The great vessel is never finished.　大器晚成；

The great tone is barely heard.　大音希聲；
The great thought can’t be thought.　大象無形。
The Way is hidden　道隱
in its namelessness.　無名。
But only the Way　夫唯道，
begins, sustains, fulfills.　善貸且成。

是的，大音希聲。

但，玫茉至終聽懂了神諭那個希聲大音。她，是怎麼辦到的呢？

繆思系列 031

西岸三部曲 II：沉默之聲
The Annals of the Western Shore: Voices

作者	娥蘇拉・勒瑰恩（Ursula K. Le Guin）
譯者	蔡美玲
社長	陳蕙慧
副總編輯	戴偉傑
副主編	林立文
行銷	李逸文
電腦排版	極翔企業有限公司
讀書共和國集團社長	郭重興
發行人兼出版總監	曾大福
出版	木馬文化事業股份有限公司
發行	遠足文化事業股份有限公司 地址 231新北市新店區民權路108之4號8樓 電話 02-2218-1417　傳真 02-8667-1891 Email: service@bookrep.com.tw 郵撥帳號 19588272 木馬文化事業股份有限公司 客服專線 0800221029
法律顧問	華洋國際專利商標事務所 蘇文生 律師
印刷	成陽印刷股份有限公司
二版一刷	2019年10月
二版二刷	2021年 3 月
定價	新台幣340元

ISBN 978-986-359-724-7

國家圖書館出版品預行編目(CIP)資料

西岸三部曲. II, 沉默之聲 / 娥蘇拉・勒瑰恩（Ursula K. Le Guin）著；蔡美玲譯. -- 二版. -- 新北市：木馬文化出版：遠足文化發行, 2019.10
面；　公分. --（繆思系列；31）
譯自：The annals of the western shore : voices
ISBN 978-986-359-724-7（平裝）

874.57　　108015370